누가 내 기쁨을 훔쳐갔을까?

산드라 스틴(Sandra Steen) 지음
서진희 옮김

베드로서원

누가 내 기쁨을 훔쳐갔을까?

이 책을 천지만물의 처음과 끝이 되시는,

기쁨의 창조자되신 전능하신 하나님께 바칩니다.

하나님, 당신께서 부어주시는 기쁨을 인해 감사를 드립니다.

맥스 루케이도(Max Lucado) 강력 추천

⚜ ⚜ ⚜

"실용적이고, 무리 없이 해볼 만하며, 영감을 주는…"

당신은 때로 기쁨이 온데간데없이 사라져서 의아해져본 적이 있는가? 당신은 인생이 기쁨으로 가득해질 수 있다는 놀라운 가능성에 대해 생각해본 적이 있는가? 산드라 스틴(Sandra Steen)는 이 책을 통해 우리가 삶의 여러 가지 상황 속에서 기쁨을 잃어버릴 때 다시 기쁨을 찾을 수 있도록 도와주고 있다. '누가 내 기쁨을 훔쳐갔을까?」는 삶에 있어서 강력하고 중요한 동맹인 기쁨을 어떻게 매일의 삶에 유지할 수 있는지, 그리고 회복할 수 있는지를 보여주고 있다.

이 책에서는 흥미롭게도 기쁨을 의인화함으로써 기쁨이야말로 우리가 매일 초대해야 할 손님이라는 것을 가르쳐주고 있다. 삶의 스트레스와 어려움 속에서도 긍정적인 태도를 유지할 수 있는 핵심열쇠를 발견하라. 이 책의 각 장들에서는 기쁨을 사라지게 하는 함정들을 드러내 보여주며, 어떤 상황 속에서도 기쁨을 유지하는 방법을 보여준다.

당신은 당신의 기쁨을 빼앗아가기 위해 모략을 꾸미는 부정적인 영향력들과 "기쁨탈취자"들을 어떻게 찾아내는지 알게 될 것이며, 강력한 "기쁨보호자"들을 어떻게 당신의 삶에 초청할 수 있는지를 배우게 될 것이다. 이 책의 마지막 장에서는 이 "기쁨보호자들"을 사용해서 기쁨을 유지할 뿐만 아니라, 더 나아가 승리하는 삶을 살 수 있는 능력을 독자들에게 부어준다.

기쁨을 유지하며 사는 법을 배울 때 '평화', '소망', '비전', '목적' 등 수많은 유익을 누리게 될 것이며 밝은 미래로 인도될 것이다. 기쁨은 당신을 붙들어줄 뿐만 아니라 드높이 세워주며, 당신과 주변 사람들의 삶을 강화시켜주는 영적인 유익이다. 이 책은 당신이 매일 기쁨을 적극적으로 선택하도록 해줄 것이다.

⚜ ⚜ ⚜

"산드라가 이 책에서 다루고 있는 방법은 그녀가 실제로 각 개인을 개인적으로, 또 그룹 내에서 성공하도록 돕고 있는 방법으로서 매우 실용적이며, 무리 없이 해볼 만하며, 영감을 주는 것들입니다."
　　　　－텍사스 산안토니오 옥힐스교회 담임목사이자 베스트셀러 작가, 맥스 루케이도

"산드라 스틴은 발전소이다. 그녀는 기쁨을 연료로 삼고 있으며, 그 연료의 근원은 주님이다. 그녀의 말에 귀를 기울이고 배우라."
　　　　－'CEO 예수님의 성공의 4가지 요소와 그 가신 길'의 저자, 로리 베스 존스

목차

추천의 글 / 서론

제1장 _ '기쁨'이 '결핍'을 만남 … 16

제2장 _ '기쁨'이 '파괴된 인간관계'를 만남 … 26

제3장 _ '기쁨'이 '질투'를 만남 … 31

제4장 _ '기쁨'이 '부정적인 태도'를 만남 … 36

제5장 _ '기쁨'이 '좌절'을 만남 … 41

제6장 _ '기쁨'이 '미움'을 만남 … 45

제7장 _ '기쁨'이 '이기심'을 만남 … 68

제8장 _ '기쁨'이 '배반'을 만남 … 73

제9장 _ '기쁨'이 '낮은 자존감'을 만남 … 77

제10장 _ '기쁨'이 '수치심'과 '죄의식'을 만남 … 81

제11장 _ '기쁨'이 '외로움'을 만남 … 87

제12장 _ '기쁨'이 '엄청난 부'를 만남 … 91

제13장 _ '기쁨'이 '분노'를 만남 … 98

제14장 _ '기쁨'이 '원한'과 '용서하지 않는 마음'을 만남 … 104

제15장 _ '기쁨'이 '걱정'을 만남 … 108

제16장 _ '기쁨'이 '두려움'을 만남 … 111

제17장 _ '기쁨'이 '유머'를 만남 … 117

제18장 _ '기쁨'이 '거짓 기쁨'을 만남 … 123

제19장 _ '기쁨'이 '어려움'을 만남 … 130

제20장 _ '기쁨'이 '불안정'을 만남 … 135

제21장 _ '기쁨'이 '거부'를 만남 … 138

제22장 _ '기쁨'이 '축하'를 만남 … 142

제23장 _ '기쁨'이 '격려'를 만남 … 145

제24장 _ '기쁨'이 '긍정적인 태도'를 만남 … 148

제25장 _ '기쁨'이 '사랑'을 만남 … 154

제26장 _ '기쁨'이 '희망'을 만남 … 160

제27장 _ '기쁨'이 '믿음'을 만남 … 163

제28장 _ '기쁨'이 '비전'을 만남 … 168

제29장 _ '기쁨'이 '인내'를 만남 … 172

제30장 _ '기쁨'이 '감사'를 만남 … 180

제31장 _ '기쁨'이 '목적'을 만남 … 190

제32장 _ '기쁨'이 '오만'을 만남 … 201

제33장 _ '기쁨'이 '자선'을 만남 … 208

제34장 _ '기쁨'이 '선택'을 만남 … 215

제35장 _ '기쁨'이 '용기'를 만남 … 221

제36장 _ '기쁨'이 '고통'을 만남 … 224

제37장 _ '기쁨'이 '드라마'를 만남 … 236

제38장 _ '기쁨'이 '평화'를 만남 … 241

제39장 _ '기쁨'이 '주관'을 만남 … 249

제40장 _ '기쁨'이 '파워'를 만남 … 255

제41장 _ '기쁨'이 '미래'를 만남 … 259

제42장 _ '기쁨'의 마지막 만남 … 263

제43장 _ '기쁨'이 '당신'을 만남 … 268

기쁨의 눈물, 슬픔의 눈물

동일한 눈에서 기쁨의 눈물이 흐를 때도 있고 슬픔의 눈물이 흐를 때도 있지만,
동일한 마음에서 기쁨의 눈물과 슬픔의 눈물이 흐를 수는 없다.
– 산드라 스틴(Sandra Steen)

❉ ❉ ❉

햇빛이 온 세상을 감싸 안은 따사롭고 감미로운 어느 여름날이었다. 나는 다음날 있을 강의 준비를 하느라 밤을 꼬박 새다시피 했다. 그런 종류의 행사를 위해서는 항상 철저하게 강의 준비를 해야 했기 때문이었다. 나는 강의에 맞는 적절한 표정과 자세를 연출해서 청중들에게 그날의 주제를 기쁘고 밝게 전달하자고 속으로 거듭 다짐했다.

그러나 그날 갑작스럽게 일어난 일은 나를 그렇게 하도록 내버려두지 않았으며, 내가 청중들을 몰입시키는데 필요한 감정적인 에너지를 모으지 못하도록 했다. 놀라운 것은 항상 이런 일이 일어나면 이상하게도 나의 청중들을 감동시키고 그들의 삶에 기쁨을 가져오게 하는 것이 더 쉬워진다는 것이

다. 게다가 그런 크고 작은 일들은 내가 "강단 위에" 올라가기 바로 직전에 늘 일어난다는 것이다. 그런데 더욱 놀라운 사실은 그런 나쁜 소식들에 내 마음이 눌려있기보다는 그런 가운데서도 나는 여전히 기쁨을 찾아내고 그 기쁨을 청중들에게 전달할 수 있었다는 것이다.

모든 일이 잘 풀릴 때는 누구나 기뻐할 수 있다. 그러나 인생의 크고 작은 문제들이 공격해올 때, 게다가 그런 일이 내가 막 단상 위로 올라가기 직전에 주로 일어났기 때문에, 그럴 때마다 나는 기쁨이 주는 격려와 힘을 온 힘을 다해 꽉 붙들어야 할 필요성을 느끼곤 했다.

내 삶에서 가장 힘들었던 순간은 바로 그 아름답고 따스했던 여름날에 찾아왔다. 나는 그날 두 번의 강의와 텔레비전 방송 출연 일정이 잡혀 있었다. 일정이 이렇게 빡빡하게 잡힌 것은 다소 예외적인 경우였다. 왜냐하면 우리 팀은 내 일정을 빡빡하게 잡는 것에 대해 매우 조심스러워했기 때문이었다. 그러나 나는 그날 그 일정에 동의했고 그 세 번의 강의를 위해 그 전날 밤을 꼬박 새우다시피 했다. 나는 그 어느 때보다 바빴던 그날 내가 그렇게 나쁜 소식을 접하게 되리라고는 꿈에도 생각하지 못하고 있었다. 운명의 시간은 오후 1시쯤이었다. 남동생에게서 전화가 걸려왔고 나는 동생이 무슨 말을 하는지 처음에는 잘 알아들을 수가 없었다. 그러나 동생의 목소리가 감정에 북받쳐 심하게 떨렸기 때문에 나는 어머니가 죽었다는 사실을 바로 직감할 수 있었다. 사랑하는 사람을 잃었다는 상실감이 나를 깊은 슬픔과 절망의 나락으로 떨어뜨렸다. 그 순간 어머니가 영원히 가버렸다는 사실을 알고는 내 마음은 마치 백화점에서 길을 잃고 엄마를 찾는 세 살짜리 어린 소녀와 같이 되어버렸다. 어머니를 잃은 슬픔과 충격은 말로 다 할 수 없을 만큼 크고 깊었다.

내가 청중들에게 늘 하는 말이 있다. 그것은 "만약 여러분들이 어떤 것을 마음으로 느낄 수 없다면, 일단 그렇게 느끼는 것처럼 행동해보세요. 그러면 실제로 그렇게 느끼게 될 것입니다"라고 하거나, 또는 "(기쁨)을 느끼는 척이라도 해보세요. 실제로 기쁨을 느끼게 될 때까지요"라고 말이다. 그날은 내가 늘 입버릇처럼 했던 그 말들을 나 스스로에게 적용해야 했다. 나는 그당시 내가 느끼고 있던 감정이 결코 기쁨은 아니라는 것을 알고 있었다. 기쁨이라는 말의 의미는 "마음이 즐겁고, 벅차오르며, 행복감을 느끼는 것"이기 때문이다. 사랑하는 사람의 죽음 앞에서 그런 감정을 느낄 사람이 누가 있겠는가? 그렇다면 나는 이 세 번의 강의를 앞두고 과연 그런 감정을 느끼는 척을 할 수 있겠는가?

내가 오후 2시쯤 병원에 도착했을 때 가족들은 이미 생명이 떠난 어머니의 시신 곁에 서 있었다. 나는 언제나 그랬던 것처럼 병실에 들어서자마자 모든 일처리와 필요한 절차들을 확인했다. 나는 충격으로 정신이 없었고 게다가 그날 강의 일정이 세 개나 잡혀 있다는 것 때문에 마음 한구석에 부담을 안고 있었다. 나는 가족들에게 일정을 모두 취소하겠다고 말했다. 왜냐하면 그 일정을 소화하기가 너무 힘들 거라는 것을 알고 있었기 때문이었다. 그런데 놀랍게도 가족들은 그렇게 하지 말라며 나를 만류했다. 오히려 그런 특별한 날 청중들에게 더 깊은 의미를 전할 수 있을 거라며 말이다. 나는 처음에는 망설였다. 그러나 가족들의 권유로 어쩌면 그것이 옳을지도 모른다는 생각에 그렇게 하기로 결심했다.

나는 어머니가 돌아가시기 전날 어머니와 대화를 나누었고 어머니는 내가 출연하는 텔레비전 프로를 꼭 보겠다고 말했었다. 그래서 나는 그것을 어머니에게 귀한 선물로 드려야겠다고 마음먹었었다.

나의 첫 번째 일정은 오전 9시였다. 나는 텔레비전 토크쇼에 나가기로 되어 있었고, 그 토크쇼의 주제는 이미 몇 주 전에 정해져 있었다. 참 아이러니하게도 나의 토론 주제는 '힘든 상황을 극복하는 방법' 이었다. 나는 그 프로에 출연해서 10분 동안 방송을 했고 방송 도중에 나에게 일어난 일을 시청자들에게 말했다. 갑자기 전화벨이 울리기 시작했다. 내 방송을 듣던 시청자들이 격려의 전화를 해주었다. 그들은 어떻게 내가 내적으로 그렇게 강할 수 있는지 믿을 수 없을 정도라고 말했고, 나에게서 깊은 인상을 받았다는 전화가 쇄도 했다. 어머니를 잃은 힘든 상황에서도 방송에 임하는 나의 모습을 보면서 그들은 어려운 상황에 어떻게 대처해야 하는지에 대한 답을 찾아낸 것 같았다. 나는 그 방송을 끝낼 때까지 눈물을 보이지 않았을 뿐만 아니라 거기에서 더 나아가 보통 때와 마찬가지로 웃음을 잃지 않는 모습까지 보여주었다. 그 프로의 토크쇼 진행자와 방송 스태프들의 눈에 눈물이 고였다. 그들은 내가 어려운 중에도 약속을 지켰다는 것에 감사를 표했다.

그날의 두 번째 일정은 아주 명성 있는 컨츄리클럽의 여성그룹과의 오찬이었다. 나는 그 모임을 위해 이미 준비해둔 주제가 있었다. 그러나 메시지의 주제를 바꿔서 '기쁨으로 사는 삶' 에 대해 이야기 해주었다. 나는 나의 어머니를 그 예로 들었다. "병으로 고통스러운 중에도 나는 어머니가 노래하는 모습을 보았고 또 들었습니다. 어머니는 하물며 병원에 입원해서 고통 중에 계실 때도 우리를 격려해 주셨습니다." 지금은 기억이 또렷하지 않지만, 그 오찬 모임에서 여자들이 그동안 너무 많은 것들을 감사하고 기뻐하기보다 당연하게 여기고 지나쳐버렸던 것, 그리고 쉽게 기쁨을 잃어버렸던 것을 떠올리며 눈시울을 적셨던 것이 희미하게 기억난다.

그날 저녁 세 번째 일정을 진행해야 할 즈음에는 비록 몸은 파김치가 되어 있었지만, 앞서 가졌던 두 번의 행사에서 좋은 결과를 경험했기에 나는 알 수 없는 힘이 솟구치는 것을 느꼈다. 그날은 내 인생에서 악몽 같은 날이었다. 그럼에도 불구하고 나는 변함없이 청중들에게 기쁨을 가져다 줄 수 있었다. 행사장에 도착했을 때 그곳은 마치 판촉설명회라도 열리는 것처럼 참석한 모든 참석자들이 기대감으로 들떠 있었다. 모든 사람이 내 강의가 시작되기만을 기다리고 있었고, 내 강의가 역동적이고 생명력이 있다는 평판이 자자했다. 그러나 세 번째 행사에서는 청중들에게 내 개인적인 이야기를 하지 않았다. 나는 내가 원래 준비했던 메시지를 온 힘을 다해 전했다. 오히려 그런 전략으로 청중들의 기대감을 충족시켰고 청중들은 생명력과 활력을 느끼며 그 자리를 뜰 수 있었다. 청중들의 반응을 살펴본 바에 의하면 그 방법은 적중했고, 그날 그 자리에 있었던 모든 이들이 감동을 받았다고 했다.

물론 그 일정이 전부 끝나고 난 후 어머니의 장례식을 치르는 며칠 동안 나는 깊은 슬픔을 느꼈다. 그럼에도 불구하고 그 힘든 시기를 지나오면서 인생에서 어려움을 만나더라도 "마음의 기쁨"을 포기할 필요가 없다는 것을 배웠다. 나는 기쁨이 삶에서 얼마나 중요한지를 깨달았다. 또한 삶에서 힘든 일을 만날 때 기쁨을 잃어버리기가 얼마나 쉬운지도 깨달았다. 나는 살아가면서 기쁨을 잃은 때가 있었고 그것은 칠흑 같은 어두움으로 이어질 수도 있었다. 이제 기쁨은 나에게 아주 귀중한 선물이며, 그것을 절대로 포기하지 않기로 마음먹었다.

나의 할머니는 이런 말씀을 자주하셨다. "살다보면 우리에게서 기쁨을 빼앗아가는 것들이 항상 있단다." 이제 나에게는 이 말이 피부로 느껴진다. 그리고 나는 기쁨을 지키기 위해 싸우겠다고 마음속으로 다짐했다. 때로는 사람들이 아주 무례한 말이나 무례한 행동으로 나의 마음을 힘들게 하기도

했다. 그럴 때 그저 그들에게 묵묵하게 대처할 뿐 기쁨으로 대처하지 못하는 한계를 느꼈다. 나는 기쁨을 유지한다는 것이 얼마나 힘든 일인지, 얼마나 큰 대가를 요구하는 것인지 깨달았다.

지금 이 글을 쓰면서 되돌아보니 나의 어머니가 세상을 떠난 지도 벌써 4년이 지났다. 어머니가 돌아가신 날도 나에게 아주 힘든 날이었지만, 그 후에도 어머니의 빈자리로 인해 슬픔과 허전함을 느낄 때가 많았다. 그리고 그 슬픔이 가셨을 때 내가 새로운 마음, 새로운 가슴, 새로운 영으로 다음날 아침을 깨울 수 있다는 것을 알게 되었다. 그 어둡고 힘들었던 밤에는 흐느낌과 슬픔이 나와 함께 했지만, 새로운 아침이 찾아왔을 때 기쁨이 나의 뺨을 적셔주었다. 이러한 이유 때문에 나는 인생에서 기쁨을 앗아가는 "기쁨탈취자들"을 찾아내어 그것들이 멋대로 우리의 영혼을 파괴시키지 못하도록 막아야 한다는 소망 가운데 이 책을 썼다.

나는 당신이 이 책을 통해 많은 유익을 얻고 또 그것을 주변에 있는 많은 사람들과 나누기를 바란다. 무엇보다 당신이 남은 인생을 하나님과 함께 기쁨으로 살아갈 수 있게 해주는 그 무엇인가를 이 책에서 찾아내기를 바란다.

1장

꿈 : '기쁨'이 '결핍'을 만남

인생에서 중요한 것은 어떤 것을 소유하는 것이 결코 아니다.
– 데이비드 벤자민(David Benjamin)

유독 스트레스가 많이 쌓였던 그날 나는 온종일 사무실에 앉아있었다. 마치 복도에서, 벽에서, 창문에서, 파일박스에서 뭔가 갑자기 툭툭 튀어나오듯 일이 연이어 터졌다. 꼭 나와야 할 직원이 아파서 못나온다고 전화가 왔고, 내 컴퓨터는 고장이 났으며, 손톱이 부러졌다. 그리고 다른 문제들이 연속적으로 터졌다. 우편물이 잘못 배달되고, 전화가 시끄럽게 계속 울려댔다. 나는 그런 상황 속에서 혹시 내가 지금 꿈을 꾸고 있는 것이 아닌가 생각했다.

일단 급한 불부터 끄고 정신을 좀 차리고 나서 뒤에 나는 시끄러운 전화벨 소리라도 멈춰보려는 심정으로 전화기를 집어 들었다. 그러나 차라리 전화기가 시끄럽게 울려대도록 내버려 두는 것이 나을 뻔했다. 나는 도저히 믿을 수 없는 이야기를 들었다. 그런 식의 전화가 온 것이 그 주에만 해도 벌써 세 번째였다. 중요한 고객이 전화를 해서 사업계획이 바뀌었다는 것이다. 그 회사의 예산이 삭감되어 우리 회사와 함께 하기로 한 중요한 사업들도 취소가 불가피하다는 것이었다. 상대방의 메시지는 너무도 명확했다. "죄송합니다, 스틴 씨. 더 이상 같이 일을 할 수가 없습니다."

그 세 가지 취소 건이 우리 회사의 현금 흐름과 회사의 미래에 끼칠 결과를 생각하니 내 마음에 금방 근심의 구름이 드리워졌다. 우리 회사의 고정적인 수입원이 되어주었던 그 회사들과 거래가 끊어진다면 앞으로 어떻게 회사운영비용을 충당해나갈 것인가? 최소한 몇 가지 선택의 여지들은 있었다. 먹는 양을 줄이기 위해 위장축소수술을 하든지, 아니면 입이 열리지 않도록 내 턱을 끈으로 묶어버리든지 둘 중에 하나를 선택하는 방법이었다. 보나마나 직원들 중에 몇 명을 해고 시켜야 할 것이다. 나의 개인적인 생활방식을 어떻게 바꿀 것인지도 진지하게 검토해봐야 할 것이다. 또 다른 선택은 돈을 벌기 위해 여러 가지 방법들을 물색해보는 것이었다.

정말 최악의 순간이었다. 어떻게 해야 할지 모든 것이 막막했고 내 머리는 멈춰버린 것 같았다. 그런 중에도 한 가지만은 분명했다. 그것은 "모든 것들이 결핍된 상태에서 살아가는" 것이 결코 쉽거나 즐거운 것은 아니라는 것이었다. 평상시의 나의 즐거운 모습들이 가슴앓이, 슬픔, 장래에 대한 두려움에 짓눌려버릴 것이라는 것을 내 주변 사람이라면 누구나 쉽게 짐작할 수 있었다.

나는 스트레스가 너무 크다고 판단하고 집으로 돌아가 앞으로 닥치게 될 재정적인 문제에 대처하기 위해 내가 어떤 선택을 할 수 있는지 그 선택의 여지들을 평가해보기로 했다. 그 시간은 나에게 좋은 묵상과 명상의 시간이 되어주었다. 나는 이 문제들을 기도제목에 추가시켰다.

내 기도목록에는 이미 수많은 기도제목들이 나열되어 있었다. 그 기도제목들 중에 어떤 것들은 아주 오랫동안 기도해온 것들이었다. 나는 새로 추가된 이 기도제목이 기도목록의 첫 자리를 차지해야 한다고 생각했다. 그리고 간절히 기도하면서 계획을 세운 후, 즉각 그 계획에 착수해야겠다고 마음먹었다.

사업적인 손실을 생각하면서 나는 내 인생에서 내가 잃어버리거나 놓친 것이 무엇인지 그 목록을 써보기 시작했다. 그 목록은 지금까지 내가 살아오면서 충분한 돈도 시간도 만족감도 얻지 못했다는 것을 밝히 드러내 보여주었다. 나는 그것을 '결핍'이라는 이름의 카테고리로 정했다. 나는 '결핍'이 과연 얼마나 센지 궁금해졌다. 왜냐하면 기쁨이 어떤 어려움도 견디게 해준다고 믿었고, 그 당시 나는 "인생의 한 고비"를 넘기는 과정에서 '기쁨'이 소멸되는 것을 그냥 방관하지 않겠다고 맹세했었기 때문이었다. 나는 이 나쁜 소식들이 얼른 지나가기를 그리고 기쁨이 계속 남아있어 주기를 간절히 바랐다.

묵상 중에 여러 가지 생각들이 머리를 스쳤고 그러는 동안 나는 감정적으로 길을 잘못 들어섰다. 나는 사기저하의 장소에 도달해 거기에 머무르고 있었다.

나의 생각들은 잃어버린 것들, 깨져버린 것들, 불완전한 것들, 또는 내게 없는 것들로 자꾸만 나를 데려갔다. 나는 말 그대로 '기쁨'이 점점 사라지는 것을 느낄 수 있었고, 감정적으로 완전히 바닥까지 내려가는 것을 느꼈고, 바깥 문 앞에 나의 '기쁨'을 빼앗아가려는 '탈취자'가 와있다는 것을 느낄 수 있었다. 그날 밤 나는 울면서 잠이 들었고 나의 눈물이 만든 차가운 웅덩이 속에 몸을 뉘었다. 그러다가 깊은 잠에 빠지면서 아주 선명한 꿈을 꾸었다.

꿈속에서 어떤 독특한 인물이 내 앞에 나타났다. 그는 생명을 가진 존재인 것 같았다. 그는 분명히 실제로 존재했지만, 그럼에도 불구하고 그의 존재는 그의 특징에 가려져 있어서 다만 막연하게 그 특징을 통해 그가 존재한다는 것을 느낄 수 있을 뿐이었다. 그 인물은 자기의 이름을 '결핍'이라고 나에게 소개했다.

"나는 당신에게 불충분의 역할을 할 것입니다. 일반적으로 나는 '기쁨'과 공존하지 않습니다. 나는 인생에서의 특정 상황입니다. 나는 대개 매우 바쁩니다. 당신의 프로파일을 읽어봤더니 당신은 아주 안 좋은 상황에서도 '기쁨'을 지키겠다고 맹세했더군요. 그런데 죄송하지만, 내가 등장하면 기쁨은 떠나가게 됩니다. 그리고 당신이 소유한 '기쁨'도 예외는 아니라고 생각합니다."

꿈속에서 나는 아무 말도 할 수가 없었다. 대꾸를 하려고 했지만, 그렇게 할 수 없었다. 그러나 내가 격렬히 저항하고 있다는 것을 마음속으로 느낄 수 있었다. '이 작자는 꽤 무례하군! 무조건 우격다짐으로 내 인생에 끼어들려고 하면서 내 마음속의 기쁨과 만족의 자리를 불만족과 시무룩한 자신으로 대신 채워 넣으려고 하고 있어'라고 생각하며 '결핍'을 내 인생에서 쫓아내려고 꿈에서 깨어나기 위해 얼마나 애를 썼다.

그러나 그 꿈은 계속되었고 '결핍'은 말을 계속 이어나갔다. 그는 내게 필요한 것들이지만 막상 내게는 없고 또 앞으로도 가질 수 없는 것들이라고 생각했던 그 목록을 달라고 나에게 요구했다. 꿈속에서 나는 숨이 막힐 정도로 놀랐다. "그 목록을 보여줄 수 없어. 나를 속속들이 드러내 보여줄 수는 없단 말이야. 그러면 저 자가 나에 대해 너무 자세하게 알게 되고, 그렇게 되면 그를 절대로 쫓아낼 수 없게 된다고!'

꿈속에서 '결핍'은 내 생각을 완전히 무시한 채 계속 말을 이어갔다. "당신도 알다시피 내가 하는 일은 좀 복잡합니다. 나는 리얼리티 쇼를 직접 제작하지요. 그리고 나는 당신을 나의 고객, 즉 리얼리티 쇼의 최고의 스타로 만들어 줄 것입니다. 나는 당신에게 없는 것이나 부족한 것이 무엇인지를 파악해서 그것들을 실제 상황으로 만들 것입니다. 좀 더 완벽한 쇼를 위해 모든 배역인물들과 스태프들을 형상화된 이미지들로 불러올 것입니다. 나의 고객이 그 이미지들에게 어떻게 대처하는지를 보고 있노라면 아주 흥미진진하지요. 나의 리얼리티 쇼의 놀라운 기술은 사람의 만족감을 훼손시키는 데 아주 효과가 좋답니다. 나는 당신이 잡을 수 없는 것들을 잡으려고 끊임없이 발버둥치는 모습을 재미있게 지켜 볼 것입니다."

나는 그 꿈에서 빨리 깨어나기를 바랐다. 나는 내가 어떻게 해서든 잠에서 깨어나 '결핍'의 리얼리티 쇼에서 벗어나려고 몸을 이리저리 뒤척이고 침대에서 몸부림을 치고 있다는 것을 느낄 수 있었다. 온 힘을 다해 발버둥치자 말이 겨우겨우 입 밖으로 나오려고 하더니 마침내 입술이 조금씩 떨어지는 것을 느꼈다. 그리고는 힘없이 "나는 당신이 무슨 말을 하는지 모르겠어. 나는 원하는 것을 무엇이든 잡을 수 있어. 내가 준비만 제대로 하고, 또 열심히 성실히 일한다면 말이야"라고 속삭였다. 그리고는 힘이 쭉 빠지면서 다시 잠에 빠져들었지만 '결핍'은 여전히 거기에 있었다.

'결핍'이 대답했다. "아, 그런 말 하지 마세요. 당신은 내가 무슨 말을 하는지 잘 알고 있잖아요. 그저 영화처럼 인생을 한 번 살아보는 거예요. 그런 영화에서는 모든 사람들이 자기가 원하는 것을 전부 가지잖아요. 그런데 문제는 영화는 세 시간이면 끝난다는 거죠. 그러나 당신의 삶은 그 세 시간 후에도 매일 매주 매달 매년 계속 진행된다는 것입니다."

그는 잠깐 멈추더니 금방 말을 이었다. "나, '결핍'이 당신과 함께 있을 때는 그것이 실제건, 아니면 그냥 그렇게 느껴지는 것이건 나는 당신을 '기쁨'에게서 멀어지게 할 것입니다. 내가 당신을 데려가는 길은 끝이 안 보이는 길이며, 당신은 한도 끝도 없이 원하는 것들을 계속 갈망하며 추구할 것이고, 그 결과 고통을 주는 나의 후손 '기쁨의 결핍'을 낳게 될 것입니다."

'결핍'은 자기 후손을 생각하며 미소를 띠고 "당신은 정말 당신에게 필요해서가 아니라면 세상에 그 어떤 것도 결코 만족할 만큼 가질 수 없을 것입니다. 그것은 마치 한두 개만 있어도 되는 구두를 성에 찰 만큼 가지려는 것과 같지요. 당신은 그런 것들을 아무리 많이 가져도 결코 충분하다고 느끼지 않을 것입니다. 그럴 일은 절대로 없을 것입니다"라고 침울하게 말했다. "내가 하는 일은 당신이 만족감에 도달하지 못하도록 당신의 관심을 당신에게 없는 것들에게로 돌리는 것입니다."

그때 꿈이 계속되면서 나는 갑자기 어디에선가 아름다운 구름 하나가 나타나는 것을 보았다. 그 구름사이로 내가 지금까지 한 번도 보지 못했던 아주 장엄한 존재가 나타났다. 그 모습은 말로 형언할 수 없는 그런 것이었다. 비록 그의 모습은 보통 사람과 거의 비슷했지만 뭔가 크게 다른 점이 있었다. 오로라가 그의 주변에서 광채를 발하고 있어서 주변의 모든 것을 삼켜버릴 것만 같았다. 그러나 그는 매우 겸손하고 공손해보였다.

어떻게 보면 그는 매우 크고 명령하는 자인 듯이 보였고, 어떻게 보면 전혀 커 보이지 않았다. 꿈속에서 그가 누구인지 의아해 하면서 나는 그를 호기심 어린 눈으로 응시했다. 꿈속에서 나는 내가 잠을 자면서 미소를 짓고 있는 모습을 볼 수 있었다. 왜냐하면 꿈속에서 그 존재가 잔잔한 만족감을 주는 것을 아주 또렷하게 느낄 수 있었기 때문이었다.

나의 호기심의 대상이 나에게 다가와서는 자기를 '기쁨'이라고 소개했다. "나는 당신의 마음의 기쁨과 행복감을 상징하고 있습니다. 나는 그저 상냥한 미소를 짓는 얼굴이거나 철없이 천진난만 특성만을 의미하지 않습니다. 나는 당신이 하나님과 연결되어 있는 상태를 나타내 보여주며 당신의 힘의 근원을 드러내 보여줍니다."

꿈속에서 내가 '결핍'과 함께 있었을 때와 마찬가지로 나는 이번에도 또 말이 나오지 않았다. 그러나 이번에는 이 놀랍고 낯설고 장엄한 존재인 '기쁨'으로 인해 경이로움에 압도되어 말을 잃은 것이었다. 나는 내가 더 이상 침대에서 뒤척이지 않는 것을 느낄 수 있었다. 이제는 섬세하고 부드러운 실크 이불이 나를 포근하게 감싸주는 것처럼 부드러운 고요함이 나를 덮어주는 것을 느꼈다. 사실 내 침대 시트는 면과 폴리에스테르 합성이었음에도 불구하고 말이다.

"'결핍'은 '기쁨탈취자'입니다"라고 그는 말했다. "그는 당신의 마음에서 '만족감'과 '기쁨'을 빼앗아가려는 것이지요. 당신의 생각과 관심을 사용하세요. 생각과 관심은 기쁨을 빼앗기지 않도록 방지해 주는 가장 좋은 도난방지기구입니다." '기쁨'의 목소리가 점점 더 커졌다. "나는 당신이 가라고 하기 전까지는 떠나지 않습니다. 선택은 당신에게 달려있지요. 갖고 싶다고 해서 이 세상 모든 것을 전부 다 가질 수 없다는 사실을 늘 기억하십시오. 그러면 기쁨을 잃을 이유가 없습니다."

"나는 당신을 잃고 싶지 않아요." 나는 대답했다. 그 순간 말하는 것이 더이상 힘들지가 않아졌다.

그러자 '기쁨'은 잔잔하게 미소를 지으면서 말했다. "당신은 그 고백을 통해 당신의 삶에 내가 영구적으로 머물 수 있도록 장소를 마련해 주셨습니다. 당신은 내가 당신의 인생의 여러 가지 상황들과 함께 공존할 수 있도록 해주셨습니다."

꿈이 계속되었고 나는 대답했다. "맹세를 하기는 쉽지만 지키기는 어렵다는 것을 지금 깨닫고 있어요. 내게는 내가 잘 알지 못하는 문제들이 있어요."

'기쁨'의 목소리는 더 강력해졌고, 그러면서도 내 마음을 더 편안하게 해주었다. "인생에서 원하는 것들을 다 얻을 때는 누구나 쉽게 기쁨을 누립니다. 그러나 삶이 힘들게 느껴지는 바로 이때가 당신이 정말 기쁨을 찾아야 할 아주 중요한 때입니다." 그는 나를 강렬하게 바라보면서 낮은 목소리로 말했다. "내가 당신을 위해 바로 여기에 있습니다."

꿈은 계속되었고 '기쁨'이 나에게 말하기 시작했다.

"당신에게 없는 것들, 놓쳐버린 것들은 그 목록에 기록된 것들이 아닙니다. 당신에게 없는 것들, 놓쳐버린 것들은 단지 당신의 마음 상태에 달려 있을 뿐입니다. 마음에 평정을 유지하면서 생각해보세요. 당신에게 있어야 할 것들이 있다면, 당신에게 필요하지도 않은 것들을 얻기 위해 주변을 둘러볼 필요가 없답니다. 당신이 어떤 것에 초점을 맞추느냐에 따라 그것이 더 커보일 수도 있고 그렇지 않을 수도 있습니다."

나는 다시 미소를 짓기 시작했고 내 마음이 새롭게 바뀌는 것을 느꼈다. 나는 일시적으로나마 나 자신을 잃어버릴 뻔했지만, 이제 다시 나를 찾았다고 '기쁨'에게 말하면서 나에게 머물러 달라고 부탁했다.

'결핍'은 우리가 대화하는 것을 처음부터 끝까지 조용히 듣고 있었다. 그리고 난 뒤 그는 '기쁨'에게 말했다. "음, 이번에는 당신이 이긴 것 같군. 그러나 당신이 들어오는 것을 허락하지 않는 장소들이 꽤 있지. 사실 나는 '인생의 여러 가지 상황들'과 '감정적인 문제들' 이 두 가지 그룹들을 우연히 알게 되었어. 이 두 그룹은 '기쁨탈취자들'이야. 그리고 당신은 절대로 그들과 함께 공존할 수 없을걸"하며 신이 난 듯 낄낄거렸다.

기쁨은 "그러니까 당신은 우연히 다른 '기쁨탈취자들'을 알게 되었다는 것이군. 그래서 뭐가 어쨌다는 거지? 음, 마침 좋은 아이디어 하나가 떠오르는 걸. 너희 강도떼들을 쫓아내기 위해 아무래도 나에게 더 강력한 목소리가 필요할 것 같군. 내 동료인 '기쁨건설자들'을 이 프로젝트에 참여시키겠어. 그러면 사람들이 이 프로젝트를 통해 그동안 볼 수 없었던 것들을 볼 수 있게 될 것이고, 그렇게 되면 기쁨탈취자들의 작당도 분명 끝이 날거니까"라고 응수했다.

약간은 명령조로 그러면서도 예의바르게 말을 이으며 '기쁨'은 자기의 계획은 모든 '기쁨탈취자들'을 만나 그들이 고객들을 대상으로 성공적으로 일을 해내는 비결이 과연 무엇인지를 알아내는 것이라고 말했다. "당신은 아는 것이 힘이라는 사실을 알고 있을 것입니다. 지식이 없다면 망할 수밖에 없지요. 그러므로 기쁨을 빼앗아가는 것을 막기 위해서는 정보가 필요하고, 그러고 나면 상황을 바꾸려는 노력이 필요합니다. 나는 내 고객들이 기쁨을 빼앗기는 것을 원치 않습니다. 나의 모든 아이디어는 기쁨을 잃어버린 사람들이 다시 그 기쁨을 찾도록 도와주기 위한 것입니다."

그러고 난 뒤 '기쁨'은 앞으로 자기를 도와주는 강력한 파트너들도 만날 것이며, 그들 중에는 '긍정적인 태도'와 '희망'이 있다고 했다. 그는 그 둘이 우리를 계속 도와줄 것이라고 확신 있게 말했다. '기쁨'은 여정을 하는 과정에서 자기가 누구와 함께 공존할 것인지 또는 누구를 쫓아내고 누가 그 자리를 대신할 것인지를 알게 될 것이라고 말했다.

"이것이 다소 어려운 캠페인이라는 것을 나도 압니다. 그러나 만약 내가 이런 도전을 하지 않는다면, 많은 사람이 나 없이 인생 여정을 하게 될 것입니다. 당신도 알다시피 나는 그들에게 '마음의 기쁨'을 가져다줍니다. '결핍'과 다른 '기쁨탈취자들'이 그들에게 다가가 이 세상에 내가 존재하지 않는다고 믿게 하기 전에 내가 먼저 그들을 찾아가야 합니다. 나는 내가 이 세상을 좀 더 살기 좋은 곳으로 만들 수 있다고 믿습니다. 그리고 내게 필요한 답을 찾기 위해 거리를 따지지 않고 어디든지 가려고 합니다. 그건 그렇고 이봐, '결핍', 내가 여정을 떠나기 전에 당신의 고객명단을 보고 싶은데 말이야. 왜냐하면 당신이 어디를 가든지 나도 따라가서 당신이 고객들의 기쁨을 소멸시키지 못하도록 막아야 하니까 말이야."

'결핍'은 동의했다. 그는 '기쁨'이 얼마나 열심을 가지고 덤비는지를 전에 한 번 겪어봤기 때문에 더 이상 '기쁨'과 옥신각신 하기가 싫었다. '결핍'은 고객명단을 '기쁨'에게 넘겨주었고, '기쁨'은 그 어느 때보다도 의욕에 불탔다. '기쁨'은 할 일이 너무 많아 길을 떠나기 전에 충분한 휴식을 취하는 것이 좋겠다고 했다. 다음날 '기쁨'은 '파괴된 인간관계'를 만날 예정이었고, '파괴된 인간관계'라는 '삶의 상황'이 그의 고객 중에 많은 이들을 힘들게 하고 있다는 것을 알고 있었다.

'기쁨'은 나에게 직접 말했다. "내가 이 여정을 다 끝내고 나면 당신은 왜 많은 사람이 항상 나를 가까이 해야 하는지 그 이유를 알게 될 거예요."

나는 고개를 끄덕였다. 이 중요한 임무를 수행하는 동안 '기쁨'이 절대로 나를 떠나지 않을 것이라는 것을 알고 있었기 때문이었다. 나는 '기쁨'이 내 인생에 영구적인 장소를 확보했다는 것을 알고 미소를 지었다.

2장

'기쁨'이 '파괴된 인간관계'를 만남

모든 인간관계는 거울 속에서 시작되고 끝난다. - 산드라 스틴(Sandra Steen)

❖ ❖ ❖

그렇게 해서 '기쁨'은 인생의 여러 상황들을 만나서 그들 각각과 공존할 수 있는지를 알아보기 위한 여정을 시작했다. '기쁨'은 소위 그의 가장 강력한 적수인 '파괴된 인간관계'를 이혼 법정에서 만났다.

그곳에 있는 사람들은 한 사람도 행복해 보이지 않았다. '파괴된 인간관계'는 '기쁨'에게 인사를 건네며 자기 자신을 모든 기쁨탈취자들의 "조상"이라고 소개했다. 그 이유는 아무도 그를 이기지 못하기 때문이었다.

'파괴된 인간관계'는 그의 영향력이 얼마나 막강한지는 부부관계, 가족관계, 친구관계에서 볼 수 있을 것이라고 했다. '기쁨'이 그와 함께 당분간 일해보고 싶다고 말하자, 너무나 어처구니없다고 느꼈는지 그는 찬바람을 쌩 일으키며 '기쁨'을 뒤로 하고 가버리려고 했다.

그때 '기쁨'은 '파괴된 인간관계'에게 "잠깐만요! 당신은 기쁨을 빼앗아

가지 않았어요. 기쁨을 빼앗아 간 것은 당신이 아니라 '실망'이잖아요. 그런데 왜 다른 이가 해놓은 일을 마치 자기 공로인 것처럼 뽐내나요?'라고 소리쳤다.

'파괴된 인간관계'는 뒤를 돌아보더니 어린아이들이 흐느껴 울고, 부부가 서로 싸우고 있으며, 외도 중인 연인들이 웃고 있는(그다지 길게 웃지는 않았음) 그 복도를 다시 걸어내려 와 '기쁨'에게로 다가왔다.

"내가 그 공로를 차지하건, '실망'이 그것을 자기 공로라고 주장하건 사실 그건 별로 중요한 문제는 아니야. 결론은 내가 등장하면 너는 떠나야 한다는 거지. 알아듣겠어? 이름도 위대하신 온 세상의 기쁨 씨!"라고 그는 거만하게 웃으며 말을 이었다. "그건 그렇게 되게 되어 있어. 내가 보장하지!"

'기쁨'은 주머니를 뒤졌고 이 만남을 위해 미리 준비해둔 기록을 읽어보며 말했다. "당신이 무슨 말을 하더라도 나는 내가 당신과 함께 할 수 있다고 확신합니다. 파괴된 인간관계 씨, 그러니까 나는 떠날 필요가 없는 것이지요. 당신은 내가 당신과 함께 할 수 없을 것이라고 너무 과신하고 있는 것 같은데, 그렇다면 당신은 왜 당신의 고객들이 처음부터 당신만 택할 것이라고 생각하는지 그 이유를 말해보세요!"

'파괴된 인간관계'는 답답하다는 듯이 한숨을 내쉬었다. "모든 관계는 거울에서 시작되지. 그러나 모든 파괴된 인간관계는 사람들이 거울에 비친 자기의 모습이 아니라 거울에 비친 다른 사람의 모습을 보는 데서부터 시작된다는 거야. 나의 고객들은 서로를 비난하는 게임을 아주 좋아해. 대부분 나의 고객들은 항상 자기들이 옳다고 믿고 싶어 하지. 관계가 깨져서 회복할 수 없게 될지라도 말이야. 관계가 파괴된 경우 사람들은 끝까지 자기가 옳다고 주장할 것인지, 아니면 상대방과 화해할 것인지 둘 중 하나를 선택해야 해. 만약 화해하지 않으면 그 깨어진 관계로 인한 죄의 짐을 누군가가 대신 지게 돼. 그것은 아주 사악한 사이클이지."

'파괴된 인간관계'는 적지 않은 기쁨탈취자들('이기심', '불안정', '질투')이 그런 식으로 해서 이미 일을 많이 성공시켰고, 그 외에 성공적으로 일하고 있는 기쁨탈취자들은 수도 없이 많다고 의기양양하게 말했다.

"내가 다른 기쁨탈취자들에게 의뢰받은 고객들은 수도 없이 많아! 중요한 것은 내가 이 일을 계속할 것이라는 거야. 그 이유는 내 고객들이 서로에 대한 백년가약을 지키지 않도록 만드는 것이 내가 하는 일이기 때문이지. 내고객들은 백년가약이 단순한 하나의 선택사항에 불과하며, 조건 없는 사랑이란 형편이 될 때만 하는 것이라고 믿고 있어. 내 고객들은 사랑을 선택이라기보다는 감정이라고 해석할 때가 많아. 파괴된 인간관계로써 나의 존재는 감정이 아니라 삶의 한 상황이야. 그러니까 나는 여기에 머물러 있어야하는 거지."

그러다가 갑자기 '파괴된 인간관계'는 그의 모든 고객들이 관계를 처음으로 맺기 시작할 때는 서로 긍정적인 말을 얼마나 열정적으로 주고받는지 놀랄 정도이지만, 막상 헤어질 때는 얼마나 부정적인 말들을 쏟아내는지 그것 또한 못지않게 놀랍다고 말했다.

'파괴된 인간관계'는 깊이 생각하는 듯 말을 이었다. "당신도 알다시피, 만약 사람들이 무슨 일이 일어나더라도 긍정적으로 끝까지 서로를 향한 헌신의 언약을 잘 지켰다면 나로서는 수많은 고객을 잃었겠지. 나는 수직적으로는 하나님과의 관계를 또 수평적으로는 사람들과의 관계를 잘 맺는 사람들은 내 고객이 되기 어려울 것 같다는 사실을 알게 되었어."

'기쁨'은 미소를 지으며 대답했다. "당신에게 아주 중요한 정보를 줄게요. 하나님과의 수직적인 관계와 사람들과의 수평적인 관계를 마음속에 그려보면 그 모양은 바로 십자가이고 십자가는 조건 없는 사랑의 상징이지요. 혹시 그걸 알고 계셨나요?"

"음, 당신이 방금 말한대로…" '파괴된 인간관계'는 생각을 모으려는 듯 약간 뜸을 들이더니 그는 재빨리 말을 이었다. "내 고객들이 그 이미지를 이해했다면, 그리고 조건 없는 사랑을 하려고 노력했다면 물론 나에게는 아주 소수의 고객들만 남았겠지."

그러다가 이번에는 '파괴된 인간관계'가 갑자기 말을 중단했다. "이런 멍청이 떠버리 같으니라고" 그는 자기 자신을 탓했다. 자기가 하지 않아도 될 말까지 했다는 사실을 깨달았기 때문이었다. 사실, 그는 그런 소중한 정보로 '기쁨'을 더 강하게 무장시켜주려는 의도는 전혀 없었기 때문이었다. "뭐, 어쨌거나 대부분의 사람들은 그 개념을 이해하지 못할 거야"라고 '파괴된 인간관계'는 스스로를 위로했다.

흥미진진해진 '기쁨'은 자기는 '파괴된 인간관계'를 쫓아내고 그의 자리를 대신하려는 의도는 전혀 없다고 그에게 말했다. 그것은 거의 불가능한 일이기 때문이었다. 그러나 '기쁨'은 그와 자기가 함께 일할 수 있는 방법이 없을까 궁금하게 여기고 있었다. '파괴된 인간관계'는 "만약 당신이 내 고객들을 대상으로 일을 하고 싶다면 나쁜 상황들을 이겨낼 만큼 충분한 기쁨을 만들어내야 할 거야. 왜냐하면 그 나쁜 상황이 바로 나이기 때문이지"라고 말했다.

'파괴된 인간관계'는 시계를 보았다. 그 이유는 관계 파괴가 매 순간 일어나고 있다는 사실을 그는 누구보다 잘 알고 있었고, 따라서 그는 더 이상 '기쁨'과 얘기하느라 시간을 낭비할 수 없었다. 그는 이혼을 하기 위해 구두심

문절차를 밟고 있는 고객들을 대상으로 일을 시작하기 위해 발걸음을 옮겼다.

깊은 생각에 잠긴 듯이 '파괴된 인간관계'를 뚫어지게 바라보던 '기쁨'은 이혼법정으로 서둘러 들어갔다. 이제 '기쁨'은 사람이 뭔가를 잃었다고 느낄 때 그 사람의 마음속에 행복감을 만들어낸다는 것이 쉽지 않은 일이라는 것을 깨달았다. 그러나 '파괴된 인간관계'와의 그 흥미로운 대화 후에 그는 '파괴된 인간관계'의 고객들을 대상으로 일을 하게 될 것에 대한 기대감에 부풀게 되었다.

한 아이가 '기쁨'의 옆을 지나 양손으로 귀를 막고 화가 머리끝까지 치밀어 올라 서로를 향해 큰소리를 지르며 싸우는 부모 사이를 걸어 지나갔다. 그 부부는 그 꼬마아이의 머리 위로 상대방을 향해 손가락을 가리키며 탁한 공기 속으로 팔을 뻗었다. '기쁨'은 몸을 굽혀 아이의 눈물을 닦아주면서 부드럽게 속삭였다. "애야, 나는 정말 너와 함께 시간을 보내고 싶구나."

3장

'기쁨'이 '질투'를 만남

'질투'에는 사랑보다 더 큰 자기 사랑이 버티고 있다.
— 프란시스 드 라 로슈푸코(Francois de la Rochefoucauld)

❋ ❋ ❋

'기쁨'이 '질투'를 처음 만났을 때 매우 조심스러웠다. 왜냐하면 '질투'의 존재가 분명하게 느껴지지 않았기 때문이었다. '질투'가 숨어있는 것인지, 아니면 자기존재를 드러내 보이지 않으려고 하는 것인지, 마치 그는 존재하지 않는 것처럼 느껴지기도 했고 또 금방 사라질 것만 같았다.

'질투'는 자기를 소개하면서 '거짓 기쁨'만이 자기와 동거할 수 있고, 미덕이나 감정이나 최고의 행복은 그를 대신할 수 없다고 말했다. 때로 사람들은 '질투'가 존재하는 것조차도 깨닫지 못한다고 하면서 비록 자기가 왔다는 것을 명확하게 드러내 보여주어도 대개 그의 고객들은 그 사실을 부인한다고 '기쁨'에게 설명했다.

"당신이 방금 말했던 '거짓 기쁨'에 대해 알고 싶어지는군요. 참된 기쁨으로써 나는 당신이 말하는 그 '거짓 기쁨'은 뭐고 또 상대적으로 나의 입지는 뭔지를 이해해야 할 필요가 있을 것 같아서요. 당신은 비록 내가 당신과 함께 할 수 없다고 말하지만, 그래도 당신과 내가 정말 공존할 수 없는지 한번 알아보고 싶군요. 당신이 하는 일들과 맡은 책임들에 대해 내가 몇 가지 질문을 해도 될까요?" '기쁨'이 물었다.

'질투'는 그답지 않게 열린 마음으로 너그럽게 인터뷰에 동의했다.

"당신은 왜 그렇게 바쁜 거죠?" '기쁨'이 인터뷰를 시작했다.

'질투'는 사람들 안에 비교의식이 싹틀 때 자기의 존재가 등장하기 시작한다고 대답했다. "만약 나의 고객들이 다른 사람과 자기 자신을 비교하지 않는다면, 나는 아마도 무직자가 되었겠지요. 당신은 옆집 잔디가 항상 더 싱싱해 보인다(유사한 우리나라 속담으로 남의 떡이 더 커보인다가 있다. - 역주)는 옛 속담을 들어본 적이 있나요?"

'기쁨'이 대답하기도 전에 '질투'는 말을 이었다. "나의 고객들은 옆집 사람이 잔디를 더 정성껏 돌봤을 수도 있다는 사실은 별로 염두에 두지 않습니다. 예를 들면 물을 더 많이 주고, 비료를 더 많이 주고, 수도세를 더 냈기 때문에 그 이웃이 더 싱싱하고 예쁜 잔디를 가지게 되었다는 것은 내 고객들에게는 별로 고려할 만한 사항이 아니지요. 내가 할 일은 이유야 어쨌든지 간에 그들이 물이나 비료를 옆집 사람만큼 줄 만한 여유가 없다고 생각하게 만드는 것이지요. 사업이 잘 안된다거나 운이 없다거나… 등."

'질투'는 잠깐 말을 멈추더니 이어 "바로 그런 이유 때문에 사람들이 나를 '초록색 눈을 가진 괴물'이라고 부르는 걸까요?"라고 마치 연기를 하듯 말했다.

'질투'는 갑자기 대화의 주제를 바꾸었다. "당신도 알잖아요. 사람들이

'인생의 한 시절' 에 대한 개념이 없기 때문에 내가 할 일이 많다는 거요."

'기쁨' 은 호기심이 발동했다. "나도 그 개념에 대해서는 들어본 적이 없는 것 같아요. 그런데 그것이 무슨 말이죠? 또 왜 그런것들에 대한 개념이 사람들에게 있어야 하죠?"

"당신도 알다시피 한 사람의 인생은 끊임없이 진화하지요. 만약 당신이 자기 인생에서의 겨울을 다른 사람의 여름과 비교한다면, 당신은 화가 나고 시기심이 나서 견딜 수가 없을 것입니다. 그러나 당신의 겨울이 지나가고 있다는 것을 안다면, 자기 인생을 다른 관점으로 볼 수 있게 되겠지요."

'기쁨' 은 '질투' 의 자리를 대신할 수 있는지를 알아내고 싶어졌다. 그런데 '질투' 는 좀 이상스러운 제스처를 하면서 마치 그것을 말해주고 싶어 견딜 수 없는 듯 행동했다. '질투' 는 대부분 그의 고객들이 그다지 해롭지 않은 '슬쩍 질투심 자극하기' 라는 자기의 배다른 동생에게서부터 시작된다고 설명했다.

"'슬쩍 질투심 자극하기' 가 하는 일은 그저 고객들을 까치발로 서게 해서 다른 사람들의 성공을 보도록 하는 것이 전부예요. 다시 말하면, 그 고객이 다른 누군가의 성공을 보고 난 후에 자기들도 그 사람처럼 성공할 수 있었으면 하는 마음이 생기게 만드는 거죠. 내 고객들이 '슬쩍 질투심 자극하기' 와 한 동안 놀고 나면 그 다음 단계로 또 다른 나의 배다른 여동생인 '질투심어린 분노' 의 손에 넘어갑니다. 그 여동생은 삶의 수준이나 은행예치금, 집의 크기… 등 뭐든 그들보다 불공평하게 느껴질 정도로 훨씬 많이 가지고 있는 사람들에 대해 분노하도록 고객들을 부추깁니다."

"정말요! 그렇게 쓸데없는 일로 에너지와 시간을 낭비하다니!" '기쁨' 이 소리쳤다.

"게다가 그게 전부가 아니에요." '질투'는 덧붙였다. "그 다음 단계로 내 고객들은 그들이 질투하고 있는 그 대상을 깎아내리기 시작하죠. 그들은 그 사람이 성공할만한 사람이 못된다고 생각하기 시작합니다. 이 단계가 되면 나의 그들을 나의 친척 중 위험한 자인 '질투심에 눈이 먼 방해공작'에게 넘깁니다. 그리고 때로 나의 친척 중 가장 위험한 자인 '살인'의 손아귀에 넘어가기도 하지요. 이런 일이 일어나게 되면 나의 가족들은 모든 비이성적이고 부정적인 에너지들을 집결시키지요. 그리고 나의 고객들을 강권하여 질투의 대상인 그 사람의 성공을 방해하도록 합니다. 아주 극단적인 경우에, 극히 사악한 내 친척들은 고객들이 그 사람에게 해를 입히도록 만들고야 맙니다. 물론 이것은 아주 극단적인 단계이지요. 만약 나의 고객들이 첫 번째 단계에서 다른 사람의 중재를 받지 않는다면 우리 온 가문의 손에 단계적으로 요리되어 결국 마지막 단계로까지 넘어가게 됩니다. 마지막 단계란 바로 자기 자신과 다른 사람들에게 해를 입히는 거죠."

'질투'는 어깨를 으쓱해하며 말했다. "그러나 내 고객들은 대부분 우리의 파트너관계에 대해서는 침묵을 합니다. 그러니까 대개는 다른 사람들의 도움을 받지 않는 것이죠. 그리고 그것은 문제를 더 복잡하게 만들 뿐이고요."

이제 '기쁨'은 미소를 지었다. '질투'가 자기도 모르는 사이에 '기쁨'의 질문에 대한 해답을 제시해 주었기 때문이었다. 그 해답은 '기쁨'이 바랐던 것과는 달리 둘은 함께 공존할 수가 없다는 것이었다. 그러나 '기쁨'이 그의 자리를 대신할 수 있다는 것만은 분명했다. 이때 '질투'가 '기쁨'이 옷소매를 거둬 올린 모습을 보았다. '질투'는 '기쁨'의 모습을 보면서 자기는 다른 기쁨탈취자들과 비교해볼 때 일은 더 많이 하고 보수는 더 적게 받는다고 느꼈다. '질투'는 정말 그 일에서 손을 떼고 싶어졌다. '질투'는 '기쁨'이 자기 자리를 대신했으면 하고 생각했다.

　'저 녀석 기쁨은 저런 일을 하니까 얼마나 운이 좋아. 기쁨은 여기저기 여행 다니면서 모든 것을 다 가질 수 있잖아' 라고 '질투' 는 속으로 툴툴거렸다. '저렇게 활기 있게 살아야 할 자는 저 녀석이 아니라 바로 나라고. 내 고객들에게 좀 더 강력한 에너지를 확 불어넣어야 할 자는 바로 나라고. 내가 기쁨보다 훨씬 더 열심히 일하고 있잖아! 이건 정말 너무 불공평해!'

4장

'기쁨'이 '부정적인 태도'를 만남

부정적으로만 생각하는 것은 스스로 속는 것이다.
긍정적으로 생각하는 것만이 "일하는 것"이다. – 산드라 스틴(Sandra Steen)

❉ ❉ ❉

'기쁨'이 '부정적인 태도'를 만났을 때 그가 주는 느낌이 어떤 것인지를 아주 명확하게 느낄 수 있었다. 그것은 "살다보면 누구나 재수 옴 붙은 날이 있다"라는 식의 태도였다.

'부정적인 태도'는 무뚝뚝하고 퉁명스럽게 말했다. "때로 사람들은 부정적인 태도를 스스로 자꾸 더 부추겨서 더 부정적이 되어버린답니다. 어떤 사람들은 가끔 찾아오는 그런 재수 없는 날에는 온종일 나와 함께 지내기도 해요. 또 어떤 사람들은 아예 평생을 나와 함께 하지요. 당신은 내가 떠날 것이라고 생각하지 마세요. 왜냐하면 그런 일은 도무지 일어날 수 없는 비현실적인 일이니까요. 당신이야 어떻게 생각하든 실제로 어떤 사람들은 자기들이 나를 좋아한다고 여기거든요."

'기쁨'은 잠시 당황했지만 어떻게든 좀 더 밝은 분위기로 말해보려고 애썼다. "그러니까 당신이 하려고 하는 말은 어떤 사람들은 화를 내면 그 순간 속이 후련해지고 슬픈 기분이 사라지면서 기분이 좋아진다는 것이지요?"

"기쁨 씨, 당신은 현명하게 판단할 거죠?"라고 마치 테스트라도 하듯 '부정적인 태도'가 말을 이었다. "솔직히 말해서 당신은 내가 허용할 때만 나와 공존할 수 있어요. 주도권은 나한테 있는 거죠. 나의 고객들은 언제 어떤 식으로든 부정적으로 느낄 수 있어요. 일단 그들이 부정적인 태도를 취하기로 마음먹는다면 당신은 더 이상 나와 함께 있을 수가 없어요. 그러나 나의 고객들의 기분이 괜찮아지면 그들이 다시 부정적으로 바뀔 때까지만 당신은 내 고객들에게 머물 수가 있답니다."

"그 말은 내가 당신과 함께 동거할 수 없다는 뜻인 것 같군요. 그렇다면 내가 해야 할 일은 당신의 자리를 대신하는 것이 되어야겠군요."

'부정적인 태도'는 '기쁨'을 바라고보는 억지웃음을 지어보였다. "당신이 뭐 그리 대단한 존재야? 세상에 아무도 항상 행복하고 기쁠 수는 없는 법이야! 나는 사람들의 삶이 균형을 이루도록 해주고, 그들에게 색다른 선택을 하도록 해주고 있는 거야. 그들이 나와 함께 할 때 그들은 무정하고, 까칠하고, 융통성 없고, 무례하게 될 선택의 여지를 가질 수 있는 거지. 어떤 사람들에게는 그것이 아주 정상적인 거야. 내 고객 중에 많은 이들이 '현실적'이 되기로 선택하며, 이때 '현실적'이 된다는 의미는 부정적이 되는 것을 의미하지."

'기쁨'은 "중요한 것은 부정적인 것과 긍정적인 것 사이에 균형을 이루는 것이 아니라 계속 긍정적이 되기 위해 끊임없이 노력하는 것이죠"라고 대답했다.

"'부정적인 태도' 씨, 당신은 당신이 등장할 때마다 사람들이 비생산적이되고, 부정적으로 변하며, 사랑에 대한 열정을 잃는 것을 모르세요?" '기쁨'은 핵심을 찌르며 말했다. "솔직히 말하면, 다른 여러 기쁨탈취자들을 만들어낸 건 바로 당신이에요. 사실 나는 조금 전에 당신의 친구인 '파괴된 인간관계'와 만났었어요. 모든 사람들에게 당신이 만들어낸 기쁨탈취자들이 최소한 하나는 있는 것 같더군요." '기쁨'은 '부정적인 태도'가 고객들로 하여금 입술로 생명의 말을 하게 하기보다 죽음의 말을 하도록 부추겨서 나쁜 말이라는 해로운 독사 새끼들을 친다고 공격했다. "당신은 한동안은 매우 병이 깊은 환자들을 많이 상대했겠군요. 왜냐하면 그들 안에 당신의 독소가 전체적으로 퍼져있으니까요."

'부정적인 태도'가 말했다. "이것보세요. 덩치만 큰 울보 어린아이 같은 기쁨 씨, 당신이 하는 말 잘 들었어. 그러나 나는 그저 내게 주어진 일을 하고 있을 뿐이야. 나는 지금까지 온 세상을 다니며 친구관계 또 그 외에 여러 인간관계들을 아주 효과적으로 멀어지게 했어. 내가 더 이상 무슨 말을 하겠어? 나는 몹쓸 놈이야. 왜냐하면 나는 원래 그렇게 생겨먹었거든!"

'기쁨'은 '부정적인 태도'의 영이 얼마나 무정한지를 깨닫고 놀라며 그를 물끄러미 바라보았다. "당신이 그런 일을 하지 못하게 막을 수 있는 방법이 뭐라고 생각하는지 말해 봐요." '기쁨'은 다그쳤다.

'부정적인 태도'는 머리를 좌우로 흔들었다. "이봐요, 기쁨, 너에게는 좀 의외인 면이 있어. 지금 나와 비밀 거래를 하자는 거잖아. 이 보채기 좋아하는 어린애 같으니라고."

"글쎄, 내가 이렇게 말하면 당신이 알아들을까? 이봐, 부정적인 태도 씨, 나는 당신의 고객들을 대상으로 내가 어떻게 해야 할 것인지 그 방법을 찾기 전에는 이곳을 떠나지 않을 거예요. 그러니까 나를 도와주던가, 아니면 나와 함께 아주 오랫동안 함께 지내든가 알아서 해요."

"아, 알았어요. 좋아, 좋아! 어떻게 하면 내 일을 방해할 수 있는지를 말해 주지." '부정적인 태도' 가 말했다. "내 고객들의 부정적인 생각들을 긍정적인 생각들로 바꾸는 것, 그것이 바로 그 방법이야."

"내 고객들은 나를 머리에서 지워버리려고 애쓰지. 그러나 나는 아주 끈질긴 놈이거든. 그러니까 나는 뭔가 긍정적인 어떤 것이 와야만 내 자리를 내준다고. 나는 내 자리를 지키기 위해 갖은 애를 다 쓰지. 당신도 알다시피 내가 하는 일은 내 고객들의 생각 속을 맴도는 거야. 그러고 나면 결국 내 고객들은 그들이 하루 종일 생각했던 대로 말하고 행동하면서 그 생각대로 되어버리는 거야! 만약 나의 고객들이 어떻게 긍정적인 사고와 놀라운 아이디어들을 얻게 되는지를 알게 된다면, 나는 보나마나 내 일을 접어야 하겠지. 내 고객들의 문제는 시간이 흐름에 따라 그들의 부정적인 생각을 조금씩 키운다는 거지. 그리고 얼마 지나지 않아 그것은 바로 그들의 삶 자체가 되어버려. 그런데 그 사실을 고객 자신은 알지 못할 때가 많다는 것이지."

마침내 '기쁨' 은 모든 것을 이해했다. "부정적인 태도 씨, 이제 뭐가 뭔지 알 것 같아요.' '기쁨' 이 말했다. "당신은 어떤 고객에게 삶의 태도로 자리 잡기 전에는 그저 단순한 하나의 생각에 불과하군요. 맞죠?"

"정확히 바로 그거야!" 부정적인 태도가 말했다. "내가 고객들의 생각을 이런 모양 저런 모양으로 빚어 갈 때는 생각의 모양만 만드는 것이 아니라 동시에 그들의 성품도 만들어 가거든."

"얘기를 듣다보니, 당신은 일을 너무 많이 하는 것 같네요. 내가 지금부터 열심히 뛰어서 반드시 당신을 조기명예퇴직을 하도록 해줄 거예요."

"음, 그것 참 그럴싸한 말이군! 참나, 나를 아예 추운 날 대문 밖으로 쫓아내라, 배은망덕한 놈 같으니! 어쨌든 내가 시간을 내어 너에게 모든 것을 설명을 해줬으니 고맙다는 인사를 해야 하는 것 아니야? 내 생각에는 명예퇴직 플랜 따위는 개밥으로나 줘버리는 것이 좋을 것 같군. 아주 고마워 죽겠군. 그 따위로 대접해줘서"라며 '부정적인 태도'가 비웃었다.

'기쁨'이 '좌절'을 만남

절망적인 상황이란 없다. 단지 상황 앞에서 좌절에 빠진 사람들만이 있을 뿐이다.
– 클래어 부스 루스(Clare Boothe Luce)

✢ ✢ ✢

'기쁨'은 어두운 동굴 안에서 '좌절'을 만났다. 그 동굴은 너무 깜깜해서 자기 자신의 모습조차 거의 볼 수 없을 정도였다. '좌절'은 자기를 "속임의 고수"라고 소개했다. 그는 인생의 여러 탈출구들을 깜깜하게 한 후 그의 고객들을 그 동굴로 유인해 오고, 거기서 고객들에게 아주 절망적인 생각 몇 가지를 집어넣어준다고 했다. 또 정말 흥미진진한 부분은 자기가 고객들의 삶에 처음부터 끝까지 악영향을 줄 수 있다는 점이라고 했다. 그들이 얼마나 교육을 잘 받았는지 또 얼마나 부자인지는 전혀 문제가 되지 않으며, 그가 하는 일은 그저 그들의 생각에 어떻게든 그림자를 길게 드리워지게 해서 그들이 아무 희망의 빛을 보지 못하도록 하기만 하면 되는 것이라고 말했다.

그는 자기가 동굴에 사는 이유는 밝음, 빛, 낙관주의 등이 견딜 수 없이 싫어서라고 했다. 그는 어두운 표정으로 '기쁨'에게 말했다. "사실 이런 말을 하는 것은 죽기보다 싫지만, 내가 등장하면 사람들의 삶이 거의 종치다시피 하죠. 그러니까 당신과 내가 함께 공존할 수 없어요."

"당신은 정말 음울하군요" '기쁨'은 음산한 말을 하는 '좌절'이라는 이 존재를 도대체 어떻게 다뤄야 할지 속으로 고민하면서 최대한 그에게 동정심을 보이려고 애썼다.

'좌절'은 자기가 하루아침에 나타났다가 하루아침에 사라지는 존재가 아니고 오히려 그는 그의 고객들에게 좋지 않은 경험을 연속적으로 하게하고 또 일정기간 동안 기대하는 모든 일들이 잘 풀리지 않게 만든다고 했다. 그는 하물며 '파괴된 인간관계'와 '결핍', 그리고 그 외에 다른 기쁨탈취자 친구들이 그에게 아주 많은 고객들을 연결해 준다고까지 말했다.

"내 고객들이 다른 기쁨탈취자들과 함께 지내는 동안 나는 그 고객들을 살짝 속여서 나의 동굴로 유인하지요. 정말이에요." '좌절'은 잠깐 말을 멈추더니 아주 고통스러운 듯이 자기 머리를 양 손으로 잡았다. "사실 나에게는 대박을 칠 수 있는 방법이 있어요. 사람들이 자기의 부정적인 삶의 태도를 정상적인 것으로 여기면 조만간에 그들은 희망을 잃게 되거든요. 그런 식으로 그들은 계속해서 스트레스를 자초하는데, 그것은 나에게 더 많은 좌절의 씨를 뿌릴 수 있도록 해주지요."

'기쁨'은 '좌절'이 쉽지 않은 상대라는 것을 깨닫고는 깊은 생각에 잠긴 듯 머리를 숙였다. 그러나 '기쁨'은 '좌절'이 궁극적으로 가져올 패망을 생각하며 '좌절'을 쫓아내고 그 자리를 대신할 수 있는 방법을 반드시 찾아내야겠다고 생각했다. '기쁨'은 '좌절'을 가만히 쳐다보면서 어떤 경우에 가장 성공적으로 고객을 속였었는지를 물어보았다.

'나는 항상 '사랑' 에게는 져요. 사랑받는다고 생각하는 사람들은 절대로 나에게 다가오질 않죠." '좌절' 이 대답했다.

'기쁨' 은 이 중요한 정보를 그의 메모장에 기록했다. 그리고는 이 어둡고 침침한 동굴이 너무나 견디기 힘들어서 빨리 거기서 벗어나야 할 것 같다고 '좌절' 에게 말하고, 좋은 정보를 얻었기 때문에 앞으로 어떻게 해야 할지를 어느 정도는 알게 되었다고 했다. 밖으로 빠져 나오면서 '기쁨' 은 동굴의 어떤 한 곳을 가리키면서 왜 그곳이 동굴의 다른 곳보다 유난히 더 어두워 보이는지를 물어보았다.

"그곳은 이 세상 아무도 자기에게 관심이 없고 아무도 자기를 사랑하지 않는다고 생각하는 고객들을 보내는 구석입니다. 그곳에 있는 모든 사람들은 아무 거부감 없이 그것을 사실로 받아들이며 스스로를 더욱 더 좌절에 빠지게 만든답니다. 한마디로 동정잔치를 하는 거예요. 아주 멋지지 않습니까?"

'기쁨' 은 받아쓰기를 멈추었다. 그는 구역질난다는 듯 메모장을 내던지면서 소리쳤다. "이런 속임수는 도저히 참을 수가 없군요! 당신은 세상에 사랑받지 못하는 사람은 아무도 없다는 사실을 잘 알고 있잖아요. 당신의 속임수는 세상에서 가장 잔인하고 끔찍해요. 그리고 나는 당신이 다시는 이런 짓을 못하도록 막기 위해 뭐든 할 거예요!"

"당신이 어떻게 나를 막을 수 있다는 거야?" '좌절' 이 물었다.

"나는 당신의 고객들에게 '하나님이 세상을 이처럼 사랑하사' 라는 소식지를 나누어 줄 거예요. 그게 바로 나의 방법이에요!"

'좌절' 은 어깨를 으쓱하더니 '기쁨' 이 발산하는 밝은 빛 때문에 눈이 너무 부셔서 견딜 수 없으니 그만 나가달라고 그에게 말했다. "이제 그만 나가

쥐야 할 것 같은데, 기쁨 씨, 이 밝음 때문에 아주 죽을 지경이거든."

'기쁨'은 머리를 좌우로 흔들었다. '기쁨'이 그 동굴의 입구를 벗어나 밝고 아름다운 대낮같은 빛을 향해 나아오면서 말했다. "좌절, 내 말을 믿으세요. 내가 아까 봤던 그 구석 있잖아요. 사실 내게는 이 동굴과 그곳에 비칠 수 있는 특별 발광장치가 있어요. 조만간에 나는 이곳에 각종의 광선과 발광체의 빛을 비추면서 내가 당신의 자리를 대신하게 되었다는 것을 축하할 거예요. 그날이 곧 올 거라고 믿어요."

'좌절'은 '기쁨은 나를 좋아하지 않는 것 같아. 음… 사실 누가 나를 좋아하겠어?'라고 속으로 생각하며 침울해졌다.

6장

'기쁨'이 '미움'을 만남

미움은 삶의 에너지가 가장 많이 새 나가는 통로이다.
— 산드라 스틴(Sandra Steen)

✤ ✤ ✤

'기쁨'은 '미움'을 미국에서 한창 벌어졌던 민권운동 시절부터 알고 지냈다. 그는 미움이 KKK(Ku Klux Klan)단과 함께 행진을 하는 것을 보았다. 그 후 몇 년 간 '미움'은 아시아와 아프리카의 킬링필드에서 열심히 활동했다. 하물며 오래전에도 '미움'이 고대 로마와 카르타고에서 군대를 소집하였고, 그 후에는 유럽에서 나치당과 함께 행진하기도 했다. '기쁨'은 '미움'이 정치운동에 참여한 것을 우연히 본 적도 있었다. 그러나 최근의 정치적 개선과 동향을 볼 때 지금은 '미움'이 어디에 있는지 도대체 알 수 없었다. '기쁨'은 '미움'과 인터뷰를 한 후 그의 자리를 대신하기 위해서는 특파원처럼 '미움'의 행방을 찾아 세계를 돌아다니지 않으면 안 될 것 같다고 생각했다.

그때 누군가 '기쁨'에게 물었다. "얼마나 열심히 찾아봤어? '미움'은 광신종교집단이나 테러집단에만 있는 것이 아니라 어디에나 잠복해 있어. '미움'은 가정, 학교, 기업의 회의실, 모든 종류의 조직에 숨어 있지. '미움'은 눈에 잘 띠지 않는 녀석이야!"

　'기쁨'은 이 말을 믿고 싶지 않았다. '미움'이 어떻게 가정, 학교, 회사와 같은 곳에서 환영받는 손님이 될 수 있단 말인가! 그것은 도저히 납득하기 힘든 말이었다. 어느 날 '기쁨'이 '미움'을 찾아내려고 길을 나섰다가 몇 명의 남학생들이 시끄럽게 떠들며 길을 걸어가고 있는 것을 보았다. 웃고 밀치고 큰 소리로 농담을 주고받으며 그들은 새로 이사 온 전학생에 대해 말하고 있었다.

　"진짜, 얼간이야!" 그 중 한 아이가 큰 소리로 말했다. "정말 못 봐주겠어!" "그러게 말이야" 하고 다른 아이가 맞장구를 쳤다. "그 두꺼운 안경테하며, 자기 누나와 말할 때 그 이상한 말투하며. 우리 엄마가 그러는데 걔들은 무슨 이상한 나라에서 왔는데, 그 나라에서는 전통인지 뭔지 그런 걸 지킨데. 그러니까 우리, 개네들에게 한마디도 말 걸지 말자. 방과 후 특별활동 팀에도 들으라고 하지 말고, 교회 소풍에도 초청하지 말자고."

　'기쁨'은 그 아이들이 주고받는 말에 마음 아파하며 박애정신이 가정에서부터 시작되듯 미움도 가정에서부터 시작된다는 것을 알게 되었다. '기쁨'은 '미움'을 찾기 위해 전쟁과 테러가 발생한 나라들을 찾아 전 세계를 돌아다닐 필요가 없을 것 같다는 생각을 했다. '미움'은 바로 이곳에 머무르고 있었던 것이다. 그 이유는 좀 전에 남학생 한 명이 외국에서 전학 온 아이의 말을 하면서 교회에 대한 말도 했기 때문이었다. 이것에 대해 생각하면서 걷다가 '기쁨'은 발 닿는 곳마다, 교회가 있는 곳마다 '미움'이 있다는 사실이 머리에 떠올랐다. 사실 지금까지 '기쁨'이 머물렀던 거의 모든 도시나 나라들은 그랬다. 따라서 '기쁨'은 갈등과 분열이 있는 나라들과 사회에서 '미움'이 어떻게 활동하는지 통찰해보기 위해 '종교'를 찾아가보기로 마음먹었다.

처음 '종교'를 만났을 때는 아주 기분이 상쾌하고 좋았다. 최소한 처음에는 그랬다. '기쁨'은 '미움'이 그곳에 숨어있지 않다고 생각하니 마음이 편했다. '기쁨'이 인터뷰를 끝내고 막 자리에서 일어나려다가 호기심에 한 가지를 더 물어보았다. "종교 씨, 그런데 왜 당신에게 속한 그룹들 중에 어떤 그룹들은 거의 비슷비슷한 구성원들끼리만 어울려있는 것처럼 보이죠? 어떤 교파에 속한 사람들은 생각하는 것, 말하는 것, 하물며 외모까지 비슷한 것 같더군요. 다양성을 찾아보기가 힘든 것 같아요. 그들을 보고 있자면 신앙을 바탕으로 한 모임이 아니라 사교클럽이 아닐까 착각할 정도예요."

"그것은 신앙의 풀리지 않는 미스터리인 것 같아요." '종교'가 미소를 띠며 기도하듯이 손을 모았다.

"뭐야, 그렇게 애매한 답으로 내 질문을 회피하는 거예요? 정말 그것에 대해 말하고 싶지 않은 거예요?" '기쁨'은 눈동자를 장난스럽게 둥글게 굴렸다.

"다양성을 찾아보기 힘든 이유는 우리가 절대권과 통찰력을 가진 특정 그룹을 구성해서 성도들의 도덕적 문제나 교제 문제를 다루도록 하기 때문이죠. 당신은 분명 그 말이 무슨 말인지 이해하지 못할 것 같다는 생각이 들어서 그래요." '종교'는 '기쁨'의 어깨를 두드리며 말했다.

"그러니까 우리 공동체에 속하지 않은 사람들은 우리의 방식을 이해하지 못한다는 거예요. 그저 단순히 그거예요."

'종교'가 말하는 이 배타적인 설명이 놀랍기도 한 '기쁨'은 혹시 '미움'이 '종교'의 고객들에게 접근할 수 있는 비밀 통로라도 찾아낸 것이 아닐까 하는 생각이 들었다. '기쁨'은 자기가 '미움'의 비밀에 한 발 더 다가간 것 같은 느낌이 들었다. '종교의 홀에 잠복해 있었다니, 미움이 녀석 정말 꽤가 많군'이라고 '기쁨'은 속으로 생각했다.

"음, 그렇다면 당신은 당신이 믿는 종교 외에 다른 종교를 믿는 집단에 대해서는 어떻게 느끼나요?" '기쁨'은 집요하게 물었다.

"글쎄요, 개인적으로는 뭐 별로 신경 안 써요. 나와 다른 생각을 하면서 자기들 스스로 잘못된 길로 가는 그런 사람들에 대해 특별히 나쁜 감정 같은 것은 없어요. 그러나 신앙적인 면에서는 그들이 틀렸고 우리가 옳다는 것을 우리는 알죠. 우리의 신조에 절대적으로 따라오지 않는 사람들은 믿음이 약해서 그런 것이고요. 너무 과도하게 행동하는 사람들은 광신자들이지요. 우리의 신조를 의심 없이 믿고 순종하면서 우리와 함께 동행하는 사람들, 그런 사람들이 올바른 신앙을 가진 사람들이죠!" '종교'의 미소는 위선적이고 형식적으로 보였다.

'기쁨'은 다시 한 번 놀라면서 할 말을 잃었다. '종교'가 했던 말이 뭔지 이제야 명백해졌다. '기쁨'과 '종교' 사이에 무거운 침묵이 흘렀다. 그때 갑자기 귀가 찢어질 듯이 크고 시끄러운 소리가 찬물을 끼얹은 듯이 조용했던 그 방 전체에 울러 퍼졌다. 귀가 멀 것 같이 요란하고 시끄러운 소리가 어디에선가 갑자기 들려왔다. 그러더니 잠시 후에는 그 소리가 온 사방에서 들렸다. 이 시끄러운 소리의 근원이 어디인지 알기 위해 여기저기를 둘러보며 찾고 있는데 천장이 열리면서 깨진 전등과 흙먼지 사이로 이상한 무엇인가가 그들을 훔쳐보고 있었다. '기쁨'도 '종교'도 그가 누구인지 몰랐다.

"나는 '미움'이야." '미움'이 천장에 생긴 통로를 뚫고 기어 나올 때 그 시끄러운 소리는 최고에 달했다. "지금까지 둘이 주고받는 대화를 듣고 있다 보니 더 이상 숨어 있을 수 없더군. 기쁨, 너는 내가 수세기 동안 종교의 모퉁이에 몸을 숨기며 살아왔다는 것을 알아야 할 필요가 있어. 왜냐하면 그것이 내가 고객들에게 서비스를 해줄 수 있는 최선의 길이기 때문이었지. 잠깐 나 좀 붙잡아줘. 내가 그 쪽으로 내려가도록 나 좀 도와줄래?"

"이봐, 기쁨, 당신이 지금 누구를 도와주려고 하는지 알아?" '종교'가 '기쁨'을 향해 손가락을 가리키면서 탐탁지 않은 얼굴로 말했다. "나는 그동안 '미움'에게 옷장, 천장, 지하실에 숨어 지내라고 설득했어, 그런데 지금 미움이 천장에서 빠져나와 도망치려고 하잖아!"

" '네 원수를 사랑하라'라는 말 어디서 들어본 것 같지 않아요? 미움이 사랑을 할 수 없다는 것만은 분명하지만, 어쨌거나 그렇게 서둘러서 그를 쫓아낼 것까진 없을 것 같은데요." '기쁨'은 '종교'에게 재빨리 속삭였다.

" '미움'이 내가 알고 싶어 하는 것들을 말해줄 것 같아요. 나는 그의 말을 들으면서 '미움'에 대해, 그리고 어떻게 그의 자리를 대신할 수 있는지에 대해 알아낼 수 있을 것 같아요."

'기쁨'은 돌아서서 '미움'을 바라보았다. "나는 어떤 대가를 바라고 너를 도와주는 것은 아니야. 그렇지만 너에게 물어보고 싶은 것이 있어."

"좋아. 그렇게 하지. 나는 해줄 말이 아주 많거든." '미움'이 천장에서 바닥으로 미끄러지듯 내려오면서 말했다. "운 좋게도 나는 즐거운 대화나 수다 뒤에 보이지 않게 살짝 숨어있는 능력을 개발했어. 나의 고객들 중 대부분은 인종, 종교, 국적에 대해 서로 관점이 달라서 나를 받아들이지. 나의 고객들은 미움을 합리화해서 포장할 필요가 없다고 생각해. 그들의 미움은 그들이 마음깊이 신뢰하고 존경하는 사람들로부터 물려받은 것일 때가 많고, 그들은 그것에 대해 '왜'라는 질문을 전혀 던져보지 않아. 그들은 또한 다른 사람들에 대한 우월감을 느끼는데 나를 이용하기도 하지."

'미움'은 잘난 체하며 말을 이었다. "너는 기쁨탈취자인 나의 친구 '질투'가 수많은 고객들의 마음에 '미움'을 만들어낸다는 것을 알아야 해. 또 다른 기쁨탈취자인 '분노'와 '불안정'도 둘이 함께 힘을 합쳐 아주 대단한 일을 해내거든. 그들이 나를 위해 고객들의 마음에 미움이 들어서도록 기초를 든든하게 닦아주는 것을 보면 그 잠재력에 놀랄 정도지. 나의 고객들은 나의 생산물인 '미움'으로 말미암아 사람들 간에 벌어지는 모든 드라마들을 아주 좋아해. 나는 이곳에 영원한 나의 처소를 보장받고 있지. 왜냐하면 나의 고객들은 내가 펼치는 모든 드라마들을 아주 좋아하며, 그들은 숨어서 그것을 즐기고 싶어 하기 때문이지."

'기쁨'이 흐느끼기 시작했다. 그러나 그는 자기의 임무를 떠올리면서 재빨리 의로운 분노로 마음을 바꾸었다. 그 이유는 자기가 이런 사악한 자 앞에서 약한 모습을 보여줄 만큼 연약한 존재가 아니라는 것을 알고 있었기 때문이었다. '미움'은 사악한 미소를 지으며 '기쁨'과의 만남을 끝낸 후에는 다시 자기의 몸을 숨기겠다고 '기쁨'에게 말하며 "당신은 절대로 나를 대신할 수 없어"라고 비웃었다. "왜냐하면 당신은 나를 찾을 수가 없기 때문이지. 나는 몸을 숨기고 변장하는 기술이 아주 뛰어나거든."

"잠깐! 여기를 떠나기 전에 고객들을 당신에게서 멀어지게 하는 방법이 뭔지를 알려주세요." '기쁨'이 다시 분위기를 제압하려는 듯 물었다.

"나의 고객들은 자기들과는 다른 사람들을 정말 싫어하지." '미움'이 말을 시작했다. "그들이 서로의 다른 점들을 용납하고 감사하고 축복하기만

한다면, 아마도 나는 그들을 잃게 될 거야. 물론 손이 발에게 '너는 나와 다르기 때문에 너는 아무 짝에도 쓸데가 없어'라고 말하는 것은 정말 우스운 일이지. 손을 잃든 발을 잃든 잃는다는 것은 몸에게는 큰 손실이니까. 사실, 몸의 입장에서는 손발이 다 중요하지. 왜냐하면 둘 다 중요한 기능을 수행하고 있으니까."

그런데 그 순간 어디선가 징징거리는 소리가 크게 들렸다. 그 소리는 다락방 어디에선가 들리는 것 같았다.

"저런, 저 망나니가 또 울기 시작하는군!"

"아빠? 아빠? 어디 있어요?" 이번에는 더 큰소리로 울었다.

"이 밑에 와 있어. '가증' 아, 기쁨건설자들과 얘기를 좀 나누느라고. 이리 내려와. 너도 이들을 만나보고 누가 너의 적인지를 알아봐."

"지금, 어린아이에게 무슨 말을 하고 있는 거야?" '기쁨'이 '미움'에게 분개하며 말했다. "저 아이가 말하는 것을 들어보면 아직 일곱 살도 안 된 것 같은데. 당신이 지금 그 아이에게 아주 끔찍한 말들을 해서 그 아이를 원한과 두려움에 가득 차게 만들고 있잖아! 도대체 그런 부모가 세상에 어디 있어?"

'미움'은 '기쁨'을 시답지 않다는 듯 쳐다보더니 다시 아들에게 소리쳤다. "지금 당장 뚝 그치고 우리의 소규모 화학 프로젝트를 가지고 내려와!"

"화학 프로젝트라고?" '종교'가 궁금하다는 듯이 물었다. "우리교회 안에서 화학 프로젝트를 한다고?"

"물론이지 나는 어린 '가증'에게 미움 폭탄을 어떻게 만드는지, 그리고 그것을 어떤 식으로 폭발시키는지를 가르쳐주었어. 그 아이는 우리의 임무인 고객들을 영육간 패망시키기 작전을 수행하는 방법을 배워야 할 필요가 있거든."

그때 천장 구멍에 어린아이의 얼굴이 나타났다. 어린 '가증' 은 얼굴을 살짝 내밀고 있었는데, 그의 얼굴은 눈물로 얼룩져 있었다.

"아빠, 나 무서운 꿈 꿨어요."

"그래서 그렇게 아기처럼 울어댄 거야?" '미움' 이 '가증' 에게 다그치듯 물었다. "어디 한 번 그 꿈 얘기 좀 들어보자꾸나. 자 이리로 내려오렴. 내려올 때 우리의 화학 프로젝트를 조심스럽게 다뤄라!"

이제 '기쁨' 은 어디에 비중을 둬야 할지 알 수 없었다. 악하고 독성 가득한 '미움' 에게 비중을 둘 것인지, 아니면 미움의 독성을 그대로 이어받을 그의 아들 '가증' 에게 비중을 둘 것인지, 아니면 '가증' 이 다락에서 가지고 올 미움 폭탄에 비중을 둘 것인지. '기쁨' 은 '미움' 의 아들이 '미움' 의 모습을 그대로 빼닮았을 것이라고 생각했다. 그의 아버지처럼 아주 포악하고 못생기고 모든 면에서 사악한 모습 말이다. 그러나 오히려 어린 '가증' 은 완벽한 보통 어린아이의 모습을 하고 있었다. 발그스레하고 통통한 볼에, 아름다운 속눈썹 안쪽에 크고 빛나는 눈과 또렷한 눈썹, 반짝거리는 머릿결, 하물며 다락에서 천장으로 빠져나오느라 모든 먼지를 뒤집어썼을 것인데도 눈물자국이 나있는 얼굴에 하얀 이를 드러내고 환한 미소를 보였다. 게다가 볼에는 보조개까지 있었다.

'기쁨' 은 이 귀여운 작은 소년을 경이로운 시선으로 응시했다. 그러나 '기쁨' 은 '가증' 의 천진난만하고 아름다운 얼굴이 이제 얼마 지나지 않아 아버지 '미움' 의 신랄하고 독살스러운 잔소리 세례를 받아 일그러지게 될 것이고, 그의 아버지의 밉살스러운 형상으로 바뀔 것이라는 것을 깨닫고는 마음이 내려앉는 것 같았다.

'가증'은 '미움'이 다락방에서 내려오도록 도와줄 때에도 여전히 징징거렸다. '미움'은 가까운 테이블 위에 그들의 화학 프로젝트를 올려놓으면서 물었다. "자, 가증아, 이제 꿈에서 뭐가 그렇게 무서웠는지 말해봐. 아기처럼 징징거리지 말고, 그만 뚝 그쳐!"

'기쁨'과 '종교'는 서로 마주보며 '미움'이 어린아이에게 함부로 말하는 것에 얼굴을 찡그렸다. '가증'은 '기쁨'과 '종교'를 독살스럽게 바라보더니, 다시 아버지에게로 얼굴을 돌리고는 '기쁨'을 가리키며 "이 아저씨가 내 꿈에 나타났어요"라고 말하더니 다시 울기 시작했다.

'기쁨'은 '가증'에게 다가가 "가증아, 네가 나 때문에 무서웠다니 미안하구나. 그럴 마음은 전혀 없었는데 말이야"라고 말했다.

그때 '미움'이 뒤로 물러서며, "기쁨!" 하고 소리쳤다. "내가 알아서 할게. 그 아이는 내 자식이니까 내가 잘 알아. 그리고 나는 네가 그 아이에게 가까이 가는 걸 원치 않아! 가증아, 이 아저씨에게 가까이 가지 마라." '미움'은 '기쁨'을 손가락으로 가리키면서 무섭게 노려보았다. "이 사람은 지금까지 내가 너에게 가르쳤던 것들을 전부 무시하고 정반대로 말할 거야."

'기쁨'은 '미움'의 말을 끊었다. "미움, 지금 내가 보고 있는 이 모습 말이야. 당신은 이게 지금 아이를 사랑하고 보호하는 거라고 생각하는 거야? 이건 뭔가 좀 병들고 꼬였어. 그렇지만 최소한 어떤 면에서는 당신이 그 아이를 사랑한다고 믿고 싶군!"

"음, 머리가 나쁘진 않군, 기쁨 씨!" '미움'이 대답했다. "그러나 나에게는 지금이 내가 어린 '가증'이에게 당신이나 당신 친구들의 정체가 뭔지를 가르칠 수 있는 가장 적기거든. 비록 '종교' 당신에게는 그런 문제가 없기는 하지만 말이야." '미움'은 '종교'에게 하던 말을 잠깐 멈추더니 다시 말을 이었다. "그 이유는 사실은 과거에 당신이 나를 도와주었기 때문이지. 당신이 의도했든지 의도하지 않았든지 말이야."

'미움'은 '가증'을 바라보며 '가증'의 작은 얼굴을 어루만지며 말했다. "가증아, '종교' 옆에 서 있는 이 자는 이름이 '기쁨'이야. 우리는 그를 싫어하지. 그 이유를 이제 말해줄게. 그리고 그 이유를 다 설명해주고 나면 우리가 만든 화학물질을 '기쁨'에게 사용하도록 허락해줄게. 우리가 만든 미움 폭탄이 터지면 정말 재미있지 않겠니?"

'가증'은 이제 더 이상 눈물을 흘리지 않았다. "야! 신난다. 아빠, 너무 신나요!" '가증'은 풀쩍풀쩍 뛰며 신이 나서 어찌할 줄 몰라 했다. 그리고는 얼굴을 찡그리고 입을 삐죽이면서 아주 험상궂은 얼굴로 '기쁨'을 노려보았다.

'기쁨'과 '종교'는 또 다시 서로 마주보았다. '기쁨'은 주머니에서 핸드폰을 꺼내 번호를 눌렀다. '기쁨'이 핸드폰을 귀에 갖다 대자, '미움'이 빈정거리며 말했다. "가증아, 저것 좀 봐라. 기쁨이 우리를 잡아가라고 경찰을 부르네." 그러더니 '미움'은 얼굴을 가리고 목청을 있는 대로 높여 장난스럽게 말했다. "아이고 무서워라!"

'기쁨'도 빈정거리는 말투로 받아쳤다. "아니, 경찰에게 전화를 하는 게 아니야. 나는 지금 '사랑'에게 전화를 하고 있어. 나는 지금 그녀가 와서 당신이 아들을 얼마나 사랑하고 보호하는지, 정말 너무 감동적이어서 눈뜨고 볼 수 없을 지경이니까, 그녀도 와서 이 장면을 놓치지 않고 보도록 하고 싶어서 그러는 거야." 그때 '사랑'이 전화를 받았다. '기쁨'은 약간 몸을 굽히면서 말했다. "사랑 씨, 나 기쁨이에요. 예, 잘 지내고 있어요. 잠깐 내 말 좀 들어봐요. 내가 지금 '종교' 편에 '기쁨자동차'를 보낼게요. '종교'와 함께 기쁨자동차를 타고 이쪽으로 오세요. 여기는 교회예요. '미움'도 우리와 같이 있어요. 그리고 당신이 꼭 봐야 할 게 있는데, 미움이 자기 아들을 사랑하고 있다는 놀라운 사실이에요. 그런데 문제는 '미움'이 자기 아들에게 미움폭탄 만드는 방법을 가르치고 있다는 거예요! 예, 그래요. 좋아요. '종교'가 금방 그리로 갈 거예요. 나는 '미움' 안에도 실낱같은 사랑이 있다는 사실에 너무 놀랐어요. 그래요. 조금 있다가 봐요."

전화를 끊으면서 '기쁨'은 '종교'에게 자동차 열쇠를 넘겨주며 '가증'에게 말했다. "가증, 이제 조금 있으면 너는 피조물을 향한 하나님의 사랑의 가장 좋은 예를 만나게 될 거야. 그녀의 이름은 '사랑'이야. 그녀는 우리 모두를 향해 영원히, 그리고 끝까지 참으시는 하나님의 사랑의 선물이지."

"내 아이에게 사랑 따위에 대한 말은 하지 마!" '미움'이 딱 잘라 말했다. "필요한 말이 있으면 내가 내 아이에게 직접 말 할 거야." '미움'은 '가증'을 낚아채듯 휙 잡아당기더니 몸을 낮춰 '가증'과 얼굴을 마주대했다. "가증아! 내 말 잘 들어. 우리 가문의 혈통은 미움이야. 사랑과는 완전히 반대지. 사랑은 모든 것을 참으라고 주장하지. 그러나 미움가문의 혈통으로서 너에게 솔직하게 말할게. 때로 우리는 오래가지 못할 때가 있어. 그 이유는 우리가 도저히 견딜 수 없는 것들이 있기 때문이야. 사랑도 그런 것들 중에 하나지. 바로 그런 이유 때문에 너는 미움폭탄 만드는 방법을 반드시 배워야 하는 거야. 어떻게 해서든 우리가 사랑보다도 더 오래 지속될 수 있도록 말이야."

"그렇지만 아빠 만약 사랑이 절대로 멈추지 않고 영원히 계속될 거라면 왜 우리가 이런 폭탄을 만들고 있는 거죠?"

"음, 미움, 이제 진퇴양난에 빠졌군." '기쁨'이 웃으면서 끼어들었다. "있잖아, 가증아, 사랑은 참는단다. 왜냐하면 사랑은 모든 것들을 바라기 때문이지, 그리고 뭔가를 바란다는 것은 너와 아빠가 만들어낼 수 있는 그 어떤 미움폭탄도 이겨낼 수 있는 아주 강력한 엔진이란다."

"가증아, 내게 활력소 하나만 갖다 줄래. 지난번에 '분노'가 너의 생일선물로 준 거 알지. 그 화학합성물을 몇 개 가져와. 지금 당장!" '미움'이 소리를 질렀다. "우리 둘이 힘을 합쳐서 다 날려버리는 거야. 그리고 이 기쁨건설자에게 우리가 얼마나 대단한지를 보여주자!"

'가증'은 또 다시 울기 시작했다. "아빠, 아빠 때문에 너무 무서워요!" 순진한 어린아이의 볼을 타고 눈물이 빗물처럼 흘러내렸다.

"이 멍청한 놈아!" '미움'은 '가증'을 향해 경멸스럽다는 듯이 말하며 큰 걸음으로 성큼성큼 걸어가서는 자기가 말했던 그 화학물질을 집어 들었다.

'기쁨'은 '미움'의 태도에 충격을 받기는 했지만 도저히 말하지 않을 수 없었다. "가증, 사랑은 모든 것을 바랄뿐만 아니라 모든 것을 믿고, 또 어떤 힘든 것도 결국 지나갈 것이라는 희망을 품게 해주지." '기쁨'은 '미움' 쪽을 바라보며 "당신이 아무리 미움폭발 비밀 결사단을 만든다 하더라도 '사랑'은 그 모든 것을 다 이겨낼 수 있어. 그녀는 모든 것을 견뎌내거든. 미움조차도 말이야"라고 말했다.

그 순간 복도에서 방으로 걸어 들어오는 발자국소리가 들렸다. '사랑'이 들어왔고, 그 뒤를 따라 '종교'가 들어왔다. 그녀가 들어서자, '미움'은 미움폭탄을 만들던 손을 멈추고 한동안 그녀를 응시하였다. 그녀의 아름다움은 '미움'의 시신까지 사로잡을 정도였다.

"아빠, 무서운 꿈속에서 기쁨 아저씨와 저 아줌마가 같이 있었어요." '가증'이 그녀를 가리키면서 말했다.

"그래, 가증아, 기쁨과 내가 어제 꿈속에서 너를 찾아갔었어. 그렇지만 너를 무섭게 하려던 것은 아니었어. 무서웠었다면 미안하구나. 사실 우리는 너에게 선물을 주려고 갔었어. 아니 그냥 단순히 선물이라기보다는 '희망'이라는 선물이지. 우리는 네가 평화롭고 안전하고 행복한 어린 시절을 보냈으면 해. 우리는 너의 아버지 '미움'이 이런 일을 꾸미는 것을 보면 마음이 아주 슬프단다. 미움폭탄을 만드는 것은 나쁜 일이야!"

"이봐, 나는 당신이 이런 식으로 건방지게 내 아이의 교육에 끼어드는 것이 아주 기분 나쁘거든!" '미움'이 파르르 하면서 소리쳤다. 그러더니 자기의 사악한 화학물질을 폭발 장치에 넣기 시작했다.

"뭐라고? 지금 뭐라고 말한 거야? '미움' 당신이 이 아이에게 지금 사랑 비슷한 그런 말을 한 거야?" '기쁨'이 순진한 얼굴로 물었다.

"아니, 아니거든. 나는 그저 내가 하려는 일을 위해 이 아이를 이용하고 있을 뿐이야." '미움'이 비웃듯이 말했다.

"아빠, 아빠, 아니지. 거짓말이지!" '가증'은 조금 전보다 더 크게 소리 내어 울었다. 그의 눈물이 볼을 타고 강물처럼 흘렀다.

'사랑'도 거의 눈물을 쏟을 듯한 표정으로 말했다. "가증아, 나의 선물에 대해 많은 오해가 있는 것 같구나. 사랑의 위대함이 담고 있는 강한 특징 때문에 어떤 이들은 나의 힘을 부정하면서 사람들에게 내가 나약하고 소극적이라고 선입견을 심고 있지. 그러나 그들은 틀려도 한참 틀렸어. 때로 나와 동행하는 것이 힘들기도 하지만, 만약 네가 나와 동행한다면 나는 너에게 선물도 주고 네가 경이로움에 깜짝 놀라게 해줄 거야."

"선물이라고요?" 눈물을 닦으면서 '가증'이 물었다. "그렇지만 나는 아빠와 함께 미움폭탄을 만들어서 큰 폭발을 일으킬 건데요. 당신에게는 미움

폭탄이 없잖아요. 그런데 어떻게 당신이 위대할 수가 있어요?"

"내가 주는 선물은 도움을 받은 뒤 그 도움을 다시 되갚을 수 없는 사람들에게까지 베풀 수가 있는 것이야. 이런 것 아니? 나를 사랑해줄 수 있는 사람만 사랑하는 것은 아주 쉬운 일이란다. 그러나 진정한 챔피언, 진정한 영웅은 사랑의 힘이 가진 놀라운 비밀을 배운 사람들이야. 비록 그 사랑이 되돌아오지 않아도 말이야. 물론 그것은 쉬운 일은 아니야. 그러나 나의 장점은 모든 것을 견디려는 나의 끈질기고 흔들림 없는 의지를 통해 계속 유지된다는 것이지. 그 뿐만 아니라, 사랑을 받고도 되돌려주지 않는 사람들에게조차 그런 의지를 불태운다는 것에 있어. 마지막에는 결국 인내하는 사랑인 나의 힘이 너의 미움폭탄을 무력하게 만들 거야. 너는 아직 그 사실을 잘 이해하지 못하겠지만 말이야."

'가증' 은 '사랑' 을 한동안 그저 바라보았다. 그러더니 팔짱을 낀 채 좀 더 지켜보겠다는 듯한 자세를 취했다. '기쁨' 은 '가증' 이 '사랑' 의 말을 받아들이지 않고 있다고 생각했다. 적어도 지금은 그런 것 같았다.

'가증' 의 눈에 나타나는 의심의 눈초리와 그의 행동에 표출되는 저항을 느끼면서 '사랑' 은 부드럽게 말했다. "가증아, 나를 오해는 하지 마. 나는 학대받고도 가만히 참고만 있는 바보나, 노예, 나약해빠진 자는 아니야. 내가 어떻게 행동하는지, 또 '기쁨' 이 어떻게 행동하는지를 가만히 살펴봐. 네가 미움의 씨를 뿌리면 그것이 결국 너에게로 돌아와서 종국에는 너를 파괴시킨단다. 그것이 바로 나, '사랑' 과 너의 아버지 '미움' 이 다른 점이야. 나는 미움폭탄을 던지지 않기 때문에, 파괴의 씨를 뿌리고 거두지 않기 때문에 계속 남아있을 수 있단다. 오히려 나는 삶을 회복시켜주고 건강하게 해주지."

"그런데 왜 당신과 동행하는 것이 쉽지가 않죠?" '가증' 이 물었다. "아빠와 내가 미움폭탄을 던지는 일은 별로 힘들지 않아요. 사람들이 그걸 어렵게 만들 때만 빼고요."

사랑이 답했다. "때로 나와 함께 하기가 어려울 때가 있어. 그 이유는 나와 동행한다는 것은 사람이 자기 좋은 대로만 할 수 없다는 것을 뜻하기 때문이지. 나와 동행한다는 것은 마음을 열고, 너그러워지며, 베풀고, 이기적이 되지 않아야 한다는 것을 뜻하기 때문이야. 그것은 자기에게 필요한 것보다 상대방에게 필요한 것을 먼저 생각하는 것을 의미하지."

"어이구 그래요!" '미움'이 비웃었다. "마음을 열고, 너그러워지며, 베풀고, 이기적이지 않아야 한다는 것을 뜻하기 때문이지"라고 '사랑'을 우스꽝스럽게 흉내 내며 말했다. "어떻게 당신이 보잘 것 없는 존재가 아니라고 감히 말할 수 있지?"

'기쁨'이 재빨리 대답했다. "내가 전에 말했지? 당신이 아무리 폭탄 비밀 결사단을 만들어도 '사랑'을 이길 수는 없을 거라고. 그건 사실이야. 사랑의 힘은 인내에서 오거든. 친구들과 힘을 합치면 당신이 만든 어떤 다이너마이트보다 더 강력하다고. 사랑이 인내를 폭약장치에 담아서 쏘면 그 선함으로 얼마든지 당신을 없애버릴 수 있어. 내가 보장하지. 그리고 난 후에는 '소망'에게 앞으로 후대에 걸쳐 영원히 샘솟으라고 할 거야. 이것이 바로 우리의 궁극적인 최고의 무기지."

"선한 것, 그건 좋은 건가요?" '가증'이 혼란스러운 듯 물었다.

"암, 그건 정말 좋은 거지" '사랑'이 대답했다. "너 자신에게 선하게 할 때 특히 더 그래. 나는 네가 너 자신과 다른 사람들에게 선하게 대할 수 있을 것이라고 기대해."

"가증아, 네가 얼마나 사랑을 싫어하는지 그녀에게 보여줄 수 있는 좋은 기회가 왔어. 이 수류탄 두 개를 하나로 합쳤어. 자, 이걸 저 여자에게 던져!"

"아빠. 그건 너무 무례해요!"

"물론 그건 무례해!" '미움'이 참을 수 없다는 듯이 말했다. "너는 당연히 무례해야 해! 사랑만 무례하지 않는 거지! '기쁨'과 '사랑'의 말은 듣지 마! 그들은 자기들이 무슨 말을 하고 있는지도 몰라. 기쁨과 사랑이라고! 참나!" 그는 '기쁨'과 '사랑'을 향해 계속 말을 이었다. "나의 어린 '가증'이는 내가 독성이 있는 악질적인 나의 모든 방법들을 거의 다 가르칠 즈음에는 이 동네에서 가장 무례하고 가장 못된 아이가 될 거야. 그때는 너희들이 할 수 있는 것은 아무것도 없을 거야. 자, 이제 기도나 하시지, 왜냐하면 너의 창조자와 만나게 될 시간이 가까워오니까 말이야. 하하! 자, 기도하라고. 가증아, 얼른 수류탄을 던져버려!"

지금까지 침묵을 지키고 있던 '종교'가 말했다. "그들의 창조자는 지금 그들과 함께 있어. 그들은 항상 그분과 함께 하지. 왜냐하면 그분은 영원히 그들과 하나이니까. 그 수류탄을 던진다고 해서 네가 원하는 결과는 얻을 수 없을 거야. 내가 보장하지. 하나님은 바로 사랑이니까. 그리고 바로 그 사랑이 얼마 안 있으면 너와 너의 악한 의도를 소멸시킬 거야."

'가증'은 여전히 혼란스럽고 뭐가 뭔지를 몰라 서 있었다. 그러다가 '미움'을 쳐다보며 물었다. "내가 왜 이걸 던져야 하죠, 아빠? 내가 아까도 아빠에게 물어봤는데 아빠는 확실한 답을 해주지 않았어요. '사랑'은 그저 모든 것을 참기만 하는데 내가 왜 이 수류탄을 던져야 해요?"

"'미움', 답해 줄 말이 없지?" '기쁨'이 승리에 차서 말했다. "네가 아무리 애를 써도 '사랑'은 항상 자애로움과 인내와 선한 마음으로 기다리지. 나도 그들 편에서 그들을 돕기 위해 여기에 있고. 너의 악한 폭탄들과 총알들은 너의 힘이 아니라 오히려 너의 연약함이야. 왜냐하면 우리가 서로 힘을 합치면 너의 시기심과 분노의 행동들이 총을 한 발도 쏘지 못하게 막을 수 있으니까 말이야. 조금 전에 말했던 대로 우리는 선함으로 너를 없애버릴 수 있어."

"아빠, 나는 무례하거나 악하게 되고 싶지 않아요. 아빠, 나는 선해지고 싶어요." '가증' 은 수류탄을 내려놓았다.

"너희들이 내 아이에게 무슨 짓을 했는지 보라고!" '미움' 이 소리쳤다. "너희들이 내 아이를 완전히 망쳐놨어! 친구들을 만나면 우리 아들은 꼬마 괴물이라고 항상 자랑하고 다녔는데 말이야. 자, 이제 끝났어. 이제 나는 떠날래. 이건 도저히 참을 수 없어! 내 아들 가증, 선하게 되고 싶다고 말하다니! 다른 기쁨탈취자들이 나를 얼마나 비웃겠어. 내가 우리 아들을 잘 가르쳤다고 얼마나 자랑하고 다녔는데 말이야. 이건 너무해! 너희들 때문에 나는 완전히 망했어! 완전히 망했다고!"

'미움' 은 흐느끼면서 자기가 나왔던 천장의 구멍으로 다시 올라가버렸다. 어린 '가증' 만 남아있었다. 그는 갈피를 못 잡고 '기쁨' 과 '사랑' 을 번갈아 쳐다보더니 이번에는 천장에 난 구멍을 쳐다보았다. '사랑' 은 그에게로 다가가서 그의 손을 잡으며 말했다. "가증아, 사랑은 오래 참는 거라고 우리가 말했지. 하물며 너의 아버지 '미움' 도 어떤 면에서는 너를 분명히 사랑하고 있어. 그러니까 더 행복한 미래가 올 것이라는 희망은 항상 있단다. 그렇지 않니?"

'가증' 은 고개를 끄덕이면서 그의 큰 눈으로 '사랑' 의 아름다운 모습을 보고 있었다. 그러나 그는 점점 시선을 아래로 떨어뜨리더니 '사랑' 이 자기의 손을 꼭 잡고 있는 것을 보았다.

"내가 만약 아빠를 따라 다시 저 천장으로 올라간다면 아빠가 나에게 화를 낼까요?"

"좀 실망은 하셨겠지. 그러나 나는 네가 다시 이곳으로 내려올 때까지 기다릴 거야. 얼마나 오래 걸리든지 말이야. 나는 절대로 너를 왕따 시키거나, 너에게서 뭘 빼앗거나, 너에게 거짓말을 하거나 너를 해하지 않을 거야. 그렇다고 해서 항상 네가 하고 싶은 대로만 하며 산다는 뜻은 아니야. 나는 너에게 항상 인내하는 모습을 보여주고 또 선하게 대할게."

"내가 만약 나쁜 행동을 하면요? 만약 내가 아무도 몰래 아빠의 폭탄 하나를 빼와서 살짝 어떤 사람에게 던지면요?"

"그러면 너를 훈계하고 바로 잡아줘야지. 그리고 네가 누리고 있는 좋은 것들을 잠깐 못 누리게 할 거야. 선택은 너에게 있다는 것을 기억해. 어느 쪽을 선택하든지 그에 따른 결과는 너의 몫이야."

그때 갑자기 천장이 흔들리고 달그락 거리기 시작하면서 천장 구멍에서 먼지가 마구 떨어지기 시작하더니 '미움'이 고개를 내밀고 "가증아, 아빠야, 다시 왔어." "이봐, 아이를 내게 돌려보내"라고 말했다.

'기쁨'과 '사랑'은 서로 마주보았다. 그들은 어떻게 해야 좋을지 알 수 없었다. '가증'이를 그의 잔인한 아빠에게 보낼 것을 생각하니 마음이 아팠다.

"그런데 가증이는 어디 있는 거야?" '미움'이 따지듯 물었다.

"여기." '가증'이 '사랑'과 함께 서 있었던 자리를 가리키며 '기쁨'이 말했다. 그런데 '가증'이는 그곳에 없었다. 게다가 '가증'이만 사라진 것이 아니었다. '종교'도 사라지고 없었다.

"가증이에게 무슨 짓을 한 거야?" '미움'이 다급하게 말했다.

"'종교'가 '가증'이를 데리고 갔나 본데… 그런데 그 둘이 나가는 것을 보지 못했는데…" 그때 '사랑'이 거들었다. "아마도 '종교'가 그 아이를 고 아원으로 데리고 갔나 봐요. 우리는 당신이 그 아이를 버렸다고 생각했어요. 그러니까 당신이 그 아이를 우리에게 버리고 갔다고 생각했나봐요."

"응, 그랬었지. 아니 그게 아니었어. 정말로 그러려던 것은 아니었어." '미움'은 자기가 저지른 짓을 인정할 수 없다는 듯 말했다. '미움'은 외아들 을 잃었다는 생각에 마음이 무너지는 듯했다. "이제 어떻게 아들에게 자기 의 유업을 전수해줄 수 있단 말인가?" 그러더니 '미움'은 갑자기 공갈협박 을 하듯 말했다. "그렇다면 이제 '가증'이 대신 다른 아이를 유괴라도 해야 겠군. '가증'이 없이 임무를 수행해야 한다면 그렇게라도 해야지 뭐. 정말 가슴 시리도록 고맙군 그래."

"미움, 당신은 아무래도 사랑에 대해 뭔가 좀 배워야 할 필요가 있는 것 같 아"라고 '기쁨'이 말했다.

'미움'은 아들을 잃은 슬픔으로 인해 마음이 약해지는 것을 느끼며 혹시 라도 자기가 아이를 향한 사랑을 느끼게 되면 어떻게 하나 두려워하고 있었 다. 그 사랑이라는 감정은 자기가 '가증'이에게 절대로 느껴서는 안 된다고 가르쳤던 것인데 말이다. "안 돼!"라고 그는 벽력같이 소리를 질렀다. "'사 랑'이 전에 말했잖아. 선함으로 나를 없애버릴 수도 있다고! 내가 사랑에 대 해 배워야 한다는 시시한 소리는 집어치워!"

"그렇다면 당신도 아무 죄 없는 아이를 유괴해야겠다는 생각은 버리는 게 좋을 걸!" '기쁨'이 말했다.

"내가 집 앞에 특수정예군을 배치시켜 놓을 거예요. 그렇게 되면 당신은 절대로 우리에게서 도망칠 수 없어요. 이제 당신은 끝장 난 거예요." '사랑' 이 말했다.

'기쁨' 과 '사랑' 이 문을 향해 걸어갔다. 그러다가 '사랑' 이 고개를 돌리며 '미움' 에게 "금방 돌아올 거예요"라고 말했다. '기쁨' 도 "숨으려고 애쓸 필요 없어. 어디에 숨든지 우리는 당신을 찾아내고 말테니까"라고 거들었다.

'미움' 은 자기의 구역질나는 삶이 훤히 드러날까 봐 걱정이 되어 견딜 수 없었다. 갑자기 혼자라는 생각이 들자, 그는 다른 기쁨탈취자들에게 도움을 청해야겠다는 생각을 하게 되었다. 그는 허겁지겁 '분노' 에게 전화를 했다. 그러나 '분노' 는 전에 '미움' 과 말다툼을 한 후로 '미움' 에게 삐져있어서 핸드폰 발신자 이름과 전화번호가 미움의 것으로 확인되자 전화를 받지 않고 오히려 코웃음만 쳤다.

'미움' 이 화를 내면서 전화를 끊는 순간 갑자기 마치 대부대라도 도착한 것 같은 요란한 소리가 들렸다. '미움' 이 창문으로 내다보니 거기에는 '기쁨' 의 특수정예군이 유니폼을 입고 완전무장한 멋진 모습으로 한 치의 흐트러짐도 없이 행진을 하고 있었다. '기쁨' 과 '사랑' 이 선두에 서 있었고 정예군의 깃발을 들고 '희망' 이 그 뒤를 따르고 있었다. 그리고 그 뒤를 '믿음', '비전', '인내', '감사', '선택', '용기', '평화', '미래' 가 행진하고 있었다. 그들은 '미움' 과 그의 사악한 가문을 영원히 없애버리겠다는 결의를 빛내며 멋진 모습으로 행군을 하고 있었다.

'미움' 은 두려움에 떨며 악동 쌍둥이 '원한' 과 '용서하지 않는 마음' 에게 전화를 했다. 어쩌면 그 괘씸한 배신자 '분노' 와는 달리 그들은 의리를 지킬지도 모른다는 생각을 했다. 그러나 그들은 이혼을 위한 구두심문을 하고 있는 사람들의 화를 돋우느라 정신이 없다며 '미움' 에게 자기 문제는 스스로 알아서 처리하라고 말했다.

'미움'은 게임에서 졌다는 것과 아무리 해도 그곳에 있는 강력한 기쁨건설자 연합군들을 이길 수 없다는 것을 깨닫고는 화가 나 어찌할 줄 몰라 하며 지팡이를 움켜쥐었다. '미움'은 한때 '가증'이가 입었던 작은 하얀 티셔츠를 깃발삼아 지팡이에 걸고 항복을 선언하기 위해 천천히 걸어갔다. 그런 중에도 '미움'은 걸음을 중간 중간 멈추면서 혹시 항복하기 전에 미움폭탄을 마지막으로 하나 더 터트려볼까 하는 생각을 하곤 했다. 그러나 '미움'은 너무 늙었고 또 점점 약해지고 있었다. 그는 머리를 좌우로 흔들며 '기쁨'과 그의 정예군을 이길 수 없다는 사실에 속이 상할 뿐이었다. '미움'은 얼마 지나지 않아 기쁨건설자들에게 둘러싸여 구속되었다. 그리고 그 이후로는 그의 목소리를 다시는 들을 수 없었다.

기 쁨 을 유 지 하 는 길

∫ 결핍

결핍은 만족감을 얻지 못하는 데서부터 시작하고, 잡을 수 없는 것들을 끊임없이
발버둥 치게 한다. 있어야 할 것들이 있다면, 필요하지도 않은 것들을 얻기 위해 주
변을 둘러볼 필요가 없다.

∫ 파괴된 인간관계

거울에 비친 자기의 모습이 아니라 거울에 비친 다른 사람의 모습을 보는 데서부터
시작된다(이기심, 불안정, 질투). 수직적으로는 하나님과의 관계와 수평적으로는 사
람들과의 관계를 잘 맺어야 한다.

∫ 질투

비교의식이 싹틀 때 질투는 존재하게 된다. 삶의 수준이나 물질, 집의 크기… 뭐든
그들보다 불공평하게 느껴질 때 분노로도 나타나기도 하고 더 나아가 살인하게 되
는 경우도 있다. 다른 사람과 비교하기보다는 자신이 가치 있다는 느낌, 자신이 소
중하다는 감정을 가져야 한다.

∫ 부정적인 태도

처한 상황을 어떻게 평가하느냐 따라 무정하고, 까칠하고, 융통성 없고, 무례하게
되어감으로 부정적인 태도로 굳어져 간다. 환경을 개선할 수는 없지만, 자신을 개
선할 수는 있기에 부정적인 생각들을 긍정적인 생각들로 바꿀 수 있다.

♤ 좌절

자신감을 상실 할 때 찾아온다. 이 좌절은 생각에 그림자를 길게 드리워지게 하여 희망의 빛을 보지 못하도록 한다. 하지만 사랑받는다고 생각할 때 좌절감은 찾아오지 않는다.

♤ 미움

어디에나 있는 것이 미움이다. 가정, 학교, 기업의 회의실, 모든 종류의 조직에 숨어 있어 눈에 잘 띠지 않으며, 서로의 관계를 파괴한다. 그러나 서로의 다른 점들을 용납하고, 감사하고, 축복하면 미움은 사라지고 아름다운 관계로 성립된다.

♣ 절망적인 상황이란 없다. 단지 상황 앞에서 좌질에 빠진 사람들만이 있을 뿐이다.

'기쁨'이 '이기심'을 만남

자기 자신과 사랑에 빠진 사람에게는 라이벌이 없다.
– 벤자민 프랭클린(Benjamin Franklin)

✾ ✾ ✾

'이기심'은 약간 걱정이 되었다. 그날 '기쁨'을 만나기로 되어 있었는데
자기에게 다른 기쁨탈취자들과는 다른 점이 있다는 것 때문에 '기쁨'이 놀
라지 않을까 하는 생각에서였다. 사실 '이기심'은 '기쁨'이 몇몇 기쁨탈취
자들을 쫓아내고 그 자리를 대신하거나, 그들과 공존하려 한다는 것을 알고
있었다. 그러나 '기쁨'이 어떤 성품적 특징들을 쫓아내고 싶어 하는지 알 수
없었다. 그래도 '이기심'은 자기가 얼마나 독특하며, 얼마나 중요한지를 '기
쁨'에게 설득력 있게 알릴 자신이 있었다.

'기쁨'이 도착하자 '이기심'은 아주 밝게 미소를 지으며 '기쁨'이 사기
에게 시간을 내준 것에 대해 감사를 표했다. 어쨌거나 '기쁨'은 그녀와 시간
을 함께 보낼 것이 분명했기 때문이었다. 그녀는 '나는 내 고객들에게 그들

의 필요와 갈망만을 생각하도록 돕고 있어요. 그리고 어떤 때든지 자기 자신을 가장 먼저 생각하도록 하고 있죠. 그것은 자기몰입, 자기중심적, 자기 강화, 자기 보존, 자기성취 등과 같은 것들이에요. 자기 자신을 다른 사람들보다 더 낫다고 평가하는 거죠"라고 설명했다.

그녀는 잠깐 말을 멈추더니 자기 자신에 대해 생각했다. 그리고는 "사람들이 내가 지금 말한 것들을 전부 실행에 옮긴다면, 그들에게 '기쁨'이 특별히 필요할 이유가 뭐가 있겠어요?" 그녀는 큰 소리로 웃으면서 말했다. "모든 사람들은 이기적이 될 때 행복해지는 거 아니겠어요? 왜냐하면 자기에게만 충실하게 사는 것이니까요."

"그런데 만약 당신 고객들이 사랑하고 아끼는 사람들이 당신의 고객들을 필요로 하거나 그들의 공동체가 그들을 필요로 한다면, 그때 그들은 어떻게 처신하죠?" '기쁨'이 집요하게 물었다.

'이기심'이 대답했다. "내 고객들은 어떤 상황에서건 자기 자신이 뭘 하기를 원하는지 그것만을 생각해야 해요. 그리고 그것만 하는 거죠. 때로는 내 고객들이 하고 싶은 것이 그들이 사랑하는 사람들에게 필요한 것일 수도 있고, 때로는 그렇지 않을 수도 있어요. 예를 들면, 나는 내 고객들에게 뭘 하려고 할 때 절대로 다른 사람과 팀워크를 이뤄서 하지는 말라고 말해요. 그냥 이기적으로 자기주장만 내세우라고 하죠. 어떤 대가를 치르더라도 자기가 원하는 것을 얻기만 하면 된다고 생각하게 해요. 만약 내 고객들이 어떤 회사에서 일을 한다면 그저 자기가 얻을 수 있는 게 뭔가만 생각해야 해요. 물론 내 고객들도 자기가 속한 조직이나 단체의 비전에 대해 말할 수는 있겠지요. 그러나 그것은 단순히 그저 말로만 그러는 것이에요. 만약 그들이 내 방식에 따르기만 한다면, 그들은 최고가 되는 것 외에는 아무것도 생각하지 않아도 돼요."

"때로 나의 고객들은 다른 사람들과 힘을 합쳐 집단 이기주의를 추구하기도 하고, 주변에 사랑하는 사람들에게 이기심을 가르치기도 할 거예요. 이런 경우에 내 고객들은 자기와 가장 가까운 사람들만 생각하죠. 그들은 자기가 속한 지역공동체나 전 세계의 유익 따위는 안중에도 없어요. 그것이 자기와 아주 가까운 가족 친지 등과 같은 사람들의 이익에 부합한다면 몰라도 그렇지 않다면 전혀 관심 밖이죠. 그들의 깃발에는 '오직 나와 내 주변만' 이라는 글이 쓰여 있어요. 나의 고객들도 자기들이 사랑하는 사람들을 위해서는 기도해요. 그러나 알지 못하는 사람들을 위해서는 절대로 기도하지 않죠."

"정말 이해하지 못하겠군요." '기쁨' 이 대답했다. "만약 그들이 그런 식으로 산다면, 그들이 어떤 곳에 속해 있건 어떻게 그 소속된 공동체에 유익을 줄 수 있겠어요? 그리고 어떻게 가족에게 유익을 줄 수 있겠어요?"

'이기심' 은 그녀 특유의 빛나는 미소를 지으며 '기쁨' 이 자기 말을 정말 오해하고 있다고 말했다. "그것은 다른 사람들에게 유익을 주는 것과는 아무 상관이 없는 것이며, 그것은 단지 자기와 자기편인 사람들에게 유익을 주는 것이라니까요. 내 고객들은 그들의 입장을 정당화시키고 합리화하죠. 왜냐하면 그들은 자기들과 자기의 가족들을 항상 가장 먼저 생각해야 한다고 믿으니까요. 그렇다고 오해는 하지마세요. 나의 고객들도 베풀기도 합니다. 그러나 반드시 되돌아오는 것에만 베풀지요. 그것이 바로 우리의 게임 방식이랍니다."

"나의 고객들 중에 많은 이들은 자기몰입이 너무 심해서 대화를 할 때도 자기 자신이나 또는 자기가 관심 있는 것들에서 대화의 주제가 벗어나지를 않죠. 만약 그러한 자기몰입이 자기가 느낀 부정적인 감정이나 생각에 대한 집착으로 발전된다면, 그것은 결국 우울한 습관으로 자리 잡게 되고, 경우에 따라 자살과 같은 잘못된 선택까지 하게 된답니다. 만약 나의 고객들이 다른 사람들의 말을 들어보려고 마음먹거나 다른 사람에게 관심을 가져보려고 한다면, 분명 기분이 더 좋아질 것이고 그들 주변의 사람들의 삶도 더 나아지겠죠."

"물론 그렇게 되면 내 고객은 줄어들겠죠. 그러니까 기쁨 씨, 이건 당신과 나만 아는 비밀로 해주세요."

'기쁨'은 메모장에 글을 쓰면서 이 임무가 생각했던 것보다 더 복잡할 수도 있겠다고 생각했다. '기쁨'은 그녀의 고객들이 다른 사람에게 뭔가를 베풀 때 자기가 고객에게 더 많은 기쁨을 제공해줄 수 있다는 것은 알고 있었지만, 그들이 베풀 때 그 마음 이면의 동기까지 생각해본 적은 없었다.

"당신의 일을 중단시킬 수 있는 다른 방법은 없나요?"

"내가 한때 나의 고객이었던 사람들을 통해서 알게 된 것이 한 가지 있어요. 그것은 스스로 겸손해져야 한다는 거죠. 그렇지 않으면 상황 때문에 저절로 낮아져서 창피를 당하게 된다는 거예요. 만약 나의 고객들이 '중요한 목록들'에서 자기 자신의 순서를 한 치만이라도 낮춘다면 모든 것은 달라질 거예요. 이런 일이 일어난다면 이기적인 세상은 끝이 나겠죠."

'기쁨'은 더욱 호기심이 발동하여, 만약 그녀의 고객들이 '중요한 목록들'에서 한 치만 내려온다면 가장 중요한 첫 자리는 누가 차지하게 되느냐고 '이기심'에게 물었다. 그녀는 하던 말을 멈추고 '기쁨'을 바라보더니 아무 말 없이 손가락으로 하늘을 가리켰다. 잠시 후 그녀는 "하물며 기쁨탈취자들도 천지를 창조하신 창조주보다 더 위대한 존재는 없다는 것을 알고 있지요"라고 말했다.

"그건 당연하죠." '기쁨'이 인터뷰를 끝낼 준비를 하면서 말했다. "일단 당신의 고객들이 하나님을 첫 자리에 모시기만 한다면, 그들은 자동으로 모든 인류의 진정한 종이 될 테니까요."

'기쁨'은 '이기심'이 시간을 내준 것과 그녀의 깊은 통찰에 감사를 표했다. 어쨌거나 '이기심'이 이기적이 된다는 것이 왜 죄인지를 밝혀줬고 또 그런 상황에 대한 해결책까지 분석해 주었기 때문이었다. "이기심 씨, 나는 당신과 함께 일해보기로 했어요. 그러나 당신이 나의 시간과 관심을 전부 독차지할 수는 없을 겁니다."

"좋아요! 그렇다면 나도 당신에게 더 이상은 아무 말도 해주지 않겠어요. 이제 그만 가세요. 당신과 너무 오래 있었어요. 나도 누구에게 뭔가를 준다는 것이 정말 끔찍해요!" '이기심'이 잘라 말했다.

'기쁨' 이 '배반' 을 만남

당신이 누군가를 배반했다면 결국 그건 자기 자신을 배반한 것이다.
– 아이삭 바셰비스 싱어(Isaac Bashevis Singer)

❋ ❋ ❋

'배반' 과의 약속은 여러 번 취소가 되어 계속 일정을 다시 잡아야 했다. 물론 그 이유는 '배반' 이 그 약속들을 한 번도 지키지 않았기 때문이었다. 그러다가 마침내 '기쁨' 과 '배반' 이 서로 만나게 되었는데, '배반' 은 미소를 지으며 '기쁨' 에게 손을 내밀고 악수를 청했다.

"나는 당신이 누구인지는 압니다. 그렇지만 왜 당신이 나를 만나서 인터뷰를 하고 싶어 하는지 이해할 수 없군요. 일단 모든 것을 솔직하게 말하겠습니다. 나는 사람들에게 상처를 주며 돌아다닙니다. 그들의 고통과 마음의 아픔은 나에게 아주 커다란 만족감을 주거든요. 나는 당신이 '이기심' 을 만난 걸로 알고 있는데, 그녀가 당신에게 이런 말까지 했는지는 모르겠군요. 사실 우리는 한동안 데이트를 했고 지금은 결혼까지 하기로 한 사이에요.

우리는 서로에게 전략상 아주 중요하고 긴밀한 관계랍니다."

"때로 나는 고객들에게 아주 행복하고 태평하게 보여야 할 때가 있어요. 그러나 사실 그것은 내가 그들의 삶에 긍정적인 뭔가를 가져다 줄 수 있는 존재처럼 보여서 그들을 꾀려고 하는 것뿐이죠." '배반'은 노골적으로 말하며 말을 이었다. "대개 나는 고객들과 친구가 된 다음 내가 정말 그들을 위해 줄 것이라고 믿게 만들어요. 그러나 그 바보멍청이들은 내가 속임수 대장이라는 것을 전혀 깨닫지 못해요. 당신도 잘 알다시피 나는 주로 사람들을 이기적으로 만드는 것부터 시작해요."

그때 '기쁨'이 말했다. '반드시 당신을 내보내고 내가 그 자리를 대신해야겠네요. 그런데 왜 당신 같은 성품적 특징이 존재하는지 그 이유를 내가 제대로 파악하고 있는지를 아직 잘 모르겠어요. 왜 당신은 당신의 고객들이 친구들, 가족들, 동료들을 배반하기를 바라는 거죠?"

'배반'이 대답했다. "왜냐하면 내가 정말로 하려는 것은 내가 그들의 등에 칼을 꽂고 난 후 내 몫의 일을 끝내고 나면 그 고객들을 좌절에게 연결시켜 주는 것이에요. 나는 고객들이 진정으로 사랑하고 믿었던 누군가에게 배반을 당해보기 전까지는 절대로 칼에 찔리는 것 같은 고통을 느끼지 못한다는 것을 알고 있거든요."

"아!" '기쁨'은 얼굴을 찡그렸다. "그건 너무 잔인해요! 마치 거짓 사랑을 만들어내는 것이 당연하다는 듯한 말투군요."

'배반'은 고객을 끄덕였다. "제대로 짚었군요. 나는 주로 깊은 질투와 시기심에서 시작돼요. 그래서 나는 '질투'와 '시기심'이 쫓겨나기를 바라지 않아요. 만약 그렇게 하려면 당신은 먼저 내 작전부터 방해를 해야 할 걸요."

"그렇다면 당신을 쫓아내기 위해서는 어떻게 해야 하죠?" '기쁨'이 물었다.

"좋아요. 말해주죠. 그렇지만 그 정보가 미디어에까지 나가지 않기를 바랍니다. 거짓 사랑이 진정한 사랑을 만나게 되면 나는 끝장이죠. 나는 거짓과 속임을 더 이상 할 수 없게 돼요. 그것은 아주 피곤한 일이고, 얼마 지나지 않아 에너지가 바닥이 나요."

'기쁨'은 '배반'에게 그의 작전수행과정에 도움이 되었던 역할 모델이 있었는지를 물어보았다. "물론이죠. 내가 아는 한 유다만큼 좋은 역할 모델은 없을 거예요. 예수님을 배반했던 유다 말이에요. 이 바닥에서 유다만큼 뛰어난 역할 모델은 없지요. 그리고 우리는 그가 기쁨탈취자들 가운데서도 지도자급에 속한다고 생각해요. 그러나 우리는 그가 목매달아 자살했다는 사실을 끊임없이 떠올리죠."

"(기쁨이 배반을 바라보며) 사람이 자기가 어떤 길로 가고 있는지 알고 싶다면, 자기가 어떤 사람의 발자취를 좇고 있는지를 보면 된다는 말이 있지요. 그런데 당신의 말을 들어보니 당신은 유다의 발자취를 좇고 있는 것 같군요. 그러니까 당신은 진퇴양난에 빠져 있어요."

'기쁨'이 그 자리를 떠나려고 돌아서자 '배반'이 말했다. "어쩌면 당신 말이 옳을지도 모르죠. 어쩌면 내가 진퇴양난에 빠져 있는지도 몰라요. 그러나 나에게는 아직도 쏠 수 있는 총알이 남아 있어요. '이기심'은 나보다 더 많은 고객들을 얻고 있어요. 내가 배가 아파서 견딜 수 없을 정도죠. 그래서 나는 그녀가 나를 이기지 못하도록 하기 위해 그녀의 곁을 살짝 떠나 '허영'과 바람을 피우려고 마음먹고 있어요. '허영'은 그녀와 아주 가까운 친구사이인데, '이기심'과 결혼하기 한 달 전쯤부터 사귀려고요. 나는 일부러 그렇게 계획했어요. 왜냐하면 그 사실이 온 세상에 공개적으로 드러나게 될 때 그녀도 그 사실을 알고 뒤통수를 얻어맞은 것 같은 기분을 느끼게 하려고요. 나는 그녀가 자기 친구들 앞에서 우는 꼴을 보고 싶어서 견딜 수가 없어요. 그래서 그날을 손꼽아 기다리고 있죠."

'배반 씨, 당신이 '시기심', '이기적인 야망'과 힘을 합칠 때 '무질서'와 '악한 행동'을 만들어낼 것이라는 것은 보지 않아도 뻔하군요." '기쁨'이 말했다. "당신이 내가 쫓아내야 할 기쁨탈취자 일 순위라는 것에는 의심의 여지가 없군요."

9장

'기쁨' 이 '낮은 자존감' 을 만남

자기 자신을 대하는 사람의 마음자세는 하나님, 가족, 친구들, 자기의 미래,
그리고 삶의 여러 다른 영역을 대하는 그의 마음자세에 크게 영향을 미친다.
– 빌 가더(Bill Gothard)

✤ ✤ ✤

'낮은 자존감' 에게 '기쁨' 이 첫 번째로 들은 말은 이것이었다. "와, 당신
이 나 같은 자에게 인터뷰를 하러 오다니 믿을 수가 없어요." '기쁨' 은 "내가
당신에 대해서 잘 모르니까 당신과 인터뷰를 해봐야만 당신을 쫓아내고 그
자리를 대신할지 아닐지 알 수 있을 것 같아서요. 문제는 당신이 '삶의 특정
상황' 이 아니라 '삶의 이미지' 라는 거죠. 나는 당신이 기쁨탈취자들과 어울
려 다니는 것이 아니라 깡패들과 어울려 다닌다고 착각했어요" 라고 말했다.

"좋아요." '낮은 자존감' 이 말했다. "만약 당신이 나를 알지 못한다면 내
가 누구인지 핵심을 말해드리죠. 나는 내 고객들 옆에서 거울을 들여다봐요.
나는 그들에게 한참 부족해 보인다고 말해주죠. 그저 그게 다예요. 그러니까

나를 '축소시키는 자'라고 불러도 돼요. 나는 고객들에게 자신들을 실제 모습보다 훨씬 보잘 것 없는 모습으로 보게 하죠. 그들이 자기 자신의 모습을 싫어하게끔 만드는 거예요. 나는 그들의 눈에 눈가리개를 씌우기도 해요. 그렇게 해서 그들이 자기 자신이 얼마나 가치 있는 존재인지를 깨닫지 못하게 하는 거죠".

"그리고는 고객들이 미디어가 만들어낸 도저히 도달할 수 없는 비현실적인 이미지에 마음을 뺏기고 집착하게 만들어요. 그렇게 되면 나의 고객들은 자기가 건강하다는 사실만으로는 절대로 만족할 수 없게 되어버리죠. 그들은 자기 스스로 만들어낸 이미지를 잡으려고 계속 자신을 채찍질 하게 되는 거예요."

"그 외에도 나는 사람들이 자기보다 더 매력적이거나 더 똑똑해 보이는 사람을 볼 때 좌절감에 빠지도록 만들어요. 물론 나는 사람들에게 이 세상 거의 모든 사람들이 자기보다 더 낫다는 생각을 심지요. 일단 사람들에게 그런 생각을 확실하게 심기만 하면 그들은 나와 밀착하게 돼요. 그렇게 되면 대개 나의 고객들은 그들의 감정에 휘둘리게 된답니다. 그들은 거울을 보는 것을 싫어하게 되죠. 그러나 어쩌다 거울을 볼 때면 그들이 거울 속에서 가장 먼저 보는 것은 바로 나예요."

'낮은 자존감'이 삶의 한 상황인지 아닌지 결론을 내리지 못한 채 '기쁨'은 그녀가 낮은 자존감을 만들어내는 건지, 아니면 그녀의 고객들이 가문대대로 물려받은 것인지를 물어보았다.

"낮은 자존감은 어린 시절에 형성되죠. 사실 그때가 대부분의 자아가 형성될 때이고 자아관에 미치는 여러 가지 영향들에 가장 취약할 때죠. 고객들이 반복적으로 들었던 부정적인 말들, 끊임없이 업신여김을 받은 것이 가장 핵심이죠. 그리고 그것이 나의 모습을 결정지어요."

'낮은 자존감'은 계속 말을 이어 나갔다. "나의 고객들이 어른이 되고 난 후에는 고객들에게 과거의 부정적인 말들이나 경험들을 계속 반복해서 떠올려주기만 하면 돼요. 예를 들면, 고객들이 어린 시절(또는 세상에서 겪은)의 나쁜 테이프(나쁜 기억들을)를 반복해서 돌리고 또 돌릴 때면 내가 그들 앞에 나타나 그들의 기쁨을 자꾸 파먹는 거죠."

이 대목에서 '기쁨'은 화가 나서 더 이상 듣고 싶지가 않았다. '기쁨'은 이 기쁨탈취자가 몰래 살짝 틈타는 존재라는 것을 알게 되었고, 다른 잔당들과 마찬가지로 반드시 쫓아내야 하는 존재라는 것을 알게 되었다.

"한 가지만 더 물어볼게요." '기쁨'이 말했다. "당신의 고객들이 몰랐으면 하는 것이 있나요?"

잠깐 머뭇거리더니 그녀가 대답했다. "나는 고객들이 그들의 존재가 우연히 또는 실수로 만들어진 것이 아니라는 것을 몰랐으면 해요. 사실 그들은 어떤 목적을 위해서, 간절한 갈망 가운데, 철저한 계획 하에 존재하게 된 것이거든요. 나는 그들이 자기 자신이 정말 놀랍고 공교하게 만들어진 걸작인 것을 몰랐으면 해요."

그 순간 그녀는 자기의 입을 막으면서 "어머나, 세상에. 내가 당신에게 이런 중요한 정보를 말해주다니. 만약 내 고객들이 이 사실을 알면 나는 낭패를 당할 수도 있는데"라고 말했다. 그러더니 그녀는 금방 다시 표정이 밝아지면서 말을 이었다. "음, 그래도 난 걱정하지 않아요. 내 고객들 중에 몇 명이 이 정보를 얻는다고 해도 결국 그들은 그 정보를 믿지 않을 테니까요. 그리고 나는 아직도 할 수 있는 것이 많아요."

"당신이 걱정하지 않는다면 나도 걱정하지 않을 거예요." '기쁨'이 말했다. "다음에 내가 당신을 찾아올 때는 당신의 고객 명단에서 많은 이름들이 빠져있을 거예요."

'기쁨'은 '낮은 자존감'에게 시간을 내줘서 고맙다고 인사를 하면서, 얼마 후에 '자존감'을 만나게 될 것이며, 그와 함께 힘을 합쳐 '낮은 자존감'의 세계를 완전히 바꾸어놓을 것이라고 말했다.

"여기를 떠나기 전에 내가 당신에게 아주 깊은 인상을 받았다는 것을 알았으면 해요." '낮은 자존감'이 말했다. 그 말은 '기쁨'을 즐겁게 해주었지만, 기쁨은 도대체 그녀가 뭘 말하려고 하는지 속으로 궁금해졌다. '낮은 자존감'은 "나는 당신이 좋은 분이라고 생각하고 있어요. 그리고 단지 나는 끊임없이 나의 고객들과 나를 이리저리 끌고 다니는 강력한 힘을 가진 두 형제를 조심하라는 경계의 말을 당신에게 해주고 싶을 뿐이에요. 만약 당신이 그 둘을 만난다면 조심하세요. 그들은 당신을 영원히 없애버릴 계획을 꾸미고 있을 거예요."

인터뷰에 응해준 것과 그녀가 제공해준 정보에 감사하면서 '기쁨'은 그들이 누군인지 모르지만 전혀 두렵지 않다며 "나는 그 나쁜 두 형제들의 두목을 알고 있어요. 그가 이 만남을 주선했지요"라고 하며 떠났다.

10장

'기쁨'이 '수치심'과 '죄의식'을 만남

햇빛 쪽으로 얼굴을 향하라, 그러면 그림자를 볼 수 없을 것이다.

— 헬렌 켈러(Helen Keller)

❈ ❈ ❈

'기쁨'은 "악동 형제"인 '수치심'과 '죄의식'을 만날 생각을 하며 긴장하고 있었다. '낮은 자존감'은 이 두 형제를 아주 강력하다고 말했다. '기쁨'은 그들 앞에서 결코 위축되지 않겠다고 다짐하면서 반면에 그들의 기쁨탈취 행위를 막을 방법을 알아내고 싶다는 생각을 했다. 그는 어떻게 이 두 악동들에게 최후를 가져다줄 수 있을까 그 생각만 했다. 그리고는 그 쌍둥이를 해가 질 즈음에 고객들의 삶에서 추방시키는 것이 좋겠다고 생각했다.

그때 '수치심'과 '죄의식'이 어슬렁거리며 들어왔다. '기쁨'은 그들의 느릿느릿하고 별로 강력해 보이지 않는 움직임에 할 말을 잃었다. '기쁨'은 그들이 자기들의 존재를 드러내 보이고 싶어 하지 않는 것 같다는 생각이 들었다. '기쁨'은 왜 '낮은 자존감'이 그들을 아주 강력하다고 말했는지 이상하게 여겨졌다. 먼저 그 두 형제에게 시간을 내줘서 감사하다고 말하고 난 뒤, 어떻게 고객들을 확보하는지 인터뷰를 시작했다. '수치심'이 먼저 대답했다. 그는 그의 고객들이 다른 사람들을 용서하지 못할 뿐만 아니라 그들 자신조차도 용서하지 못한다고 말했다.

이때 '죄의식'이 끼어들었다. "그들은 실수를 용납하지 못하죠. 자기 스스로의 실수조차도 말이에요. 우리 고객 중 많은 이들이 완벽주의자들이에요. 그건 만약 일이 완벽하게 되지 않으면 누구에게든 비난의 화살을 돌린다는 뜻이죠."

"대개는 자기 스스로를 비난해요. 그리고 이런 일이 생기면 우리가 그들을 방문하죠. 완벽주의와 비난 이 두 가지의 파괴적인 조합을 상상해보세요. 그러면 당신은 우리가 얼마나 많은 고객을 확보할 수 있는지 알 수 있을 것입니다."

그 생각에 치를 떨면서 '기쁨'은 어떤 일이 일어날 때 그들이 고객을 잃게 되는지 물어보았다. '수치심'은 잠깐 동안 침묵을 한 후 말문을 열었다. "나의 고객들이 입에서 비판의 말이 터져 나오려고 할 때 스스로 재갈을 물리는 방법을 배운다면 죄의식을 극복할 수 있을 거예요."

"그러면 고객들에게 최악의 비판은 뭔가요?" '기쁨'이 호기심에 차서 물었다.

이번에는 '죄의식'이 대답했다. "그것은 자기 자신에 대한 비판이죠. 나의 고객들은 자기의 실수를 절대로 용납하지 않으니까요. 그들은 '완벽하게 되기'란 불가능하다는 것을 몰라요."

'수치심'도 말을 이었다. "그러한 태도는 우리 고객들 안에 건강하지 못한 자아관을 만들어내죠. 당신도 이미 알다시피 그들은 자기들이 하는 것에 대해서는 무조건 부정적이고, 허무주의적이며, 인정하지 않는 거예요. 게다가 나의 고객들은 자기들이 저지른 실수에 대한 슬픔을 솔직하게 드러낼 때 그 힘이 얼마나 큰지를 전혀 모르고 있답니다."

"사실 자기 자신과 다른 사람들의 연약함을 인정한다는 것 자체가 치료의 시작인데 말이죠." '수치심'이 말을 계속 이어나갔다. "그러나 나의 고객들 중 대부분은 그 사실을 인정하지 않죠. 나는 그저 나의 좋은 친구인 '교만'과 '이기적 자아'에게 감사할 뿐이에요. 나는 나의 고객들이 이 중요한 첫 단계인 '자기 연약함 인정하기'를 거부하는 것을 볼 때 내가 성공했다는 사실을 알게 된답니다."

"그래요." '죄의식'이 맞장구를 쳤다. "이러한 건강하지 못한 태도는 사람의 강함이 약함에서 온다는 사실을 깨닫지 못하게 만들어요. 그렇게 해서 이 중요한 교훈은 깨달음의 빛을 보지 못한 채 파묻히게 되죠. 우리의 고객들은 자기 스스로에게 많은 기대를 걸어도 실제로는 그만큼 이루지 못할 수도 있다는 것을 모르는 것 같아요. 그렇다고 과거로 되돌아갈 수도 없는 거죠. 우리 고객들은 당신(기쁨)이 너무 멀리 있어서 자기들로서는 도저히 도달할 수 없다고 생각하거나, 아니면 과거에는 그들과 함께 있어주었지만 지금은 어디론가 가버렸다고 생각해요."

"그러니까 당신의 고객들은 미래를 아주 부정적으로 보거나 과거의 경험을 통해 아무것도 배우지 못하는 몽상가들이라는 건가요?" '기쁨'이 물었다.

"예, 우리는 그렇게 생각해요"라고 '수치심'이 말했다.

'기쁨'은 그 두 형제들이 어떻게 그들의 고객들을 수치심과 죄의식으로 몰아갈 수 있는지 물어보았다.

'죄의식'이 대답했다. "두 가지 조건 하에 가능해요. 하나는 '다른 사람들'이라고 하는 사람들이 상대방의 심리를 조종하는데 아주 능숙한 경우이고요. 다른 하나는 고객들이 자기 스스로의 힘을 포기하는 거예요."

"자기 스스로의 힘? 그게 뭔데요? 무슨 말인지 모르겠어요. 죄의식 씨?" '기쁨'이 알고 싶어 하며 물었다.

"'자기 스스로의 힘'은 '아무에게도 판단 받거나 정죄 당하지 않겠다는 일종의 의지력'이지요. 누구에게나 약점이 있고, 살다보면 이런저런 문제들이 생길 수 있죠. 완벽한 사람은 아무도 없어요. 그러니까 사실 아무도 나의 고객들을 정죄하거나 판단할 자격이 없죠. 그러나 우리 고객들의 문제는 다른 사람들이 그들을 비판하고 정죄할 때 그것을 이겨낼 만한 내적인 힘이 결여되어 있다는 거죠. 어떤 고객들은 마치 그런 판단이나 비난을 당연히 받아들여야 할 것처럼 여기기도 하지요."

"달리 말하면" '수치심'이 말을 이었다. "우리 고객들은 그 '다른 사람들'이라는 사람들이 우리 고객들의 감정을 상하게 하는 것을 허용을 하고 있어요. 그들은 그 '다른 사람들'의 그릇된 판단을 마치 '옳은 판단'인 것처럼, '타당성 있는 말'인 것처럼 받아들이죠. 우리가 지금 설명하고 있는 '자기 스스로의 힘'이란 잘못된 판단에 대해 저항할 수 있는 능력을 의미해요. 우리 고객들은 그 힘을 가지고는 있지만 그것을 사용하지는 않아요. 대부분의 경우 그들은 그런 힘이 자기들에게 있는지 조차도 알지 못해요. 만약 알았다면 잘못된 판단과 정죄에 저항할 수 있는 힘을 갖추고 있었겠죠. 우리 고객들은 그들의 힘을 절대로 사용하지 않을 것입니다."

"물론 정죄는 죄를 깨닫는 것과는 다른 것입니다. 죄에 대한 깨달음은 자책감을 느끼지 않고 변화에 대한 필요와 갈망을 느끼게 해주는 과정입니다.

그것은 양심의 힘에서 시작되죠. 선하고 도덕적인 양심은 반드시 보존되어야 하고 또 받아들여져야 합니다. 그것은 아주 중요해요." '기쁨'이 끼어들며 말했다.

이번에는 '죄의식'이 말을 이었다. "우리 고객들은 일반적으로 자기 한계를 느끼면서 자기는 아무것도 할 수 없다는 결론에 도달하게 되죠. 그런데 불행히도 그 한계들이 고객들을 정죄하는 다른 사람들의 손에 의해 드러난다는 거예요."

'기쁨'은 대화를 끊으면서 그 두 형제에게 자기의 눈을 똑바로 쳐다보라고 말했다. '수치심'과 '죄의식'은 고개를 떨어뜨리며 그렇게 할 수 없다고 했다.

"왜 그렇게 할 수 없죠?" '기쁨'이 알고 싶어 하며 물었다.

"우리가 하는 일은 좀 드러내기 부끄러운 일이예요. 우리는 둘 다 그 사실을 알고 있죠."

"내 말을 잘 들어요." '기쁨'이 그 두 형제에게 권했다. "당신들이 하고 있는 일은 눈 깜짝할 사이에 바뀔 수 있어요. 당신들의 고객들도 마찬가지고요. 당신들이 무엇을 갈망하든지 간에 그 갈망하는 것에 시선을 두고 그것을 좇아가야 해요."

"좀 더 구체적으로 설명하자면, 기쁨으로서 내가 하는 일은 당신의 고객들에게 나를 바라보도록 하고 또 내가 멀리 있거나 과거의 벽장 속에 숨어 있는 것이 아니라는 것을 깨닫게 해주는 거예요. 실제로 나는 그들의 손이 얼마든지 닿을 수 있는 곳인 그들의 마음속에 있으니까요. 나의 힘은 그들이 나를 갈망하는 강도만큼 올라갈 수도 있고 떨어질 수도 있어요."

그 두 형제들은 '기쁨'의 얼굴을 바라보는 동안 자기들의 힘이 서서히 빠져나가는 것을 느끼기 시작했다. 그들은 '기쁨'에게 즉각 떠나달라고 말했다.

'기쁨'은 진실을 분명하게 말하는 동안 더욱 담대해졌다. '나는 당신들이 고객들을 일방통행로로 몰아서 막다른 골목에 이르도록 했다는 것을 알고 있어요. 그러나 이제 내가 당신들의 고객들을 위해서 그곳에 새로운 길잡이 표지판을 세울 거예요.'

'죄의식'과 '수치심'은 서로 얼굴을 마주보더니 물었다. "기쁨 씨, 당신 아직도 여기에 있나요? 지금 도대체 무슨 말을 하고 있는 거예요?"

"물론, 이제 떠날 거예요." '기쁨'이 말했다. "그러나 길을 떠나는 도중에 이 새로운 표지판들을 거기에 세워놓을 거예요. '왼쪽으로 난 매일 용서의 길을 가세요.' '오른쪽으로 난 긍정적인 태도의 길을 가세요.' '치유와 기쁨의 교차로에 도착하세요.' 당신들 둘은 내가 항상 고객들 가까이에 있으며, 그들이 원할 때 언제든지 손을 내밀 수 있다는 사실을 그들에게 알려주지 않은 것에 대해 부끄럽게 생각해야 할 거예요."

'죄의식'과 '수치심'은 기쁨이 세운 새 표지판으로 인해 이제는 그들의 일자리가 더 이상 안정적이지 못하다는 것을 깨달으며 뉘우치는 마음으로 고개를 떨어뜨렸다.

11장

'기쁨'이 '외로움'을 만남

외로움은 당신을 자기 자신에게서 멀어지게 한다.

— 산드라 스틴(Sandra Steen)

❋ ❋ ❋

"'외로움'과 만났던 이야기를 쓸 것." "이 정보를 '기쁨건설자들의 소식지'에 보낼 것"이라고 '기쁨'이 다이어리에 기록했다.

'외로움'과의 만남 : '기쁨'의 개인적인 이야기

'외로움'은 외톨이가 아니었다. 그는 수다를 떨고, 재잘거리며, 속삭거리고, 남의 말을 하고, 이 사람 저 사람에게 여러 가지 얘기를 퍼트리고 다니며, 때로는 '외로움' 자신도 다른 사람들에게 둘러싸여 그런 말들을 전해 듣곤했다. 사실 나는 '외로움'을 찾아내기가 쉽지 않았다. 그에게는 별 다른 특징이 없어보였다. 그런데 나는 마침내 그를 찾아내었고, 그에게 다른 사람들의 눈에 띄지 않을만한 은밀한 곳을 인터뷰 장소로 삼으면 좋겠다고 제안했다. 우리는 무리를 떠나 조용한 곳으로 갔고 그는 나에게 물 한 병을 건넸다.

자리를 잡고 앉았을 때 나는 그에게 그를 내보내고 그의 자리를 대신하고 싶다고 말했다. 그는 그렇지 않아도 자기는 그 일을 그만두고 싶었는데 정말 좋게 생각한다고 대답했다. 나는 그 대답을 듣고 깜짝 놀랐다. 그는 그의 일이 자기를 우울하게 만든다고 했다. 그는 점점 더 많은 사람이 그의 고객이 되어 몰려오고 있다고 말했다. 그런데 웃기는 것은 일반적으로 사람들이 생각하기를 '외로움'의 고객들이 대부분 배우자 없이 혼자 사는 사람들일 것이라고 생각한다는 것이었다. 그러나 막상 '외로움'이 주로 하는 일은 결혼한 부부에게 몰래 숨어들어가는 일로서 그 일이 최근에 급격히 늘고 있었다.

'외로움'은 탈진을 경험했고, '기쁨'에게 자기 자리를 흔쾌히 양보하겠다고 털어놓았다. 사실 그는 자기 고객들을 위해 뭔가 긍정적인 일을 하고 싶어 했다. 그러나 그동안 '외로움' 훈련만 받아와서 뭘 어떻게 해야 할지 알지 못했다.

나는 그 협력 제안을 기쁘게 받아들였다. 나는 '외로움'에게 본인이 외롭다는 생각을 스스로 더 부채질 하는 것은 아니냐고 말했다. 그는 자기에게는 서로 연락을 주고받으며 지내는 자들도 있고 또 그에게 고객을 연결해 주는 자들도 있다고 대답했다. '외로움'이 고객을 소개받는 곳은 주로 '파괴된 인간관계'와 '낮은 자존감'이었다. 그리고 특히 명절이나 휴가철에 기쁨탈취자들에게서 고객들을 많이 소개받는다고 말했다.

나는 '외로움'에게 일거리가 점점 더 늘어나는 이유가 뭔지 물어 보았다. 그는 '공허함'이 그와 힘을 합쳤기 때문이라고 했다. 그들이 함께 힘을 합치면 대부분의 고객들은 그들을 제거할 수 있는 방법을 찾지 못해 어려움을 겪는다고 말했다. 때로 그들의 고객들은 더 많은 재물로 삶을 채우려고 하지만, 재물은 잠깐 동안만 좋을 뿐 시간이 흐르면 주인에게 아무 기쁨도 가져다주지 못할 뿐만 아니라 사실 이런 재물들은 쌓으면 쌓을수록 더 허전함만 느끼며 그들의 문제는 더 깊이 곪아 들어가게 된다고 그는 말했다.

나는 '외로움'이 자기 자리를 기꺼이 내어주겠다고 제안하는 것에 정말 감사한다고 말했다. 나는 그의 자리를 대신하기 위해 최선을 다하겠다고 약속했다. 그러나 고객들이 그 과정을 무사히 거쳐 가도록 해주려면 나에게 좀 더 많은 정보가 필요했다.

나는 그가 사람들을 우울하게 만드는 일을 성공적으로 해치울 수 있도록 해주는 핵심 요소들이 더 있는지를 물어보았다. '외로움'은 또 한 가지 핵심 요소는 사람들이 진정한 만족의 참된 의미를 알지 못하는 것이며, 그들은 그것을 추구할 수도 없는데, 그 이유는 그것이 뭔지 전혀 알지 못하기 때문이라고 했다. 그는 언젠가 한 번은 고객 한 명을 놓친 적이 있었는데, 그 이유는 그 고객이 그동안 자기는 하나님 한 분으로는 충분하지 않다고 생각해왔었지만, 하나님은 자기의 모든 필요들을 채워주시기에 충분한 분이라는 것을 깨달았다고 친구와 가족들에게 털어놓았기 때문이었다고 했다. 그 놀라운 고백 때문에 '외로움'은 더 이상 그녀에게 서비스를 할 수 없었다.

'외로움'은 덧붙여 설명했다. "사람이 '자기가 누구인지'를 아는 것은 어렵지 않지요. 그러나 진정한 만족을 누리려면 '자기가 누구의 소유인지'를 반드시 알아야 합니다."

그는 그의 고객들이 이것을 알기만 하면 혼자가 되어도 절대로 외로울 일은 없을 거라고 말했다.

'기쁨'으로서 나는 그 말이 무슨 뜻인지 알고 있다. 그 이유는 나 '기쁨'

이 바로 진정한 만족의 표현이기 때문이다. 나는 '외로움'의 말이 무슨 뜻인지 알 수 있었다. 그것은 내가 얼마든지 이해할 수 있는 말이었는데, 그것은 이 세상의 사람들에게 만족을 줄 수 있는 것은 오직 하나님 한 분과의 관계뿐이라는 것이 그의 말의 요지였기 때문이었다. 그러므로 사람은 하나님 외에 다른 아무에게도 자기를 만족시켜줄 것을 기대해서는 안 된다. 그 이유는 하나님이 이미 모든 것을 다 이루셨기 때문이다.

　(소식지에 실을 글, 끝)

　소식지에 실을 글을 끝내면서 '기쁨'은 다음 인터뷰를 위해 길을 떠날 준비를 하고 있었다. 그는 어떻게 '외로움'의 자리를 대신할 것인지를 알아내어서 한결 기분이 좋아졌다.

'기쁨'이 '엄청난 부'를 만남

이 세상에서 우리를 부자로 만들어주는 것은 취하는 것이 아니라 포기하는 것이다.
– 헨리 워드 비처(Henry Ward Beecher)

✤ ✤ ✤

　기쁨은 '엄청난 부'와의 인터뷰는 간단하게 끝날 것이라고 예상했다. 그는 앞서 여러 건의 힘든 인터뷰들을 마쳤기 때문에 이 인터뷰에서는 그저 잠깐 몇 마디 물어보면 될 것이라고 추측했다. 그는 이 인터뷰가 '엄청난 부'를 내보내고 그의 자리를 대신하는 것이 될 것이라고는 미처 생각하지 못했다. 그는 속으로 생각했다. '엄청난 부를 기뻐하지 않을 사람이 어디 있겠어?'

　'엄청난 부'의 집 앞에 도착한 '기쁨'은 자연림이 광활하게 펼쳐진 들판을 배경으로 숨이 막힐 정도로 아름답고 정교하게 지어진 고혹적인 저택이 위엄과 광채를 드러내고 있는 것을 보았다. 집사는 '기쁨'을 서재로 안내했다. 그 서재에는 가죽으로 테두리를 입힌 값비싼 책들이 가득 차 있었다. 어떤 책들은 최근에 나온 책들이었고, 어떤 책들은 누군가 차분하게 한 장 한 장 읽어본 흔적이 남아있는 오래된 책들이었다.

잠시 후에 생생하게 살아있는 눈부시게 아름다운 장미꽃 한 송이가 깔끔한 이동 카트에 실려 나왔다. 집사가 김이 무럭무럭 나는 커피포트를 들고 화려한 본차이나 커피 잔에 커피를 따랐다. '기쁨'이 붉은색 문자도안이 새겨진 눈부시게 하얀 고급 린넨 냅킨을 다리 위에 펼치고 있을 때 집사는 지금까지 '기쁨'이 한 번도 먹어본 적이 없는 아주 맛있는 커피를 내밀었다. 고급 크리스털 그릇에 담겨있는 크림과 설탕은 그 방을 환하게 비춰주는 햇빛을 반짝반짝 반사시키고 있었다.

부유한 집안 분위기와 맛있는 커피 때문에 기분이 좋아지고 상쾌해졌다기보다는 주변의 아름다움과 편안함 때문에 그 집은 최근에 그가 들렀던 장소들에 비하면 마치 집에 온 것 같은 느낌을 주기에 충분했다.

그때 '엄청난 부'가 고급스러운 색깔로 장식된 벽을 타고 꽃들이 흐드러지게 늘어져 있는 엘레강스한 정원 테라스 쪽으로 통하는 프랑스풍의 문으로 들어왔다. 그는 인터뷰를 하기 위해 멋진 옷으로 차려입고 얼굴에는 쾌적한 미소를 지은 채 '기쁨'을 환영했다. '기쁨'은 '엄청난 부'에게 품격 있는 환영에 대한 감사와 집 주변의 모든 것이 너무 아름답다는 말을 전했다. 그리고 난 후 '엄청난 부'가 이미 인터뷰에 임할 모든 준비를 갖추고 있다는 것을 깨달았다.

"나는 당신이 나와 함께 공존하고 싶어 한다는 것을 알고 있습니다. 나에게는 그것이 당연히 아무 문제될 것이 없지요." '엄청난 부'가 말했다. "나는 그저 당신이 비용을 얼마나 청구할 것인지 알고 싶습니다. 나는 결론부터 말하는 성격이라서요."

"무슨 말씀을 하시는지 잘 모르겠는데요. 내가 당신에게 비용을 청구하다니요? 나는 그저 당신과 함께 공존하고 싶을 뿐인데요. 나는 당신을 밀어내고 그 자리를 대신하고 싶지는 않아요. 나는 그저 당신이 나의 제안을 받아들였으면 해서 찾아온 거예요."

"당신도 알다시피 나는 모든 것을 볼 때 그에 따르는 비용을 계산하지요. 하물며 나는 아침에 침대에서 일어나는 것이 나에게 얼마나 많은 비용을 치르게 하는 지까지 알고 있어요. 그렇게 해서 나는 오늘날 당신이 아름답다고 방금 칭찬해준 이 집을 얻게 되었지요. 나는 당신이 내 소유에 아무 손해를 끼치지 않는다면, 당신이 나와 함께 공존하든 말든 신경 쓰지 않아요."

"아, 알겠습니다. 당신은 오직 엄청난 부를 소유함으로써 얻는 기쁨만을 원한다는 거죠? 내 말이 맞나요?"

"그런 식으로까지 말할 필요는 없죠. 그러나 만약 당신이 내가 소유한 것들을 전부 사라지게 할 거라면, 당신과 나는 함께 할 수 없어요. 나의 만족감의 정도는 당신이 지금 보고 있는 여기 이런 것들에 달려 있으니까요." '엄청난 부' 는 단도직입적으로 말했다.

'기쁨' 은 "한 가지 물어보고 싶은 게 있는데요. 어떤 조건 하에 내가 당신과 함께 공존할 수 있죠?" 라고 물었다.

"내가 조금 전에 말했던 것처럼" '엄청난 부' 는 인내심 있게 대답했다. "유형, 무형을 떠나서 나의 모든 재산들에 전혀 손을 안 댄다는 조건 하에서지요. 나는 반드시 재정적으로 성공해서 재산을 불려나가야 합니다. 그런 조건들만 지켜준다면 당신은 이곳에 얼마든지 머물러 있을 수 있습니다. 사실, 기쁨 씨, 나는 당신이 여기에 들어와서 머물고 싶어 할 것이라고 생각합니다. 내 집에서 살면 세계에서 몇 개 안되는 별 다섯개 호텔에 머무르는 것 같은 극진한 대접을 받을 수 있으니까요."

'엄청난 부'의 말에는 전혀 관심도 두지 않은 채 '기쁨'은 '불화'를 만난 적이 있는지를 물어보았다. "아, 예, 물론 그를 알지요. 그러나 나는 그에게 지불해야 할 것들을 이미 다 지불했습니다. 물론 내 재산을 제대로 보호할 수 없는 영역들도 있어요. 그렇지만 나의 소유들은 고객들이 필요로 하는 것들을 전부 제공해 주기에 부족함이 없습니다."

"그런데 잠깐만요. 엄청난 부 씨!" '기쁨'이 말했다. "물론 나는 당신과 공존하고 싶습니다. 그러나 나는 아무 조건에 구애받지 않고 이곳에 머무르고 싶은데요."

'엄청난 부'는 머리를 좌우로 천천히 흔들었다. "솔직하게 말하겠는데요. 나의 고객들은 그들의 기쁨을 돈을 주고 삽니다. 나의 목표는 그들이 포인트 카드에 집착하도록 하는 것입니다. 그렇게 해서 그들이 더 많은 부를 끊임없이 갈망하도록 하는 거죠. 나는 그들에게 세상에 '이 정도면 충분하다'는 것 따위는 없다고 가르칩니다. 믿겨지지 않겠지만, 나의 고객들 중에 어떤 이들은 차가 몇 대씩 있고 집이 몇 채씩 있고, 그 외에 많은 것들이 있음에도 불구하고 여전히 자신은 불행하다고 말하는 사람들이예요. 내 고객들 중에 어떤 이들은 기쁨을 조금이라도 누려보려고 마약과 술에 손을 대는 사람들도 있죠. 내가 그런 사람들을 상징하는 자인만치 나는 그들이 부에 집착하는 상태로 살아가기를 바랍니다. 그 이유는 물론 나도 부를 좋아하기 때문이죠. 나는 우리 고객들에게 엄청난 돈이 있는 한 그들의 기쁨의 근원이 무엇인지에 대해서는 신경 쓰지 않습니다."

'엄청난 부'는 손뼉을 몇 번 치고 손을 비비더니 이렇게 결론을 내렸다. "기쁨 씨, 만약 당신이 나와 손을 잡기만 한다면, 우리는 아주 대박을 칠 수 있을 거예요."

그때 '기쁨'이 말했다. "당신은 그들이 어떤 종류의 기쁨을 추구하든지 신경 쓰지 않는다고요? 그러나 나는 당신과는 다릅니다. 내 마음이 저절로 그 문제에 신경이 쓰이기 때문에 그것에 관심을 가질 수밖에 없습니다. 그러니까 당신과 내가 서로 손을 잡을 일은 없을 것 같군요. 누구든지 마음의 기쁨을 누릴 수 있습니다. 그러니까 당신도 모든 일이 술술 잘 풀리는 동안은 별 걱정 없이 이런 집에 살며 그런 종류의 기쁨을 누리겠지요." '기쁨'이 말을 계속 이었다. "그러나 나는 모든 일이 잘 풀릴 때 느끼는 기쁨이나 고객들이 기쁨을 누려보려고 고의로 이상한 짓을 함으로서 느끼는 피상적인 기쁨만을 의미하지는 않습니다. 오히려 나는 그 이상의 훨씬 더 깊은 곳에서 우러나오는 진정한 기쁨을 줄 수가 있어요."

'엄청난 부'는 아무 말도 하지 않았다.

"나는 내가 가져다주는 기쁨을 경험하고 싶어 하는 고객들에게 관심이 있습니다. 그것이 다소 무모하다 해도 상관없습니다. 나는 당신에게 모든 갖고 싶은 것을 거의 다 살 수 있는 엄청난 부가 있다는 것을 알고 있습니다. 그러나 여기서 '거의'라는 말은 단지 듣기 좋은 말에 불과하죠. 만약 당신의 고객들이 돈으로 살 수 없는 것에 관심이 생긴다면, 그때는 나에게 전화를 하라고 말해주세요."

기쁨을 유지하는 길

ㄴ이기심

자신을 가장 먼저 생각하고, 자신의 필요와 갈망만을 생각하는 것이 이기심의 특징이다. 그러나 겸손함으로 타인의 말에 귀 기울이고, 타인에게 관심을 가질 때 이기심의 성품은 작아진다.

♣ 자기 자신과 사랑에 빠진 사람에게는 라이벌이 없다.

배반

배반은 질투와 시기심에서 시작되어 타인에게 상처를 준다. 그러나 진정한 사랑을 느끼거나 받을 때 배반하고 싶은 마음은 들지 않는다.

낮은 자존감

자신의 모습을 타인과 비교하여 보잘 것 없는 모습으로 보기 때문에 자신이 얼마나 가치 있는 존재인지를 깨닫지 못한다. 모두는 우연히 또는 실수로 만들어 진 것이 아니라, 하나님으로부터 정말 놀랍고 공교하게 걸작으로 만들어졌다는 사실을 인식해야 한다.

수치심과 죄의식

이 성품에 있는 사람들은 다른 사람을 용서하지 못하고, 자신조차 용서하지 못한다. 자신과 다른 사람들의 연약함을 인정하는 것 자체가 이 성품의 치료의 시작이다.

외로움

파괴된 인간관계와 낮은 자존감에 있을 때 외로움은 극에 달한다. 하지만 자기가 누구의 소유인지를 알 때 혼자가 되어도 절대로 외로움은 없다.

엄청난 부

만족하지 못하고 더 많은 부를 끊임없이 갈망하는 것이 사람의 심리이다. 많은 것이 있으면서도 여전히 자신은 불행하다고 말한다. 욕심에서 벗어나 만족할 때, 그때 행복이 찾아온다.

'기쁨'이 '분노'를 만남

유순한 대답은 분노를 쉬게 하여도 과격한 말은 노를 격동하느니라. - 잠언 15:1
어리석은 자는 그 노를 다 드러내어도 지혜로운 자는 그 노를 억제하느니라.
- 잠언 29:11

❀ ❀ ❀

'기쁨'은 정말 기분이 이상했다. 마치 자기의 또 다른 모습을 보고 있는 것 같았다. 그는 자기가 기쁨이 아니었다면, 아마도 이런 모습이 아니었을까 생각되었다. "이건 정말 이상하군." 그는 생각했다. '마치 요술 거울 속에서 지금의 나와는 극명한 대조를 이루는 또 다른 나 자신의 모습을 보고 있는 것 같아.'

'기쁨'은 무표정한 상태로 자기를 소개하기 위해 상대편에게 손을 내밀어 악수를 청했다. 그러나 '분노'는 차가운 눈으로 '기쁨'을 노려보며 팔짱을 낀 채로 서 있었다. '아무 문제없을 거야'라고 '기쁨'은 메모장을 꺼내면서 속으로 중얼거렸다.

'기쁨'은 인터뷰를 시작하며 분노에게 어떻게 그렇게 많은 고객을 확보할 수 있는지를 물어보았다. '분노'는 다른 기쁨탈취자들에게 아주 많은 도움을 받고 있으니 전부 자기 공로만은 아니라고 대답했다. 모든 기쁨탈취자들이 이런저런 면에서 그가 영역을 넓힐 수 있도록 도와주었지만 때로 그것 때문에 너무 많은 고객이 몰려와서 화가 난다고 했다.

"그렇다면 고객들을 당신에게서 떨어져 나가게 할 수 있는 것은 뭐죠?" '기쁨'은 '분노'를 화나게 하지 않으려고 조심스럽게 물었다.

'분노'는 대답했다. '나는 나의 고객들의 감정에서 비롯돼요. 고객들이 제대로 다스리지 못하고 절제하지 못하는 감정들이요. 내 고객들은 그들이 방치했기 때문에 생겨난 여러 가지 문제들을 세상 탓을 하면서 화를 낼 때가 종종 있어요. 많은 사람이 원한을 내려놓지 않기 때문에 화가 난 채로 살아가고 있어요."

"분노 씨, 사실 당신은 선한 목적에 사용될 수도 있어요. 나는 어떤 사람들이 악한 상황을 바꾸기 위해 당신을 사용하는 것을 본적이 있어요." '기쁨'이 깊은 생각에 잠겨 말했다.

"그 말도 맞아요. 그러나 나는 기쁨인 당신을 몰아내기 위해, 고객들이 현실을 왜곡된 눈으로 보게 해야 해요. 그리고 사람들이 다른 사람들에 대해, 기관에 대해, 삶의 원리들에 대해 화를 내도록 부추겨야 하죠. 그것은 내 손에 양날이 시퍼렇게 선 검을 들려주죠. 내게 있는 강한 부정적인 감정은 그것을 주고받는 양당사자에게 큰 영향을 줘요. 내가 하는 일은 고객들에게 해결책을 제시해주기보다는 양측에 팽팽한 긴장구도를 형성해서 그 구도가 영구적으로 지속되도록 만드는 거예요. 분노와 역정은 삶을 철저히 파괴시킬 수 있어요. 나의 고객들이 그들의 분노의 정체를 알고 있든지, 아니면 분노의 근원이 무엇이었는지를 잊어버렸든지 간에 분노는 그들을 아주 큰 불행으로 빠트리죠."

"만약 내가 고객들을 계속 분을 내는 상태로 있게 할 수만 있다면, 그들 중 어떤 이들은 약물에 손을 댈 것이고, 결국 마약중독이나 알코올중독에 빠지게 되죠. 아, 정말 그건 불행한 드라마 같아요! 그것이 바로 고객들 안에 분노를 자라게 하는 방법이죠."

"그건 내가 아주 사악한 마음으로 나의 고객들에게 베풀어주는 떨림과 괴성의 술잔치이며 맹독성 파티죠. 물론 나에게는 그 외에도 여러 가지 기술이 있어요. 그러나 하루를 마무리 할 즈음이면 나는 그들을 혼자 내버려둬서 그들이 스스로 비참하고 불행하게 느끼도록 만들죠."

'기쁨'은 메모를 다 끝내고 정말 꼴 보기 싫은 이 기쁨탈취자를 바라보았다. 그리고는 "어떻게 생각하세요. 그러니까 내가 당신을 쫓아내고 당신의 자리를 대신 할 것 같나요? 어때요?"라고 '분노'에게 물었다.

엄청난 분노가 폭발하듯 밀려오면서 '분노'는 목청을 있는 대로 높여 소리를 지르고 주먹으로 테이블을 치면서 말했다. "당신은 나의 자리를 대신 할 필요가 없어. 왜냐하면 내가 없다면 내 고객들이 무슨 핑계로 화를 낼 수 있겠어? 나는 일종의 기회야. 화를 낼 수 있는 기회. 나는 고객들이 누구를 선택하든 그 사람을 대상으로 화를 낼 수 있는 기회를 충분히 제공해줘야 하니까 말이야."

이제 그는 자리에서 벌떡 일어나 몸까지 크게 움직이면서 더욱 큰 소리로 반대 의견을 계속 떠들어댔다. "어쨌거나 기쁨, 만약 당신이 정말 나를 쫓아내고 내 자리를 대신 하겠다면 먼저 '미움', '원한', '용서하지 않는 마음'과 얘기를 해볼 필요가 있을걸. 왜냐하면 나는 그들에게서 많은 고객을 소개받거든." '분노'가 이번에는 주먹으로 벽을 내리쳤다.

'기쁨'은 그가 하는 모든 말을 들으면서 인내심 있게 그 자리를 지키고 있었다. 그러다가 천천히 일어나서 '분노'의 코앞까지 바짝 다가가서 얼굴을 들이대며 말했다. "분노 씨, 나는 당신이 하나도 무섭지 않아요. 당신은 테이블과 벽을 주먹으로 치면서 당신이 얼마나 화를 무섭게 내며 대단한 기쁨탈취자인지 보여주려고 하는 것 같은데, 아무리 그래도 나는 하나도 무섭지가 않거든요."

"그런 식의 쇼는 그만 집어치우세요. 이제 당신은 그만 좀 진정할 필요가 있으니까요. 만약 당신이 이런 식으로 감정적인 에너지를 분출한다면 당신의 고객들의 수명을 단축시키게 될 거예요. 나는 당신 같은 종류의 감정으로 말미암아 초래되는 결과에 대한 믿을만한 연구보고서를 읽은 적이 있어요. 당신의 고객들이 분노와 적개심을 동시에 품을 때 심장병 위험에 노출될 위험이 일반인에 비해 두 배나 커진다는 거예요. 분노 씨, 당신은 그들을 죽음이라는 치명적인 상황으로까지 몰고 갈 수가 있어요."

'기쁨'은 '분노'에게서 몇 걸음 뒤로 물러나 다시 자리에 앉았다. 그는 조금 부드러운 음성으로 말을 이었다. "분노 씨, 당신의 고객들이 분노 때문에 미친 듯이 행동하거나 이상한 짓을 하는 한 당신이 그 고객들의 삶에서 한 자리를 차지한다는 것은 인정해요. 그러나 당신은 자연스럽게 일어나는 감정은 아니고 당신의 고객들이 뭔가 부당하다고 느끼거나 상처를 받을 때 느끼는 일시적인 불쾌감이군요. 그런데 당신이라는 존재는 하물며 사랑하는 사람과의 관계에서조차도 그 사람을 향한 일시적인 분노를 느낄 것이라는 생각이 드는군요."

'기쁨'은 '분노'가 이 정보를 귀 기울여 듣도록 하기 위해 잠깐 말을 멈추었다. 그리고는 말을 이었다. "당신의 고객들을 당신에게서 떠나게 할 수 있는 핵심은 '해가 지도록 분을 품지 말라' 는 바로 그 말일 거라는 생각이 드는군요. 만약 당신의 고객들이 이 말이 무엇을 의미하는지를 알게 된다면, 인간관계를 파괴시킬 뿐만 아니라 자기 자신까지도 파괴하는 이 감정을 억제할 수 있게 되겠죠. 만약 당신의 고객들이 분노의 원인과 그 대상을 구분할 수 있게 된다면, 분노가 사랑하는 사람과 자기 자신에게 아주 치명적인 상처를 남기게 된다는 것을 깨닫게 될 것입니다. 당신의 고객들이 속으로 해보아야 할 중요한 질문이 한 가지 있습니다. 그것은 바로 이것이죠. '계속 화를 내다가는 모든 것을 잃게 되는 것이 아닐까?'

'분노' 는 '기쁨' 의 말에 귀를 기울일 때 스스로 차분해지는 것을 느끼며 인간감정에 대한 기쁨의 폭넓은 지식에 깊은 인상을 받았다. "사실 나는 그것에 대한 답을 알지 못해요. 내 고객들이 스스로 알게 될 거예요. 말을 다른 데로 돌리려는 것이 아니라 내가 가장 바쁘게 활동해야 할 때는 도로에 차들이 가장 많이 달리는 러시아워 때예요." '분노' 가 '기쁨' 에게 말했다.

'기쁨' 이 '분노' 의 말을 받으며 말했다. "사실 내 고객들에게서도 똑같은 말을 들었어요. 러시아워 시간에 차가 막히면 당신의 고객들이 손으로 무례한 몸짓을 한다는 거예요. 그래서 내 고객들은 그 시간에 나에게 연락을 가장 많이 하죠. 당신의 고객들이 도로에서 화가 난 채 차를 달리거나, 내 고객들에게 욕을 하거나, 나쁜 행동을 할 때 내 고객들은 나에게서 멀어지고 싶지 않아서 나에게 전화를 해요."

"잘 들으세요. 분노 씨, 나는 당신보다 앞서 가서 당신의 고객들을 대상으로 열심히 서비스를 할 거예요." '기쁨' 이 계속 말했다. "그리고 당신에게 이 한마디를 더 하고 싶군요. 비록 '미움', '원한', '용서하지 않는 마음' 이 당신에게 고객들을 소개해줬다 하더라도 그 고객들의 감정을 악화시키는 것은 결국 당신이에요. 당신은 당신의 고객들이 그들의 분노를 긍정적인 방식으로 사용하도록 좀 더 열심히 노력해야 할 것 같아요."

'분노'는 조금 머뭇거리는 듯 했지만, 결국 '기쁨'의 말에 동의했다. 그리고는 자기의 혈압이 높아졌다는 것과 스트레스 때문에 머리가 아프다는 것을 솔직하게 인정했다.

"분노 씨, 당신은 나의 존재가 당신에게도 꼭 필요하다는 것을 이제야 깨달았군요." '기쁨'은 나지막이 말했다.

14장

'기쁨' 이 '원한' 과 '용서하지 않는 마음' 을 만남

용서한다고 해서 이미 지나간 과거를 돌이킬 수는 없지만 분명히 미래는 바꿀 수 있다.
— 버나드 멜저(Bernard Meltzer)

'분노' 와의 만남을 통해 사기가 올라간 '기쁨' 은 즉각 쌍둥이 형제 '원한' 과 '용서하지 않는 마음' 을 만나 그들을 쫓아내고 그 자리를 대신 해야겠다고 결심했다. '원한' 과 '용서하지 않는 마음' 은 문 앞에서 '기쁨' 을 맞이하자마자, 자기들의 놀라운 기억력에 대한 자랑을 늘어놓기 시작했다.

그들은 누군가 그들의 고객들에게 상처를 주거나 나쁜 짓을 한다면, 하나도 빠짐없이 기억하게 할 수 있다고 '기쁨' 에게 자랑을 늘어놓았다. 그들의 임무는 고객들이 단순히 그런 것들을 기억만 하게 하는 것이 아니라 그들에게 상처가 된 사건들을 끊임없이 되새기고 또 되새기도록 하는 것이었다. 고객들이 일기장에 사실이 아닌 내용을 기록하게 하기도 한다. 그렇게 해서 고객들 안에 '원한' 과 '용서하지 않는 마음' 이 계속 불타게 만드는 것이다. 이런 나쁜 기억들을 드릴처럼 계속 돌리면 부정적인 생각들이 끊임없이 폭발하게 되는 것이다.

'기쁨'은 이 두 쌍둥이들의 환상적인 협력에 놀라움을 금치 못하며, 만약 둘 중에 하나만 활동을 하면 어떻게 되느냐고 물어보았다. 그들은 서로를 쳐다보며 미소를 띠고 "마지막에는 결국 힘을 합치게 돼요. 우리는 항상 함께 일하게 되어 있어요"라고 말했다.

"어떻게 당신들은 그렇게 많은 고객들을 유지할 수 있나요?" '기쁨'이 물었다.

"'고통'이 정말 환상적인 방법으로 우리 고객들에게 용서치 않는 마음을 합리화하게 하죠"라고 '용서하지 않는 마음'이 말을 시작했다. "어떤 사람들은 마음에 고통을 느끼는 한 용서치 않는 마음은 남게 마련이라고 생각하지요. 물론 나는 그런 생각을 부채질하고요. 일단 고통이 사라졌다 해도 나의 고객들 중에 어떤 이들은 자기들이 받았던 고통을 다른 사람에게 그대로 되갚아줄 때까지는 내가 계속 그들 안에 머물러 있어야 한다고 생각하죠. 내 고객들은 모든 사람들은 그들이 저지른 잘못에 대한 대가를 치러야 한다고 생각한답니다. 물론 그들은 자기들의 잘못된 점에 대해서는 하나님도 다른 사람들도 운운해서는 안 된다고 생각하지요."

'기쁨'은 그 말에 대해 깊이 생각하는 듯 고개를 끄덕였다. 이 쌍둥이의 말 중에 어떤 것들은 인정하고 싶지 않지만 인정할 수밖에 없는 말도 있었다. 이 강력한 쌍둥이를 쫓아내고 그 자리를 대신할 수 있는 방법은 '기쁨'이 존재해 주는 것 그 자체였던 것이다.

"'심은 대로 거둔다' '준만큼 받게 된다'라는 말을 당신들은 혹시 들어본 적 없나요?" '기쁨'이 그들에게 물어보았다.

"예, 들어본 적 있어요." '원한' 이 대답했다. "당연히 들어봤죠! 그건 바로 인과응보의 법칙이죠. 그러나 우리의 경우는 아니에요. 어떤 사람이 우리 고객에게 뭔가를 저질렀기 때문에 우리가 존재하는 것은 아니랍니다. 우리는 고객들의 대응 방식 안에 존재하고 있을 뿐이지요. 그것은 우리의 비밀 거래에요." '용서하지 않는 마음' 이 말했다.

"만약 세계 곳곳에 퍼져있는 우리 고객들이 용서할 때 비로소 고통스러운 기억으로부터 자유로워질 수 있다는 것을 깨닫게 된다면 우리는 망할 것입니다. 비록 내키지는 않지만 용서에 대한 가능성을 한 번 생각해보겠다고 단지 마음만 먹어도 상처와 분노는 줄어들기 시작한답니다."

'기쁨' 이 으쓱해졌다. 왜냐하면 쌍둥이가 자기도 모르는 사이에 '기쁨' 이 찾는 답을 가르쳐주었기 때문이었다. '기쁨' 은 쌍둥이에게 그들의 고객들이 그들과 함께 손잡는 모습을 한마디로 뭐라고 표현하는지 아느냐고 물어보았다.

쌍둥이는 어리둥절한 표정으로 서로를 마주보고는 귓속말을 주고받았다. "음, 글쎄요. 내 생각에는 우리가 떠올릴 수 있는 그림은 바로 감방이에요. 우리가 함께 일할 때 우리 고객들은 감정적으로 갇혀있어서 진정한 기쁨을 누릴 수 없게 될 때가 많죠." '원한' 이 말했다.

"나는 거기에 특수효과를 더 추가시켜요." '용서하지 않는 마음' 이 자랑스럽게 말했다. "우리 고객들이 용서하지 않기로 마음을 먹으면 나는 그들의 마음을 딱딱하게 만들고 따뜻한 마음을 가지지 못하도록 방해하죠. 나는 고객의 마음이 더욱 쓰리고 더욱 완고하게 되는 것을 좋아해요."

"우리의 고객들은 원한과 용서하지 않는 마음을 계속 움켜쥐고 있는 것이 그들에게 상처를 준 사람들을 향한 적절한 대응이라고 생각하죠. 그러나 사실 그런 행동으로 가장 악영향을 많이 받는 것은 바로 고객 자신들입니다. 우리는 우리의 모습을 '정당화' 처럼 보이도록 변장할 때도 많아요. 그렇게 하면 우리 고객들은 자기들이 원한과 용서하지 않는 마음을 품는 것이 정당하다고 생각하게 되죠."

'기쁨' 은 "이렇게 해로운 사이클이 반복되는 것을 막을 수 있는 방법은 없나요?" 라고 물어보았다.

이때 '용서하지 않는 마음' 이 대답했다. "만약 우리 고객들이 악한 행동들을 묵인하거나 방관하는 것은 결코 용서가 아니라는 사실을 알게 된다면, 그들은 치유의 축 안으로 들어가게 된답니다. 용서는 행위에 있는 것이 아니라 사람의 마음에 있으니까요. 우리 고객들에게 정말 비극은 용서를 베풂으로 용서를 배우지 않는 한 그들은 하나님의 용서가 무엇인지 깨닫지 못하게 되며, 따라서 하나님의 용서를 받아들일 수도 없게 된다는 거죠. 대부분의 경우 우리 고객들은 이 중요한 사실에 귀를 기울이지 않습니다. 게다가 우리는 우리 고객들이 이 사실을 무시하도록 가능한 모든 것을 동원해서 진실을 왜곡시키죠."

"시간을 내줘서 고맙습니다." 인터뷰가 끝나간다는 것을 넌지시 알리며 '기쁨' 이 말했다. "솔직하게 말할게요. 나는 당신들과 함께 공존하고 싶지 않습니다. 당신들을 내보내고 당신들의 자리를 대신해야 할 것 같네요."

"이제야 당신은 구체적으로 무슨 일을 해야 할지를 알아낸 것 같군요." '원한' 이 웃으며 말했다. "당신이 그런 마음을 먹게 된 것은 세계 각처에 흩어져있는 우리 고객들의 숫자에 놀랐기 때문이죠."

"그래도 당신이 최소한 몇 번은 성공하기를 바랍니다." '용서하지 않는 마음' 이 덧붙였다. "왜냐하면 우리는 휴가를 가야 하거든요."

'기쁨' 이 '걱정' 을 만남

염려는 아무것도 도와주지 못하며 그저 모든 것을 망칠 뿐이다.
– 죠지 S 패턴 장군(General George S. Patton)

✤ ✤ ✤

'기쁨' 이 '걱정' 을 만났을 때 그녀는 초조하게 방을 왔다 갔다 하며 뭔가에 쫓기는 듯 불안해보였다. 그녀는 '기쁨' 이 거기에 와 있다는 사실조차 알아차리지 못했다. 그녀는 손톱을 물어뜯으면서 방 안을 왔다 갔다 했다. '기쁨' 은 어떻게 하면 그녀의 관심을 자기에게로 돌리게 할 수 있을까 생각하며 잠시 동안 서 있었다. 마침내 '기쁨' 이 소리쳤다. "이봐요, 걱정 씨! 오늘 우리 만나기로 약속했던 것 기억하시나요?"

'걱정' 은 숨이 막힐 듯이 놀라 움찔하며 '기쁨' 이 아까부터 거기에 있었는데도 알아차리지 못한 것에 대해 사과를 했다.

'기쁨' 은 그녀에게 왜 그렇게 방안을 왔다 갔다 하는지 물어보았다. '걱정' 은 대답했다. "그것은 내가 해야 할 일 중에 하나예요. 나는 고객들을 엄청난 걱정에 사로잡히게 만들죠. 그래서 그들이 이성을 잃게 만드는 거예요. 나는 '만약 이런 일이 일어난다면~'의 여왕이에요."

"나는 내 고객들이 차분하게 행동하거나 차분하게 묵상하는 것을 원치 않습니다. 그렇게 하다보면 그들이 나를 제거해버릴 방법을 생각해낼 수도 있기 때문이죠." '걱정'은 말을 이었다. "내 고객들을 붙들어 놓기 위해서는 그들의 마음을 거짓 두려움과 어처구니없는 여러 가지 가정들로 그늘지게 만들어야 해요."

"그것이 당신이 고객을 확보하는 방법인가요?" '기쁨'이 물었다.

'걱정'은 그 질문에 이렇게 대답했다. "사실 나는 대부분의 고객들을 '두려움'에게서 소개받아요. 그는 나의 좋은 이웃이죠. 우리는 서로 함께 잘 지내고 있답니다. 나는 '두려움'에게 감사해요. 솔직히 말하면 그의 도움이 아니었다면 내가 이렇게 성공하지 못했을 거예요."

"'두려움'과 다른 기쁨탈취자들이 나를 많이 도와주고 있는 것은 사실이에요. 그러니까 내 고객들이 겉늙어 보이는 것이 전부 내 탓인 양 사람들이 나만 비난하면 정말 기분이 나빠요. 게다가 세계 유명과학자들은 사람들에게 흰머리가 빨리 생기는 것이 전부 내 탓인 양 말해요."

'기쁨'은 재빨리 받아쓰셨다. '걱정'이 그에게 아주 중요한 정보를 주고 있었기 때문에 하나도 놓치고 싶지 않았다. "내가 당신과 함께 공존해야 할지, 아니면 당신을 내보내고 그 자리를 대신해야 할지는 아직 잘 모르겠어요. 내가 어떻게 하면 좋겠어요?" '기쁨'이 물었다.

'걱정'은 잠깐 멈칫하더니 또 다시 불안하게 방안을 왔다 갔다 하기 시작했다. 그녀는 자기가 대답을 제대로 하지 못하면 어떻게 하나 걱정하면서 '기쁨' 앞에서 심한 공황상태에 빠져버렸다. '기쁨'은 팔로 '걱정'을 붙들어주면서 진정하라고 말했다. '기쁨'은 그녀가 방금 전에 이미 필요한 답을 제공해 주었기 때문에 그녀의 걱정을 자기가 없애줄 수 있을 것 같다고 했다.

조금 진정이 된 것처럼 보이는 '걱정'은 짜증난다는 듯 초조하게 몸을 앞뒤로 흔들기 시작했다. 그녀는 걱정으로 마음이 짓눌려 정신을 가다듬지 못한 채 '기쁨'이 하는 말들을 거의 알아듣지 못했다.

"걱정 씨, 당신은 마음에 걱정거리가 아주 많은 것 같군요. 그리고 당신은 그저 자기의 임무에 충실할 뿐이라는 것도 알겠고요. 이 자리를 떠나기 전에 한 가지만 더 물어볼게요. 나는 당신을 내보내고 그 자리를 대신해야겠다고 분명하게 결론을 내렸습니다. 그런데 당신의 고객명단에서 많은 고객의 이름을 삭제하려면 어떻게 해야 하는지를 말해주세요." '기쁨'이 물었다.

그녀는 왔다 갔다 하던 걸음을 멈추고 '기쁨'을 쳐다보았다. "내가 지금 당신에게 말하려고 하는 것은 나로서는 정말 하기 힘든 말이에요. 그러나 한번 노력해볼게요." '걱정'은 울기 시작했다. "내가 가장 두려워하는 것은 내 고객들이 '평화'를 만나서 더 이상 나를 필요로 하지 않게 되는 거예요. 기쁨 씨, 당신은 내 고객들에게 그들의 지각을 뛰어넘는 그런 종류의 평화를 소개해 주지는 않을 거죠? 만약 당신이 그렇게 한다면 나는 일자리를 잃게 돼요. 그걸 모르는 건 아니겠죠?"

"걱정 씨, 당신의 입장을 이해합니다. 그러나 때로 당신은 상상만으로도 감당키 어려운 괴물들을 만들어낼 수가 있어요. 그것은 정말 쓸데없는 짓이지요. 솔직하게 모든 것을 말해줘서 정말 고마워요." '기쁨'이 대답했다. "이런 말이 위로가 될지는 모르지만 당신의 자리를 내가 대신하는 일은 시간을 두고 조금씩 진행될 거예요. 그러니 너무 걱정하지 마세요. 다시 연락할게요."

16장

'기쁨'이 '두려움'을 만남

하나님을 두려워할 때 아주 놀라운 일이 일어난다.
하나님을 두려워하면 세상 그 어떤 것도 두렵지 않게 된다.
그러나 하나님을 두려워하지 않으면 모든 것이 두려워진다.
— 오스왈드 챔버스(Oswald Chambers)

✤ ✤ ✤

'기쁨'은 '걱정'을 만난 뒤 그녀의 초조해하는 말과 행동을 받아주느라 조금 피곤해졌다. 그런데 다행히도 '두려움'이 '걱정' 바로 옆에 살고 있었기 때문에 '기쁨'은 다음 인터뷰를 '두려움'에게 신청하기로 했다.

'기쁨'은 문을 두드렸다. 아무 반응이 없었다. '기쁨'은 다시 문을 두드렸다. 아무 반응이 없었다. 그러나 그 순간 '기쁨'은 '두려움'이 문에 난 작은 구멍을 통해 '기쁨'을 보고 있다는 것을 깨달았다. "나는 '기쁨'이에요." '기쁨'은 '두려움'에게 들리게 하려고 큰 소리로 말했다. "나는 방금 전에 옆집에 사는 '걱정'을 만났어요. 당신도 나에게 시간을 좀 내줄 수 있나요?"

아무 반응이 없었다. 그러더니 삐걱하는 소리가 들렸다. 또 삐걱 삐걱 삐걱 소리가 중간 중간 연이어 들리더니 마침내 덜컹하는 소리와 함께 쿵하는 소리가 들렸다. 자물쇠로 잠긴 문들이 너무 많아 '두려움'이 현관문을 열기까지 시간이 걸렸던 것이다. '두려움'은 문틈 사이로 의심에 찬 시선을 던지며 '기쁨'의 얼굴을 쳐다보았다.

"그래요. '걱정'이 당신을 만났다고 방금 나에게 전화를 해줬어요. 그러나 나는 아무도 믿지 않아요. 그러니까 우리 집에 들어오기 전에 먼저 신분증 같은 것이 있으면 보여주세요. 그러면 당신이 누구인지 어느 정도는 믿을 수 있을 것 같아요. 요즘 워낙 나쁜 사기꾼들이 많아서요. 우리 같은 정직한 기쁨탈취자들은 전부 살아보려고 열심히 일하고 있는데 도대체 뭐하는 자들인지… 쯧쯧." '두려움'이 말하며 혀를 찼다.

'기쁨'에게는 다행히도 "마음의 즐거움"이라는 신분증이 있었다. 그게 없었다면 '두려움'은 분명히 그를 문 밖에 한없이 세워두었을 것이다. 마침내 '두려움'이 '기쁨'을 집에 들어오도록 허락했고 '기쁨'은 감사의 말을 전했다. '기쁨'은 '두려움'에게 고객들이 꾸준히 늘어나고 있는지 물어보았다.

'두려움'은 웃으면서 "지금, 농담하는 거예요? 고객들이 너무 많아서 감당할 수 없을 정도예요"라고 말했다.

'기쁨'은 두려움의 생각이 그가 하는 일에 도움을 주는지를 그에게 물어보았다.

"나는 미디어 계통에서 일하는 내 친구들에게 고맙다고 하고 싶어요. 왜냐하면 그들은 내가 고객들을 잘 관리할 수 있도록 도와주거든요."

'기쁨'은 '두려움'의 말을 알아듣지 못하겠다며 좀 명확하게 설명해달라고 부탁했다.

"음. 기쁨 씨, 그건 이런 거예요. 나의 고객들은 쓸 만한 정보들을 많이 얻기 원하죠. 그런데 막상 홍수 같은 정보는 그들을 더욱 두려움에 빠지게 만들어요. 나는 고객들에게 정보를 받아들인 후 그것을 아주 크게 확대해석하도록 부추기죠. 나는 잘못된 증거들을 마치 진짜처럼 보이게 해요. 그래서 고객들이 테러공격에 대비해 최근 보안코드 색상들을 알아보려고 하든, 아니면 그들이 먹고 있는 음식에 대한 최근 정보를 알아보려고 하든, 뭘 하든지 간에 그들이 그 정보를 확대해석하도록 만드는 거죠. 나는 고객들이 그런 정보를 단순히 받아들이기보다 그 정보로 인해 두려움에 빠지게 하고 싶어요. 당신도 알다시피 나는 두려움을 이용해서 고객들과 관계를 유지하고 있거든요. 고객들이 부주의한 사이를 틈타 나는 고객들이 두려워하는 바로 그것을 그들에게 가져다준답니다."

"기쁨 씨, 당신은 이걸 꼭 알아둬야 해요. 두려움에는 계급이 있다는 거요. 그리고 두려움들이 서로를 상쇄시키기도 한다는 거요. 예를 들면, 내 고객 중에는 직장을 잃을까봐 늘 두려워하는 사람이 있습니다. 그런데 그 사람은 그 두려움에 떠느라 어느 날 갑자기 자기가 입에 풀칠하기도 힘든 형편에 처할 거라는 두려움은 전혀 갖지 않게 되죠. 하지만 그 사람은 자기가 갑작스런 병에 걸려 고통스럽게 죽을지도 모른다는 두려움에 떨게 될 수는 있어요. 여기서 한 가지 배울 수 있는 사실은 내 고객들은 그들이 상상할 수 있는 최악의 두려움에 떨면서 그 두려움을 제거하려고 애쓰느라 그들의 마음에 잠복해있는 다른 작은 두려움들을 덜게 돼요. 즉, 작은 두려움이 큰 두려움에 의해 상쇄되어버린다는 거죠."

'기쁨'은 '두려움'에게 단도직입적인 질문을 묻기로 했다. "그렇다면 당신의 일을 중단시킬 수 있는 방법은 뭐죠?"

'두려움' 은 기분 나쁘다는 듯 다소 도전적이면서 거만하게 대답했다. "내 자리를 빼앗길 거라는 두려움 같은 것은 없어. 왜냐하면 나를 제거하기 위해 서는 '빅 쓰리(Big Three)' 들이 완벽하게 연합해서 일을 수행해야 하거든."

'기쁨' 은 호기심이 발동했다. "빅 쓰리라고? 그들이 누구지?"

'두려움' 이 즉각 대답했다. "당신도 알고 있을 걸. 바로 '사랑', '힘', '착한 마음' 이지. 그 세 가지가 동시에 제 기능을 발휘하기란 쉽지 않다는 것, 당신도 알지?" 일을 좀 더 복잡하게 만들기 위해서 나는 고객들에게 신뢰 결핍을 만들어내지. 그들은 그런 마음의 상태에서는 아무도 진심으로 사랑할 수 없게 되고, 착한 마음이 주는 유익도 얻지 못하지. 그들이 아무도 또 아무것도 믿을 수 없다면 어떻게 누군가를 사랑하겠어?"

"나는 내 자리가 매우 안전하다고 생각해. 그러나 만약 당신이 정말 나를 쫓아내고 내 자리를 대신해야겠다면 한 번 잘 해보라고. 그렇지만 당신이 꼭 알고 있어야 할 것이 하나가 있어. 그건 바로 내 조직 내에 또 다른 부서가 있어서 그 부서에서는 고객들에게 정상적인 기능을 제공해 주고 있다는 사실이야. 그 일은 소위 '정상적인 두려움' 을 만들어내는 일인데, 좀 지루한 일이기는 하지. 그것은 내 고객들이 어리석은 짓을 저지르지 않도록 막아주는 일이야. 다시 말하면 쓸데없는 위험을 감수하지 않도록 한다는 거지. 그것은 대부분 훈육과 관련된 업무들이야. 그들은 어린이들이 낯선 사람들과 말하지 않도록 또는 뜨거운 것을 만지지 않도록 가르치느라고 바빠. 뭐 대충 그런 일들이야."

'기쁨' 이 대답했다. "그것에 대해서는 고맙게 생각해요, 두려움 씨. 경우에 따라 당신은 고객들이 위험에 빠지려고 할 때 경고를 해주는 좋은 선물이죠. 물론 당신은 참을 수 없는 두려움이나 삶에 대한 왜곡된 시선을 주기도 하지만, 고객들을 보호해줄 정도로 긍휼도 가지고 있군요. 나는 당신의 전체 조직을 전부다 쫓아내고 그 자리를 대신하지는 않겠습니다. 그러나 나를 절박하게 필요로 하는 고객들이 있다면, 그들에 한해서만 당신의 자리에 대신 들어가겠습니다. 어쨌든 두려움 씨, 당신의 고객들이 반드시 느껴야 할 한 가지 두려움이 있다는 것을 말해주고 싶네요."

'두려움'은 이 말을 듣고 겁에 질린 듯한 표정을 지었다. "뭐라고요? 내가 아직까지 말하지 않는 두려움이 있다는 건가요?" 그는 당황한 듯 말했다.

"하나님을 두려워하는 것 말이에요." '기쁨'이 대답했다. "그 두려움은 바로 지혜의 근본이죠."

"흠, 나의 고객들은 아주 생각이 깊죠. 그들이 하나님을 경외하고 두려워하면서 하나님의 법에 순종한다면, 당신이 말한 그 지혜 안에서 자라게 될 것입니다." 조금은 덜 당황한 듯한 모습으로 '두려움'이 "그렇죠?"라고 기쁨에게 되물었다. 하지만 '두려움'은 또다시 조금 당황스러운 듯 보였다.

"예, 당신 말이 맞아요"라고 '기쁨'은 이 기쁨탈취자가 분열된 성격을 가지고 있는 것이 분명하다고 생각하면서 대답했다. 둘은 악수를 하고 명함을 주고받았다. '기쁨'은 '두려움'에게 앞으로도 서로 연락을 주고받자고 말하면서 '기쁨'을 두려워할 필요가 있을 것이라는 것을 넌지시 알려주었다.

"아, 깜빡 잊어버릴 뻔 했어요. 당신에게 줄 것이 있어요." '기쁨'이 미소를 띠고 가방을 열며 말했다. "이것은 내가 당신이 하는 일을 인정하지 않는다는 작은 증거예요. 아주 중요한 것이죠. 사실 이 선물은 당신의 앞날이 그리 길지 못할 것이라는 것을 당신에게 상기시켜주는 아주 중요한 물건이 될 거예요."

'두려움'은 '기쁨'이 선물을 준비했을 거라고는 예상 못했다는 듯이 약간 어리둥절해 했다. 특히 자기의 일을 인정하지 않는다는 표시로 선물을 준다는 것이 의아했던 것이다. '기쁨'은 포장은 되어 있지는 않지만, 주의 깊게 테이프로 봉해둔 상자를 '두려움'에게 건넸다.

'두려움'은 그 상자를 의심의 눈초리로 바라보며 머뭇거렸다.

"그냥 열어보세요!" '기쁨'이 그 상자를 두려움의 손에 쥐어주면서 미소를 띠며 재촉했다.

'두려움'이 테이프를 뜯어낼 때 그의 표정은 어리둥절에서 호기심으로 바뀌더니 마지막에는 크게 화가 난다는 표정이었다. '두려움'이 꺼낸 선물은 앞면에 글씨가 새겨진 티셔츠였다.

'두려움'은 그 티셔츠에 새겨진 글자를 인정하고 싶지 않다는 듯 노려보았다. 그리고는 화가 난 듯 큰 소리로 말했다. "어떻게 나에게 '두려워 말라'는 글씨가 새겨진 이 따위 옷을 입으라고 주는 거예요!"

'기쁨'은 웃었다. "단지 나는 올 해 당신의 고객들이 입게 될 옷을 당신에게 미리 보여준 것뿐이에요." '기쁨'이 그 자리를 떠나면서 '두려움'의 미래가 어떻게 될지를 '두려움' 자신과 그의 고객들에게 알려주면 좋겠다고 말했다.

17장

'기쁨' 이 '유머' 를 만남

사람 사이를 가장 가깝게 해주는 것은 웃음이다.
– 빅토 바지(Victor Borge)

'기쁨' 은 발걸음을 재촉했다. 그는 다음 인터뷰에서 자기가 좋아하는 기쁨건설자인 '유머' 를 만날 것을 생각하니 기분이 좋아졌다. '유머' 는 재미있고, 항상 웃음이 가득하다. '기쁨' 은 '유머' 와의 인터뷰에 대한 기대로 마음이 들떴다. 그가 도착했을 때 '유머' 는 즐거움이 가득한 표정으로 '기쁨' 을 맞이 하였다. 그 집은 웃음이 가득하고 웃음이 깔깔거리며 데굴데굴 굴러다니는 것 같았다. 게다가 그 웃음이 금방 전염되어 '기쁨' 도 아무 이유 없이 그저 웃음이 터져 나왔다.

"이봐요. 기쁨 씨!" '유머' 가 갑자기 너털웃음을 지으며 말했다. "당신은 웃음과 즐거운 마음을 합치면 뭐가 되는지 알아요?"

"글쎄요, 잘 모르겠는데요. 뭐가 되나요?"

"기쁨의 알약이 되죠!" '유머'가 자기 무릎을 치면서 큰 소리로 웃었다. "있잖아요. 나는 우리 고객들을 괴롭게 하는 문제들을 잘 다뤄요. 내가 하는 일은 고객들의 기분을 가뿐하게 해주고 인생을 즐기도록 해주는 거예요. 어디를 가든지 웃음을 찾는 거죠."

"웃음이 엔도르핀을 형성해서 치유에 도움을 준다는 사실이 증명이 되었어요. 나는 몇몇 병원들이 중병에 걸린 환자들을 치료하기 위해 코미디언들을 초청해서 환자들을 웃기도록 했다는 말을 들었어요."

"기쁨 씨, 그러니까 우리가 우리 고객들에게 해주는 서비스가 아주 놀라운 선행이라고 생각되지 않나요?"

'아, 유머와 같이 시간을 보내는 건 정말 재미있어!'라고 '기쁨'은 속으로 '유머'의 말에 공감하면서 미소를 지었다. 그는 너무 많이 웃어서 턱이 아플 정도였다.

'유머'가 '기쁨'에게 "그동안 어떤 일을 했는지, 요즘에 뭘 하고 지냈는지 좀 말해주세요"라고 말했다.

"나는 고객들에게 더 많은 기쁨을 주기 위해 새로운 모험을 시작했어요. 그 뿐만 아니라 이번 기회에 기쁨탈취자들을 제거해버려야겠다고 마음먹었죠."

유머가 말을 이었다. "아, 거참 재미있군요! 있잖아요. 그건 바로 내가 하고 싶었던 일이었어요. 사실 나는 모든 고객들을 위해서 슈퍼유머 바이러스를 만들고 있었거든요. 나는 그 바이러스의 전염성을 아주 강하게 했기 때문에 매일매일 더 많은 사람이 그 바이러스에 전염되고 있어요."

"사실 내 발명품은 여성고객들 사이에는 이미 널리 알려져 있죠. 여성 고객들 중 대부분은 결혼대상자나 데이트 상대가 유머감각이 있는지를 테스트 해보기도 하죠. '전염성 있는 유머' 그리고 '전염성 있는 웃음' 은 오늘날 여성들이 좋아하고 원하는 것이에요. 내가 만든 강력한 전염성을 가진 슈퍼 유머 바이러스는 데이트할 때 기분전환용으로 인기가 그만이랍니다."

'유머' 는 신이 나서 깔깔거리며 말을 계속 이었다. "이봐요, 기쁨 씨! 이 말 한 번 들어보세요! 하루는 선생님이 어떤 남자아이에게 여자가 결혼을 하게 되면, 그녀에게 남편은 몇 명이 되어야 하냐고 물어보았답니다. 얼마 전에 결혼식에 참석해본 적이 있는 그 남자아이는 '알아요! 나 그거 알아요! 바로 열여섯 명이에요!' 라고 대답했답니다. 그 선생님은 너무 황당해서 그 아이에게 어떻게 그렇게 되냐고 묻자, 그 아이는 이렇게 대답했다고 해요. '4 Better, 4 Worse, 4 Richer, 4 Poorer' (이 말은 결혼식 주례사로써 '좋을 때나 나쁠 때나 부유할 때나 어려울 때나(for better, for worse, for richer, for poorer) - 역주) 주례사의 말을 그 아이는 4(four)명의 좋은 남편, 4명의 나쁜 남편, 4명의 부자 남편, 4명의 가난한 남편으로 잘못 알아 들었던 것이에요."

'기쁨' 은 큰소리로 웃었다.

"지금 그 웃음 정말 맘에 들어요." '유머' 는 만족스러워했다. "실컷 웃는 것! 그게 바로 내가 해야 할 일이죠."

"그 유머만으로도 정말 많은 사람을 웃길 수 있겠네요! 하하~ 그런데 유머 씨, 내 말 좀 들어보세요. 우리는 환상의 파트너잖아요. 그렇기 때문에 어떻게 하면 우리가 함께 힘을 합쳐 더 많은 일을 할 수 있을지 그 방법을 알고 싶어요. 그 뿐만 아니라 유머와 즐거움을 주는 우리의 표현 수단을 어떻게 하면 좀 더 향상시킬 수 있는지도 알고 싶고요." '기쁨' 이 말했다.

'유머' 는 "웃어야 할 때가 있고, 진지해져야 할 때가 있다는 것" 을 알고 있기 때문에 부정적인 태도와 이기적 자아가 줄어들 때 고객들이 더 많은 유머감각을 지니게 된다고 '기쁨'에게 진지하게 말해주었다. '기쁨'은 공손하게 웃었다. 그 순간 '기쁨'은 '유머'가 쓸데없는 농담이 아니라 중요한 정보를 주고 있다는 것을 느낄 수 있었다.

'기쁨'은 메모장을 꺼내어 방금 '유머'에게서 들었던 말을 글로 옮겼다.

"다른 사람이 함께 즐거워 해주기를 기다릴 필요는 없어요"라고 '유머'가 말을 이었다. "나의 고객들은 설사 자기 혼자라 하더라도 혼자서 파티를 하고 웃을 수 있어요. 그것은 우리 고객들이 스스로 자기 기분이 너무 무거워지지 않게 하는 기술을 터득했다는 것을 의미하죠. 그들은 분위기를 봐서 자기 자신에 대한 농담도 여유 있게 받아들일 수가 있어요. 그것은 아까 내가 말했던 이기적 자아가 줄어드는 것과 관계가 있죠."

"반면에 내 고객들 중에는 웃음으로 자기의 상처를 감추려고 하는 사람들도 있어요. 그것은 진정한 유머가 아니에요. 나는 가면을 쓰듯이 자기를 위장하는 그런 특성이 아니랍니다. 나는 밝고 신실한 마음으로 나를 찾는 고객들을 대상으로 일을 해요."

'유머'는 계속 말을 이었다. "마음에 쌓인 것들이 결국 입으로 나오게 마련이죠. 그래서 나는 내 고객들이 함부로 저급한 농담을 하지 않도록 합니다. 나는 그들의 마음에 유머를 넣어줘서 그들이 그 유머를 말로 표현할 수 있게 해줘요."

'기쁨'은 "내 고객들에게 어떻게 당신을 찾으라고 할까요?"라고 '유머'에게 물었다.

"어디서든 나를 찾을 수 있다고 말해주세요. 내 고객들은 아주 힘들 때에도 유머를 잃지 않아요. 그걸 보고 있노라면 너무나 놀랍죠. 그들이 나를 찾을 때 내가 그들의 마음에 위로와 평안을 줄 때가 많아요." '유머'는 대답했다.

기쁨은 "자칫 잘못하면 유머가 당신의 고객들을 좀 냉소적으로 만들 수도 있지 않나요? 예를 들면, 어떤 것들이나, 어떤 사람들을 놀려먹거나 비웃는 것을 유머러스하다고 생각할 수도 있잖아요?"라고 물었다.

"당연하죠. 나는 내 고객들에게 민감성, 판단력, 선한 성품을 골고루 갖추고 있을 때 항상 좋은 맛을 낼 수 있다고 항상 말해준답니다." '유머'가 대답했다.

"그들은 다른 사람들과 함께 기분 좋게 웃지만 절대로 다른 사람들을 비웃거나 하지는 않겠다고 마음먹어야 한답니다. 사람을 놀려먹는 말이 아무리 웃기고 재미있다 하더라도 사실 그것은 아주 고통스러운 말이 될 수 있거든요. 그것은 결코 간과해서는 안 될 점이지요. 그렇기 때문에 유머를 할 때는 마음의 동기가 아주 중요해요. 그러니까 내가 말하려고 하는 요지는 유머는 시기적절하게 해야 한다는 것입니다."

"공감이 가네요." '기쁨'은 메모장을 닫았다. "음, 유머 씨, 이렇게 재미있고 즐거운 곳을 떠난다는 것이 좀 아쉽군요. 그러나 다음 인터뷰를 위해 길을 떠나야겠어요. 사람들이 자주 말하듯이 '이제는 저도 사랑을 좀 느끼러 가야죠.'"

'유머'는 다시 큰소리로 웃으며, "당신의 다음 인터뷰는 누구하고 하나요? 기쁨 씨! 당신은 이제 오프라윈프리의 자리까지 넘보는 거 아니에요?"라고 장난을 쳤다.

'기쁨'은 웃으면서 말했다. "오프라윈프리는 내가 몇몇 기쁨탈취자들을 제거할 수 있도록 많이 도와주었어요. 그래서 그녀에게 나와 내 고객들은 아주 감사하고 있죠."

"다음에 또 봐요, 유머 씨! 우리 둘이 힘을 합쳐 우리 고객들이 너무 심각해지지 않도록 해주고 그들 모두에게 웃음이 끊이지 않도록 해줍시다. 당신의 슈퍼유머 바이러스에게도 행운이 함께 하기를! 그리고 온 세상에 그 바이러스를 퍼트리고 전염시키기를, 아주 즐겁게!"

'기쁨'이 '거짓 기쁨'을 만남

사랑 안에 거하지 않는 한 아무도 기쁨을 누릴 수 없다.
– 성 토마스 아퀴나스(St. Thomas Aquinas)

✤ ✤ ✤

'기쁨'은 지금까지 몇 명의 기쁨탈취자들과 한 명의 기쁨건설자와 인터뷰를 가졌다는 것을 떠올리며 지금이 그동안 기록했던 글들을 살펴봐야 할 적기라고 생각했다. '기쁨'은 그 글들을 읽고 지금까지 겪은 모든 일들을 평가해보면서 뭔가 마음이 편치 않은 것을 느꼈다. '기쁨'은 누군가가 자기를 사칭하고 다니는 것이 아닌가 하는 생각이 들었다. 뭔가 느낌이 좋지 않았다. '시기심', '낮은 자존감', '엄청난 부'와의 인터뷰가 뭔가 잘못된 것 같은 느낌이었다.

그는 그 느낌을 떨쳐버릴 수가 없었다. 그는 즉각 이 문제를 파헤쳐봐야겠다는 생각이 들었다. '기쁨'은 곧바로 여기저기 전화를 걸어 혹시 누군가가 가짜 신분증으로 자기를 '기쁨'이라고 사칭하고 다니는 것을 본 적이 없는지 물어보았다.

그러다가 '낮은 자존감'과 통화를 하면서 자기 짐작이 맞는다는 확신 들었다. 그녀는 '기쁨'의 사촌 또는 '기쁨'의 비즈니스 파트너라고 사칭하는 자를 만난 적이 있다고 말했다. 그녀의 말에 의하면 그 '사촌'이라는 자는 그녀에게 다가와서 함께 동업을 하자고 하면서 그녀가 할 일은 '거짓 겸손'과 '위장된 기쁨'이 고객들 안에 자라도록 부추기기만 하면 된다고 했다는 것이다. '낮은 자존감'은 "그는 자기 이름이 '거짓 기쁨'이라고 했어요"라고 말해주면서 그를 어디서 만났는지까지 이야기 해주었다.

'기쁨'은 신경이 곤두선 채로 수화기를 내렸다. 그리고 열쇠뭉치를 들고 문 밖으로 나가 기쁨자동차에 급히 올랐다. '기쁨'은 '거짓 기쁨'에게 무슨 말을 해줄 것인지를 생각하며 차를 운전했다.

"비즈니스 파트너라고? 어처구니가 없군! 뭐, 사촌이라고?" '기쁨'이 혼자 중얼거렸다. '기쁨'과 기쁨 가문의 선한 이름을 손상시키고 있는 이 작자는 정말 뻔뻔하기 그지없다고 생각되었다. '기쁨'은 한시라도 빨리 그와 만나서 시시비비를 가려야겠다는 생각밖에 없었다.

위장가 1234번지를 향해 쏜살같이 달리는 동안 '기쁨'은 길거리, 건물들, 주변 환경들이 자기가 사는 곳과 너무 비슷하다는 것을 느꼈다. 세상에! 하물며 '거짓 기쁨'의 차고에는 기쁨자동차와 똑같이 생긴 차도 주차되어 있었다. 차의 범퍼에는 온통 스마일 스티커들이 붙여져 있었다. 그러나 좀 더 가까이 다가가서 자세히 살펴보니 기쁨자동차를 그대로 모방한 가짜에 불과했다. 사실 '기쁨'의 집이나 직장에 있는 것들은 전부 진품인 반면, 그곳에 있는 모든 것들은 싸구려 재료로 만든 짝통들이었다. 이 기쁨탈취자는 머리끝부터 발끝까지 모든 것을 위조된 가짜로 뒤집어 쓴 것 같았다.

'기쁨'은 시시비비를 가릴 만반의 태세를 갖추고 '거짓 기쁨'의 문을 쾅쾅 두드렸다. '기쁨'은 신분사칭이라는 이 사건을 종결짓기 위해 할 수 있는 모든 방법을 동원할 작정이었다.

'거짓 기쁨'은 한때 '기쁨'이 입었던 것과 똑같은 옷을 입은 채 문을 열어 주면서 친절하게 '기쁨'을 맞이했다. '거짓 기쁨'은 '기쁨'과의 만남이 하루빨리 이루어지기를 기대했었는데 드디어 이렇게 만나게 되었다면서 대화를 시작했다. '거짓 기쁨'은 몇 년 동안 '기쁨'에 대해 많은 연구를 해왔었다.

"나는 당신이 무슨 짓을 하고 있는지 압니다. 그리고 그것을 막기 위해 여기까지 왔습니다." '기쁨'이 말했다. "나는 내 고객들이 좀 더 나은 삶을 살도록 하기 위해 갖은 노력을 다했습니다. 그런데 아무 자격도 없는 자가 나를 사칭하면서 돌아다닌다는 것은 정말 불쾌하기 짝이 없군요."

이때 '거짓 기쁨'이 대답했다. "글쎄요, 과연 그럴까요? 나는 그저 당신이 주는 압박감을 견딜 수 없어하는 고객들에게 다른 선택을 할 수 있도록 기회를 제공해 주고 있을 뿐인데요."

"압박감이라고요? 지금 농담하는 거겠죠? 나는 고객들에게 압박감 같은 것은 주지 않아요. 오히려 나는 안도감을 주죠. 고객들의 마음에 즐거움을 주고 있는 나에게 압박감을 준다고 모함하면서 나를 모욕하지 마세요." '기쁨'이 열을 내며 말했다.

그러나 그 순간 '기쁨'은 적을 이기기 위해서는 먼저 적을 알아야 할 필요가 있다는 것을 깨닫고 다시 차분한 자세로 돌아갔다. '기쁨'은 메모장을 꺼내고 '거짓 기쁨'에게 그가 하는 일이 뭔지를 물어보았다.

"나는 속임의 대표급인 존재입니다. 나는 진품의 가격을 그대로 지불하고 싶어 하지 않는 사람들이 선택할 수 있는 가짜 짝퉁입니다. 마치 유명 디자이너의 진품을 그대로 따라한 짝퉁 핸드백과 같은 거죠."

"음…" '기쁨' 은 차분한 자세를 유지하면서 물었다. "그렇다면 기쁨의 가격이 얼마라고 생각하나요?"

"당신의 고객들은 좋을 때나 나쁠 때나 당신을 누려야 하죠. 그러나 나는 좋을 때 또는 일이 잘 풀리는 것처럼 보일 때만 누릴 수 있어요."

"그렇다면 당신은 일이 잘 안 풀릴 때는 고객들을 위해 뭘 해주나요?"

"음, 그들은 나를 누릴 수 없어요. 그 대신 그들은 기쁨탈취자들 중에 아무나 하나를 마음에 받아들이겠죠. 그러면 나는 잠시 뒤로 물러나 있는 거죠."

"그렇다면 누가 당신의 파트너가 되어 일을 함께 하나요?" '기쁨' 이 궁금하다는 듯이 물었다.

"최근에는 '엄청난 부' 가 나와 함께 일하고 있어요. 사람들이 상을 받게 되었거나 또는 실력을 인정받아서 다음 프로젝트를 맡거나 할 때 나를 마음에 누리게 되고, 따라서 나는 많은 고객들을 확보하게 되죠. 그러나 나는 잠시 머무르다가 떠나요. 그래도 어쨌거나 최소한 그럴 때마다 사람들은 나를 좀 더 강력하게 누리거나 또는 나의 파트너인 기쁨탈취자들을 조금 더 강력하게 누릴 수 있죠."

아까보다 더 참을 수가 없어 '기쁨' 은 마음의 기쁨은 좋을 때나 나쁠 때나 항상 있는 것이라는 사실을 분명하게 말했다. 그리고 그는 '거짓 기쁨' 의 사기성이 농후한 짓들에 종지부를 찍기 위해 갖은 노력을 다할 것이라고 강력하게 말했다.

"당신의 고객들은 '어려움' 을 만날 때 결국 나의 진정성을 깨닫게 될 것입니다." '기쁨'이 '거짓 기쁨'에게 말했다. "'어려움'은 우리 고객들 전부를 찾아다니죠. 그리고 그가 등장하게 되면 오직 진정한 기쁨만이 그 힘을 발휘할 수 있으니까요."

'기쁨'은 말을 이었다. "어쨌거나, 거짓 기쁨 씨, 가짜를 좋아하는 사람은 아무도 없습니다. 그저 진품을 살만한 형편이 못된다고 생각하면서 가짜에 만족하기로 마음을 먹은 것뿐이지요. 얼마 안 있으면 '거부'가 이곳을 찾아올 것입니다. 자, 이건 저의 명함입니다. 혹시 저의 도움이 필요할까 해서요!"

기 쁨 을 유 지 하 는 길

§ 분노

뭔가 부당하다고 느끼거나 상처를 받을 때 느끼는 일시적인 불쾌감이다. 이 감정을 지속할 때 사랑하는 사람과 자신에게 아주 치명적인 상처를 남기게 된다. 해가 지도록 분을 품지 말아야 한다.

§ 원한과 용서하지 않는 마음

누군가로부터 상처를 받을 때 원한과 용서하지 않는 마음이 생기게 되고, 상대방에게 되갚아주게 된다. 그러나 하나님의 용서가 무엇인지를 알 때 용서는 쉬워진다.

§ 걱정

걱정은 여러 가지 가정들과 두려움으로 인해 나타난다. "두려워하지 말라, 내가 너와 함께 하여 너를 구원하리라"는 말씀처럼 하나님이 함께 하시는 평화를 누려야 한다.

§ 두려움

두려움은 확신의 결여에서 오기도 하고, 사회의 여러 정보들을 확대해석해서 오기도 한다. 경제문제, 직장문제… 등. 그러나 하나님을 두려워하는 것이 지혜의 근본이다.

♠유머
부정적인 태도와 이기적 자아가 줄어들 때 더 많은 유머감각을 지니게 되지만, 상대방을 놀리거나 비웃는 유머는 유머가 될 수 없다.

♠거짓 기쁨
진품의 가격을 그대로 지불하고 싶어 하지 않는 사람들이 선택할 수 있는 가짜 짝퉁과 같다. 여기에 계속 머무르게 되면 낭떠러지로 떨어지게 된다.

♣ 사람 사이를 가장 가깝게 해주는 것은 웃음이다.

19장

'기쁨' 이 '어려움' 을 만남

사람의 가치는 안락하고 편할 때 드러나지 않고 어려움과 곤란 속에서 드러난다.
— 마르틴 루터 킹(Martin Luther King)

�֍ ֍ ֍

물론 '기쁨' 은 '어려움' 에 대해 알고 있었고, 사실은 '어려움' 에게 존경심까지 품고 있었다. 왜냐하면 '어려움' 이 고객들을 성숙하게 그리고 더욱 강하게 해주었기 때문이었다. 게다가 '어려움' 은 고객들이 자기가 오는 것을 싫어한다는 것을 알고 있었다. 왜냐하면 누구에게나 '어려움' 을 겪는 것은 결코 기분 좋은 일이 아니기 때문이었다. 그래서 '기쁨' 은 '어려움' 과 함께 파트너로서 일할 마음은 있었지만 '어려움' 과 효과적으로 일하려면 먼저 '어려움' 이 어떤 식으로 일을 하는지를 알아야 할 것 같았다.

'기쁨' 이 점심식사를 함께 하기 위해 '어려움' 을 만났다. 그러나 '어려움' 은 차가 시동이 걸리지 않아 늦게서야 출발했다. 게다가 바퀴에 펑크가 났고, 교통체증에 걸렸다. '기쁨' 은 '어려움' 을 기다리는 동안 간단한 스낵을 주문한 뒤 그가 도착할 때까지 인내심 있게 기다렸다. 그런데 주문한 스낵이 왔는데, 그것은 '기쁨'이 주문한 것이 아니었다. 그는 속으로 웃었다. '기쁨'은 적어도 그날 하루만큼은 자기가 '어려움'과 함께 보내게 될 것과 '어려움'과의 만남이 힘든 만남이 될 거라는 것을 짐작할 수 있었다. '기쁨'은 당황한 웨이터에게 온화한 미소를 지으면서 스낵을 다시 주문했다.

그때 '어려움'이 걸어 들어왔다. '기쁨'은 늘 힘들고 운이 안 따라주는 이 불쌍한 기쁨탈취자를 보는 순간 '왜 사람들이 '또 어려움이 왔어'라고 말하는지 알겠군'라고 속으로 생각했다. '기쁨'은 '어려움'이 문에서 들어오다가 넘어졌을 때 레스토랑에 있는 모든 사람들이 시선을 다른 데로 돌리며 그를 외면하는 것을 볼 수 있었다. 아무도 그를 일으켜주려 하지 않았다.

그는 차분히 일어나서 가방에서 쏟아져 사방으로 흩어진 서류들을 주워 모았다. '어려움'은 큰 걸음으로 '기쁨'이 앉아있는 자리를 향해 성큼성큼 걸어왔다. '어려움 씨, 제발 또 발을 헛디뎌서 저의 스낵 위로 넘어지거나 하지는 말아주세요'라고 '기쁨'이 속으로 말했다.

'어려움'은 힘 있게 악수를 했다. 그리고 '기쁨'은 그가 얼마나 강하고 힘이 있는지를 느끼며 그를 눈여겨보았다. '기쁨'은 메모장을 꺼내서 인터뷰를 시작했다. '기쁨'은 '어려움'이 지금까지 '기쁨'의 고객들을 얼마나 강하게 해주었는지를 칭찬하는 말부터 했다. 그는 또한 자기와 '어려움' 둘이 힘을 합쳐서 함께 일하면 아주 좋을 것 같은데, 그 이유는 '어려움'이 그의 고객들에게 강인함을 키워주는 반면, '기쁨' 자신은 고객들에게 즐거운 마음을 줄 수 있기 때문이었다.

'어려움'은 고개를 끄덕였다. '나는 당신이 하려고 하는 일이 뭔지 이해해요, 기쁨 씨! 나도 당신을 돕고 싶어요. 그렇지만 내가 등장하기만 하면 우리 고객들의 얼굴에서 미소를 찾아보기가 힘들죠. 내가 아까 문 앞에서 넘어졌을 때 사람들이 어떻게 행동하는지 보셨지요?" 그는 손으로 턱을 바치고 '기쁨'의 스낵에 곁들여 나온 뜨거운 소스가 담긴 접시에 발꿈치를 담근 채 기운 없이 말했다.

'기쁨'은 '어려움'을 바라보고 있자니 그가 불쌍해졌다. '기쁨'은 자기와 '어려움'이 힘을 합칠 경우 고객들이 알고 있으면 도움이 될 것들이 뭔지 그에게 물어보았다.

'어려움'이 말했다. "고객들이 반드시 알아야 할 것은 살다보면 반드시 어려움을 만나겠지만, 고객들 안에 '하나님의 평화' 또는 '긍정적인 태도'가 있기만 하다면 나에게는 그것을 깨뜨릴만한 힘이 없다는 것입니다. 물론 그것은 이해하기 쉬운 개념은 아니지요. 그러나 나는 하나님과의 관계와 선한 승리감을 소유한 고객이 나처럼 강한 정복자조차도 능히 이기는 것을 보았답니다."

"오해는 하지 마십시오! 물론 나는 고객들을 이런저런 수많은 어려운 상황들로 몰고 갈 수 있습니다. 그렇지만 나에게는 그들에게서 평화와 긍정적인 관점을 빼앗을 힘은 없는 것이지요. 그러나 그들이 그것을 포기할 권리는 있어요."

'기쁨'은 '어려움'의 지혜가 놀랍기도 하고 또 호기심도 생겼다. "당신은 어떤 시점에서 당신의 고객들에게 그들이 평화와 긍정적인 태도를 가질 수 있다는 것을 알려주나요?" '기쁨'은 궁금하다는 듯 물었다.

'어려움'은 잠시 '기쁨'을 올려다보더니 말했다. "당신도 알다시피 내 고객들이 내가 그들에게 들어가도 계속 머무를 것이 아니라는 것을 안다면, 그들은 태풍도 견뎌낼 수 있어요. 그들은 어두운 밤이 지나고 나면 다음날 변함없이 밝은 태양이 뜬다는 것을 알게 될 거예요. 때로 고객들은 자기들이 뭔가 잘못했기 때문에 나를 만난다고 생각해요. 그러나 고객들은 내가 '의로운 자'나 '의롭지 않은 자' 둘 다를 대상으로 일한다는 것을 알아야 해요. 아이러니하게도 의로운 자가 나를 더 자주 볼 때가 있어요. 그러나 그들은 때마다 아주 열정적으로 나를 이겨내죠."

'어려움'은 안경을 벗어 깨끗하게 닦으면서 잠시 말을 멈추었다. 그러고는 갑자기 말을 이었다.

"제기랄, 음, 가방 안에 여유분으로 안경을 하나 더 넣어두었었는데." '어려움'이 그가 이곳에 왔을 때 테이블 위에 올려놓은 가방을 가리키며 말했다. '어려움'이 안경을 찾느라 몸을 굽히자 넥타이 끝이 살사(일종의 소스) 접시에 빠졌다.

"뭔가가 항상 내 길을 가로막고 방해해요." 그는 자기의 사소한 실수들을 거의 의식하지 못한 채 말을 이었다. "나는 고대 시대부터 그랬죠. 만약 내 고객들이 역사를 살펴본다면 두 가지 사실을 찾아낼 수 있을 거예요. 첫째는 선한 것을 붙들면 내가 그들의 삶에 영구적으로 자리 잡지 않는다는 거예요. 둘째는 과거의 역사가 그들에게 가르쳐준 '교훈'을 새긴다면 동일한 시련의 수레바퀴를 돌리면서 내가 또 다시 등장할 필요가 없다는 거죠. 나의 고객들은 선한 묵상과 순종을 조화시킬 줄 알아야 합니다. 그렇게 할 때 내가 계속 등장하는 것을 막을 수 있죠."

"와, 어려움 씨! 당신의 지혜는 정말 놀랍고 깊이가 있네요! 나는 우리가 서로 힘을 합치면 환상의 파트너가 될 것이라고 생각해요! 이제 점심을 주문해야 할 것 같네요, 그렇죠? 웨이터가 어디 있지?"

'어려움'이 주위를 돌아보며 웨이터가 어디 있는지를 살피는 동안 '기뽐'은 '어려움'의 고객들에게 자기의 서비스가 정말 절실하게 필요하며 둘의 파트너관계가 고객들에게 정말 큰 유익이 될 거라고 생각했다. '기쁨'은 그런 생각을 하니 마음이 부풀었다. 그는 웨이터를 보고 "음식을 주문하려고 하는데요"라고 말했다.

그때 웨이터가 "죄송합니다. 주문 시간이 지나서 점심주문은 더 이상 받지 않습니다"라고 말했다.

'기쁨'이 '불안정'을 만남

큰 잠재력이 자신감 결여의 베일 뒤에 숨어 있을 때가 있다.
– 산드라 스틴(Sandra Steen)

❋ ❋ ❋

'기쁨'은 '시기심'과 '낮은 자존감'의 권고를 받아 '불안정'을 만나기로 계획을 세웠다. 그는 '불안정'에 대해 별로 아는 것이 없었다. 그러나 그는 그녀가 대단한 기쁨파괴자라는 것만은 소문을 통해 익히 알고 있었다. 이제 '기쁨'은 자기가 그녀와 파트너관계를 맺을 수 있을지, 아니면 그녀를 내보내고 그 자리를 대신해야 할지를 알아보기 위해 인터뷰를 준비했다.

'불안정'은 기쁨이 생전 처음 보는 아주 화려한 옷을 입고 왔다. 화려한 레이스로 악센트를 준 진주빛 실크 옷을 입고 거기에 맞춰 머리부터 발끝까지 놀라울 정도로 뛰어난 패션 감각으로 치장을 하고 있었다.

그녀의 모자, 벨트, 장갑, 구두는 아주 정교하게 바느질처리가 된 가죽제품이었고 그녀의 귀걸이, 목걸이, 기타 보석들은 심플하면서도 클래식한 느낌을 주는 것들이었다.

'기쁨'은 자기를 소개하면서 자기가 어떻게 그녀의 고객들을 도와줄 수 있는지 알고 싶어서 왔다고 했다.

그녀는 장갑을 벗어서 핸드백 위에 살짝 올려놓으면서 재빨리 대답했다. "글쎄요, 나는 '낮은 자존감'과 많은 일을 하고 있어요. 그리고 나의 고객들은 항상 뭔가 잘못될 거라는 두려움을 느끼고 있죠. 그들은 속으로 위험을 느끼며 불쾌해 하고 또 안절부절 못해요. 그러나 대부분 상황을 잘못 판단하고 그러는 것이죠. 나의 고객들은 모든 사람들이 자기들을 해하려고 한다고 생각해요."

"그들은 좋은 재능과 아름다운 외모로 많은 축복을 받았음에도 불구하고 자기들이 위험에 노출되어 있다고 느끼죠. 그들은 쉽게 불쾌감을 느껴요. 그들은 다른 사람들이 그들을 모욕하려는 의도가 전혀 없는데도 불구하고 괜히 뭐든 트집을 잡아 아무 이유 없이 혼자 모욕감을 느끼곤 하죠. 그건 정말 최악이에요."

"내가 하는 일은 그들이 자기 안에 있는 진정한 잠재력을 발견하지 못하게 하고, 또 자기들이 다른 사람들과 쉽게 어울리지 못하는 성격이라고 확신하게 하는 거죠. 물론 이런 계략을 성공시키려면 가끔씩 '시기심'과 '낮은 자존감'의 도움이 필요해요. 뭐, 그들의 도움 없이 일이 잘 될 때도 있지만요. 내 고객들은 아주 많고 또 점점 그 수가 증가하고 있어요."

"정말이요!" '기쁨'이 말했다. "당신이 고객들에게 그런 일을 하리라고는 상상하지 못했네요! 왜냐하면 당신의 외모는 마치 자신감 그 자체 같아서요. 당신은 마치 파리의 패션가에서 금방 나온 사람처럼 아주 화려해보이거든요! 나는 당신에게서 잠시도 눈을 뗄 수가 없었어요!"

"내가 무슨 말을 하고 있는지 이해가 안가시나요?" '불안정'이 대답했다. "왜 당신은 나를 계속 쳐다보는 거죠? 당신은 내가 실수라도 해서 넘어지기를 은근히 바라나요? 내가 언제 실수할 건가 그때만 지켜보고 있나요? 사실 나의 이 멋진 옷은 내가 느끼는 자신감 결여를 감추기 위한 것일 뿐이에요. 나는 그 대가로 행운이라는 비용을 치르고 있죠. 믿기 어렵겠지만 나는 그 옷들을 사기 위해 돈을 빌려야 해요. 이렇게 화려하게 꾸미면 사람들에게 눈가림을 할 수 있어요. 하물며 당신도 속았잖아요!"

"아, 그 참 놀랍군요. 그렇다면 불안정 씨, 당신의 일을 중단시키려면 어떻게 해야 하나요?"

"글쎄요, 참 흥미로운 질문이군요. 그리고 그 질문에 대한 답은 한마디로 요약해줄 수 있어요. 그건 바로 '자기의 존재목적을 아는 것'이에요. 자기 자신에 대한 정체성이 없다면 안정감을 가질 수가 없답니다. 하나가 다른 하나를 약하게 만들죠."

'기쁨'은 다음 주에 '목적'과 만날 약속이 되어 있었기 때문에 "아, 그렇군요!"라고 말하며 인터뷰를 마쳐갔다. '기쁨'은 '불안정'을 내보내고 그 자리를 대신해야겠다고 마음먹으면서 '목적'과의 만남에 아주 큰 기대가 되었다. '기쁨'은 '불안정'에게 좋은 정보에 감사한다고 말하며, 이제 세상이 그녀를 보기가 쉽지 않을 것이라고 말해주었다.

'기쁨'이 '거부'를 만남

가장 좋은 것의 그림자를 좇는 것이 가장 나쁜 것에 만족하면서 사는 것보다
훨씬 낫다. 아주 놀라운 것을 본 자들은 자기만의 여정을 떠날 준비를 갖추게 된다.
— 헨리 반 다이크(Henry Van Dyke)

✤ ✤ ✤

'기쁨'은 '거부'와의 만남이 어떨지 깊이 생각해보았다. '그를 만나면 과
연 어떨까? 참, 내가 거부를 거부하고 싶어지니!'라고 생각하며 그는 속으로
웃었다. '기쁨'은 이미 수없이 거부를 당했었기 때문에 또 거부당할 것을 생
각하니 그리 달갑지가 않았다. 그러나 '기쁨'은 모든 기쁨탈취자들을 대상
으로 설문조사를 해서 어떻게 해서든지 그들이 더 이상 고객을 빼앗아가지
못하도록 막아야 한다고 생각하면서 마음을 새롭게 다졌다.

'기쁨'이 '거부'를 만났을 때 악수를 하려고 손을 내밀었지만 '거부'의
태도는 악수를 하고 싶지 않다는 듯했다. '기쁨'은 어깨를 으쓱하며 겸연쩍
은 듯 뒤로 몇 걸음 물러섰다. '거부'의 무례함에도 불구하고 '기쁨'은 '거

부' 에게 아무렇지도 않은 듯 보이려고 애썼다.

"거부 씨, 아까 그 태도는 당신이 그저 당신의 기분을 솔직하게 드러낸 것
뿐이라고 생각합니다." '기쁨' 이 말했다. "내가 온 데에는 별 다른 뜻은 없
고요. 당신이 우리 고객들을 빼앗아가는 것을 앞으로는 더 이상 허용하지 않
을 거라는 것을 당신에게 알리고 싶어서요. 사실 나는 당신이 어떤 자인지
잘 알고 있습니다."

"만약 당신이 나에 대해 이미 그렇게 잘 알고 있다면, 왜 여기까지 찾아 온
거죠?" '거부' 가 물었다.

"나는 당신에게서 좋은 정보를 얻고 싶고 또 당신이 정말 자기 일에 대해
잘 알고 있는지 알고 싶어서 찾아왔습니다."

"마음대로 하세요. 나는 기쁨을 없애는 일에는 도사급인, 비범한 능력을
가진 최고의 기쁨탈취자예요. 나의 고객들은 인생에서 아주 힘든 때에 나를
만나게 됩니다."

'기쁨' 은 메모장을 꺼내고 '거부' 에게 그의 일에 대해 자세하게 말해달
라고 요청했다.

"나의 고객들은 전부 누군가가 인정해 주고 수용해 주는 것이 필요한 사
람들이요. 그들은 사람들에게 뭔가 보여주려고 하죠. 그리고 대개 사회적 흐
름이나 유행에 아주 민감해요. 내가 주로 하는 일은 그들이 진정으로 인정받
아본 적이 없다는 느낌을 갖도록 하는 거죠."

"오해는 하지 마세요! 나는 그들에게 거부당했다고 느낄 만한 사건을 매
일 일어나게 할 수도 있어요. 그러나 사실은 거부당하지 않았을 때에조차도
그들이 거부당했다고 느끼도록 하기 위해 그들의 마음과 감정을 대상으로
일을 하죠."

이제 '거부'는 냉소적으로 웃으면서 말을 이었다. '나의 일은 그야 말로 마음을 이용한 게임이에요. 그 게임은 그다지 어렵지도 않죠. 게다가 나는 '낮은 자존감'에게 언제든지 도움을 받을 수 있어요. '낮은 자존감'의 도움을 받게 되면 그때부터 내 일은 식은 죽 먹기가 되어버리죠. 그녀는 정말 고객들을 떡 주무르듯 해요! 그리고 내 고객들은 일단 거부당했다고 느끼면 상대방을 냉대하거나 퇴박을 주지요. 당신은 내가 얼마나 강력한 기쁨탈취자인지를 그리 어렵지 않게 알 수 있을 것입니다."

'기쁨'은 그의 말에 귀를 기울였다. 비록 '기쁨'은 '거부'를 좋아하지는 않았지만, '거부'가 어떤 일을 하는지에 대해 듣는 것까지 거부할 수는 없는 노릇이었다. "거부 씨, 당신의 일을 중단시키려면 어떻게 해야 하나요?" '기쁨'이 물었다.

"그건 좀 어려운 질문이군요. 대답하기가 좀 복잡해요." '거부'가 '기쁨'에게 말했다. "내 고객들이 '목적'을 깊이 알 수만 있다면, 자기가 왜 이 세상에 존재하는지를 알게 되기 때문에 절대로 거부당한다는 느낌을 갖지 않게 되지요. 일단 고객들이 그들의 진정한 정체성을 찾고 나면 나는 그들에게 거부당한다는 느낌을 갖게 하기가 아주 어렵답니다."

"기쁨 씨, 당신이 아주 중요한 일을 하고 있는 것은 사실이지만 내 고객들이 자기 자신이 누구이며, 왜 이 세상에 존재하는지에 대해 계속 의문을 품고 있는 한 당신은 나를 쫓아낼 수 없을 거예요. 아마도 당신은 전에도 이런 비슷한 말을 들어본 적이 있을 거예요. 자기들이 어떤 목적으로 왜 창조되었는지를 모르고 있는 한 그들은 계속 거부당한다는 느낌에 병들 수밖에 없으니까요."

"거부 씨, 시간을 내어주셔서 정말 감사합니다. 그러나 나는 당신을 내보내고 그 자리를 대신할 수밖에 없을 것 같네요. 당신은 해고당했습니다."

'기쁨' 이 말했다.

22장

'기쁨' 이 '축하' 를 만남

무한한 열정을 가진 사람은 거의 모든 일에서 성공할 수 있다.
– 찰스 슈밥(Charles Schwab)

'기쁨' 은 '축하' 로부터 초대장을 받고는 아주 기뻤다. 그는 항상 기쁨을 지원해 주고 또 서로 관련된 행사가 열리면 기꺼이 참석해 주는 좋은 친구인 '축하' 를 한시라도 빨리 만나보고 싶었다. 기쁨이 왔을 때 '축하' 는 문을 열어주면서 들뜬 모습으로 기쁨을 반갑게 맞이했다. 손님을 맞이할 만반의 준비를 갖춘 '축하' 가 '기쁨' 에게 말했다. "당신은 나에게 가족과 같은 분이라고 말하고 싶어요. 그래도 괜찮을까요?"

"감사합니다" 라고 말한 후 "내가 지금까지 어떤 일을 했는지 당신이 듣고 싶을 것이라는 생각이 드는데요. 그 일은 우리 둘 다에게 매우 중요한 일이에요. 나는 우리 고객들이 기쁨탈취자주식회사에 넘어가지 않도록 지킬 뿐만 아니라 기존의 고객층들도 어떻게 해서든 보호하려고 해요" 라고 했다.

'축하'는 깊은 생각에 잠겨 고개를 끄덕였다. "요즘에는 나의 고객들이 상당히 수완이 많이 생겼어요. 그들은 특정한 날이 다가오기를 기다렸다가 행사를 갖고 축하하는 방식은 더 이상 사용하려고 하지 않아요. 그들은 매일 인생에서 작은 것들까지도 축하하고 기념하려고 해요. 그래서 나는 엄청나게 바빠졌고, 그래서 기뻐요."

"아, 그렇군요! 정말 잘 됐네요!"

"고마워요. 최근에 나는 자기들이 거둔 작은 승리를 자축하고 인생에서 이룬 성취에 대해 '감사의 마음'을 가지려는 고객들을 몇 명 더 확보했어요." '축하'가 말했다.

"그들은 웃음 가득하게 사는 법과 자기 자신에 대해 지나치게 문제의식을 가지지 않는 법을 배우고 있죠. 그건 정말 멋진 일이예요!" 그는 웃으면서 말을 이었다. "나의 고객들은 아침에 일어나자마자 그날은 좋은 일만 가득할 것이라고 선포해요. 그렇게 하루를 시작하죠. 얼마나 놀라워요! 나는 나의 모든 고객들에게 그 방법을 전해주려고 노력하고 있어요."

'기쁨'은 '축하'가 하는 선한 일들에 할 말을 잃을 정도로 깊이 감동을 받았다.

"나와 당신이 서로 긴밀하게 협조해야 한다는 것이 너무 당연하네요. 왜냐하면 우리가 성공하기 위해서는 서로에게 매우 필요하니까요."

"그러네요. 기쁨 씨, 나도 당신이 나의 고객들과 함께 해주는 것이 필요해요. 사실, 고객들이 나와 함께 일하는 본래 이유는 바로 당신이니까요."

"자, 우리 상호간의 성공적이고 돈독한 파트너십을 재확인한 것을 축하해 볼까요?" '기쁨'이 말했다. "이렇게 하면 어떨까요? 내 쪽에서 당신이 하고 있는 놀라운 일들에 대해 감사하고 그것을 축하해 주는 거요."

"야호!" 하며 '축하' 가 풀쩍풀쩍 뛰고 카트의 바퀴를 돌리면서 소리쳤다. "이제 축하하는 시간입니다."

"그래요, 파티를 열고 삶을 축하하죠." '기쁨' 이 말하면서 소리 내며 웃었다. "파티 손님들에게 내가 만든 '기쁨을 주는 쿠키' 인 환상적인 맛의 오트밀 쿠키를 대접하면 좋겠습니다. 아주 특별한 맛이랍니다. 자, 여기 있어요." '기쁨' 이 가방을 열면서 말했다. "당신의 혀가 기쁨의 맛을 느끼게 될 것입니다."

'축하' 는 기대감에 젖어 '기쁨' 이 언젠가 자기에게 환희를 느끼려면 여러 가지 다양하고 간단한 도구들을 끊임없이 찾아보라고 말했던 것이 갑자기 생각났다. 이 쿠키의 맛을 상상하면서 '축하' 는 그 귀중한 교훈을 떠올렸다.

23장

'기쁨'이 '격려'를 만남

빛을 비추는 두 가지 방법이 있다.
하나는 촛불을 키는 것이고 다른 하나는 거울을 사용해서 그것을 반사시키는 것이다.
– 에디스 워튼(Edith Wharton)

✤ ✤ ✤

'축하'와의 만남에서 기분이 상쾌해진 '기쁨'은 '격려'가 같은 동네에 살고 있다는 생각에 바로 길 건너에 사는 '격려'를 만나보기로 했다. '기쁨'은 미리 알리지 않고 그냥 잠깐 들려도 그가 별로 개의치 않을 것이라고 생각했다. 그의 생각은 옳았다. '격려'는 '기쁨'을 반갑게 맞이했다. 어쨌든 그와 '기쁨'은 오랫동안 파트너관계였고 서로를 잘 알고 있었기 때문이었다.

"이봐, 기쁨! 반갑구만!" '격려'가 '기쁨'의 등을 툭툭 치면서 반갑게 말했다. "나는 어제 자네가 내 고객들에게 뭘 해주었는지를 봤어. 자네가 하는 좋은 일들과 자네가 우리에게 얼마나 중요한 존재인지를 말해주고 싶어!"

"그래, 아, 그거 정말 듣고 싶군 그래. 사실 나는 최근에 기쁨탈취자들 몇 명을 만났는데 정말 진이 빠지더라고…." '기쁨' 이 고마운 듯 말했다.

"자네가 얼마나 필요한 존재인지에 대해서는 추호의 의심의 여지가 없어. 왜냐하면 내 고객들 중에 많은 이들이 자네와 내가 함께 하지 않는다면 더 이상 내 고객으로 남아있질 않을 테니까 말이야." '격려' 가 대답했다. "최근에 내 고객들의 숫자가 약간 감소되었다는 것은 인정하지만, 올해에는 숫자가 다시 상승할 것이라고 낙관해."

"아, 정말 그것 참 놀랍군!" '기쁨' 이 대답했다. "그런데 숫자가 증가할 것이라고 낙관하는 데는 무슨 이유라도 있어? 어떻게 그런 예상을 하게 된 거지?"

"고객들에게 좋은 서비스를 제공하기 위한 일환으로 내가 새롭게 향상시킨 '전 세계인을 위한 격려 훈련 프로그램' 에 참가하겠다는 고객들이 더 많이 늘어났거든. 나는 고객들에게 격려가 단지 목표에 도달하지 못했을 때만 필요한 것이 아니고, 목표를 달성했을 때조차도 다음 목표 또는 다음 단계를 향해서 나아가는데도 필요하다고 말해주었는데, 고객들은 내 말이 옳다고 생각하는 것 같아."

"새롭게 향상시킨 전 세계인을 위한 격려 훈련 프로그램이라고? 아주 흥미로운데. 그것에 대해 좀 더 설명해줄 수 있어?"

"자네도 잘 알다시피 누구나 살다보면 격려가 필요할 때가 있잖아. 나의 고객들은 격려의 말을 해줄 때 상대방이 무표정한 얼굴을 하고 있으면 상대방이 격려의 말을 전혀 받아들이지 않는 것이라고 생각했지. 그런데 나는 고객들에게 그것이 잘못된 생각이라는 것을 깨닫게 해주기 위해 많은 노력을 기울였어. 내 고객들은 쉽지 않은 상황에서 사람들에게 격려의 말을 해주는 것을 배워야 했지. 그런데 그들이 그렇게 했을 때 놀랍게도 상대방에게서 아주 긍정적인 반응이 돌아오는 것을 보고 감탄하게 된 거야."

"그런데 말이야 기쁨, 자네도 알다시피 어떤 사람들은 내가 여자들에게만 필요하다고 생각해. 그건 정말 잘못된 생각이지. 사실 남자들도 여자들 못지 않게 내가 필요하거든. 그런데 남자와 여자의 의사소통 방법의 차이점 때문에 내가 성별에 따라 필요할 수도 있고 아닐 수도 있다는 식으로 와전되어버린 것 같아."

"어쨌거나" 그는 말을 이었다. "내가 남자 고객들을 살펴본 결과 그들 주변의 사람들이 그들에게 격려를 해주려고 노력은 했지만, 그 방법이 그들이 수용할만한 것이 아니었다는 것을 알게 됐어."

"남자들도 여자들로부터 긍정적인 지원과 격려의 말을 들어야 할 필요가 있다는 것은 너무나 당연하지. 이와 마찬가지로 여자들도 어떤 방식으로든 누군가가 자기를 수용해 주고 받아준다는 느낌을 느껴야 필요가 있어. 모든 사람들에게는 내가 필요해! 내가 말하려고 하는 핵심은 바로 이거야. 우리는 고객들에게 해줘야 할 일이 많지. 그렇기 때문에 꾸준히 우리의 서비스를 향상시켜야 해." '격려' 가 말을 마쳤다.

"자네의 말이 맞는 것 같아. 남자들과 여자들이 의사소통의 방식이 서로 다르기 때문에 어쩌면 남성은 여성의 격려를, 여성은 남성의 격려를 더 잘 받아들일 수도 있을 것 같아. 그들이 꼭 의도적으로 그렇게 하는 것은 아니더라도 말이야." '기쁨' 이 대답했다.

"바로 그거야." '격려' 가 대답했다. "내가 새롭게 향상시킨 '전 세계인을 위한 격려 훈련 프로그램' 을 한 번 살펴볼래? 여기에 복사본이 있어. 집에 가져가서 한 번 살펴봐. 그걸 보고 나면 자네는 기뻐서 풀쩍 뛰게 될 거야! 이 프로그램이 자네의 기쁨 프로그램에도 도움이 될 거라고 생각해."

24장

'기쁨'이 '긍정적인 태도'를 만남

장미에 가시가 있다고 불평을 할 수도 있지만,
가시나무에 장미꽃이 폈다고 즐거워할 수도 있다.

— 지기(Ziggy)

❋ ❋ ❋

'기쁨'은 같은 동네에 사는 '긍정적인 태도'와 자주 시간을 보내면서 서
로 잘 알고 지내고 있었다. 그는 '긍정적인 태도'가 이 근처에서 몇 손가락
안 되는 큰 집을 가진 것도 알고 있다. '기쁨'은 좋은 친구이자 지지자인 그
를 만나서 현재 자기가 하고 있는 일을 말해주고 싶었다. 그는 초인종을 눌
렀다. 그때 초인종에서 "긍정적인 태도를 더욱 강화하라"는 노래가 흘러나
왔다.

"어이, 기쁨 씨!" '긍정적인 태도'가 문을 열어주면서 큰소리로 외쳤다.
'기쁨'의 등을 힘 있게 몇 번 치면서 그는 "이봐, 기쁨 씨, 당신을 보면 항상
기분이 좋아진단 말이야! 우리가 당신에게 얼마나 감사하는지 알고 있죠?"

"아, 예, 근데 요즘 나는 좀 더 좋은 서비스를 제공할 수 있는 방법을 개발하기 위해 고객들에 대해 좀 더 알아보려고 여러 군데를 돌아보고 있는 중이예요"라고 '기쁨'이 악수를 하기 위해 손을 내밀면서 대답했다. "나는 기쁨 탈취자들의 사업에 끼어들어서 최대한 많은 고객들을 빼앗아오려고 해요. 그렇게 되면 당신도 더 많은 고객을 소개받게 되겠죠."

'기쁨'의 손을 잡고 악수를 하면서 '긍정적인 태도'는 행복하다는 듯 대답했다. "고객이야 얼마든지 받을 수 있죠. 그러니까 일만 잘 성사시키세요! 정말 감사해요." 그는 '기쁨'이 그와 인터뷰를 하는 동안에 테라스에서 조각 퍼즐게임을 하려고 기쁨을 테라스로 안내하면서 그곳에 있는 의자에 앉으라고 했다.

테라스 테이블을 가운데 두고 둘은 서로 마주보고 앉았다. 그곳에는 어느 정도 맞추다만 퍼즐이 펼쳐져 있었고, 퍼즐의 남은 조각들이 자기 자리를 찾아갈 때를 기다리면서 테이블 위 여기저기에 흩어져 있었다.

'기쁨'이 '긍정적인 태도'에게 질문을 던졌다. "어떻게 하면 더 많은 고객들을 얻을 수 있다고 생각하나요?"

'긍정적인 태도'는 미소를 지으며 말했다. "내 고객들은 내가 삶의 특정 상황이 아니라는 것을 항상 기억해야 합니다. 나는 선택의 여지이기 때문에 그들이 나를 원할 때만 나는 그들 앞에 등장하지요." 그는 자기가 찾고 싶어하던 퍼즐의 한 조각을 찾아내면서 말을 이었다. "고객들은 그들이 목표하는 것을 이루도록 내가 그들을 돕는다는 것을 알아야 해요. 당신도 알다시피 내가 없이는 그들은 자기 자신의 성공과 다른 사람들의 성공을 방해하기 십상이죠."

'기쁨'은 '긍정적인 태도'가 대화하면서 퍼즐조각을 맞추는 모습을 지켜

보고 있다가 그 퍼즐조각들을 종류별로 모으는 것을 도와주면서 그에게 물었다. "그렇다면 당신의 고객들이 점점 증가하는 근거가 뭐죠?"

"글쎄요. 기쁨 씨, 나는 그 이유가 그들에게 내가 반드시 필요하기 때문이 아닐까 하고 생각합니다. 물론 미온적인 태도를 취하는 것에 만족하려는 사람들에게는 내가 필요하지는 않겠지만요. 나는 내 고객들이 나로 인해 많은 유익을 누릴 수 있다는 것을 매일 깨달을 수 있기를 바랄 뿐입니다."

그는 또 다른 퍼즐조각 하나를 찾아서 이제 거의 완성되어 가는 퍼즐에 갖다 맞추었다. "나도 '어려움' 씨를 알고 있어요." '긍정적인 태도' 가 말을 이었다. "그리고 나는 그와 긴밀하게 협조하며 일을 하고 있어요. 그와 내가 힘을 합쳐 일했을 때 우리 고객들이 이 세상을 변화시킬 놀라운 일도 해냈었답니다."

"정말이요?" '기쁨' 은 또 다른 퍼즐조각들을 그에게 건네며 말했다. "그것에 대해 좀 더 말해줄 수 있나요?"

"그 분야에서 사람들을 많이 도와주는 셀리그맨 박사라는 유명한 의사가 있습니다. 내 고객들은 셀리그맨 박사의 조언을 받아들이고 부정적인 생각을 물리치는 방법을 개발하지요. 그들은 아무 짝에도 쓸모없는 염세주의에 맞서 싸워야 합니다." '긍정적인 태도' 는 말을 이었다. "셀리그맨의 상담방식은 결국 자기 자신과 씨름하도록 하는 방식입니다. 그것은 나 자신에게 에너지를 불어넣어주는 효과가 있고 문제를 정면으로 받아들일 수 있도록 마음의 준비를 시켜주지요. 자기가 처한 상황을 논리적이고 객관적으로 볼 때 비관적인 자아와 맞서 싸울 수 있는 힘을 얻게 된답니다."

'기쁨' 은 미소를 지으며 말했다. '나도 그 의사선생님의 조언을 좋아한답니다. 그런데 긍정적인 태도를 유지하는 것이 힘든 일인가요?' 생각의 끈을 놓치지 않으려는 듯 '기쁨' 이 물었다. '긍정적인 태도' 는 "그렇다고 볼 수 있죠. 그것은 싸움이랍니다!" 라고 퍼즐조각들을 맞추면서 말을 이었다. "선한 싸움이죠. 그러나 내 고객들은 생각의 통로를 지나는 동안 그 싸움에서 이겨요. 내 고객들은 항상 가장 우세한 생각 쪽으로 이동한답니다."

'긍정적인 태도' 는 갑자기 환호성을 질렀다. "퍼즐을 맞췄어요. 우리가 그 퍼즐의 암호를 다 알아낸 거예요. 아이고, 좋아라! 감사합니다. 도와줘서 고마워요. 기쁨 씨!"

"아, 그래요. 대단하군요!" 기쁨이 대답했다. "그런데 그게 뭐죠?"

"이 완성된 퍼즐은 내가 속한 조직의 비전선언서이자 사명선언서예요!"

'사람은 자기가 생각하는 대로 된다.'

"정말 맞는 말이군요." '기쁨' 이 완성된 퍼즐조각들을 보면서 말했다. "긍적적인 태도 씨, 그러니까 이 사명선언서에 의하면 당신의 힘은 고객들이 당신을 부정적인 것과 비관적인 것의 반대로 받아들일 때 명확하게 드러나는군요."

"일반적으로 당신의 고객들이 긍정적인 생각을 할 때 좋은 일들이 일어날 가능성이 커지고, 부정적인 생각을 하면 일들이 잘 안 풀릴 가능성이 커지는 거죠. 당신의 조직은 정말 좋은 사명선언서를 가지고 있군요."

'기쁨' 은 그곳을 떠나면서 이 세상을 좀 더 살기 좋은 곳으로 만들기 위해 '긍정적인 태도' 가 지금까지 쏟은 노력에 감사한다는 말을 전했다. 그리고 자기는 여정을 계속할 것이라고 말했다.

기 쁨 을 유 지 하 는 길

↘어려움

살다보면 반드시 어려움을 만나게 되어 있다. 그러나 하나님이 함께 하신다는 믿음
과 긍정적인 태도가 있다면 어려움은 극복할 수 있다.

↘불안정

상황을 잘못 판단하여 항상 뭔가 잘못될 거라는 두려움으로 속으로 위험을 느끼며,
불안해하고, 안절부절 못한다. 자기 안에 있는 진정한 잠재력을 발견해야 한다.

↘거부

상대방으로부터 종종 거부를 당하게 된다. 이때 낮은 자존감에 있는 사람은 더 상
실해진다. 이때 인정해 주고 수용해 주는 것이 필요하다.

↘축하

아침에 일어나자마자 그날은 좋은 일만 가득할 것이라고 선포하고 하루를 시작해
보라. 매일 작은 것들까지도 축하하고 기념해보라. 삶이 아름다울 것이다.

↘격려

격려는 단지 목표에 도달하지 못했을 때만 필요한 것이 아니라, 목표를 달성했을
때조차도 다음 목표 또는 다음 단계를 향해서 나아가는데도 필요하다.

긍정적인 태도

긍정적인 태도는 자신에게 에너지를 불어넣어주는 효과가 있고, 자기가 처한 상황을 논리적이고 객관적으로 보게 하고, 비관적인 자아와 맞서 싸울 수 있는 힘을 얻게 한다.

♣ 가장 좋은 것의 그림자를 좇는 것이 가장 나쁜 것에 만족하면서 사는 것보다
훨씬 낫다. 아주 놀라운 것을 본 자들은 자기만의 여정을 떠날 준비를 갖추게 된다.

25장

'기쁨'이 '사랑'을 만남

자기 자신에게 베푸는 사랑은 결국 다른 사람들에게 베푸는 사랑이다.
– 산드라 스틴(Sandra Steen)

⚜ ⚜ ⚜

'기쁨'이 '사랑'의 집에 갈 때마다 느끼는 것은 그 집이 마치 그녀의 작은 왕국처럼 느껴진다는 것이었다. '기쁨'은 '사랑'이 사는 곳을 머릿속에 떠올려 보았다. 너무 크지도 너무 작지도 않았지만, 그렇다고 해서 그곳을 다 볼 수는 없었다. 그곳은 추상적인 감각이 돋보이는 튼튼한 담에 둘러싸여 있었고, 그 담에는 섬유 재질을 이용한 날개달린 천사 장식들이 동굴과 은밀한 곳에 숨어서 장난스럽게 훔쳐보고 있는 그림이 새겨져 있었다. '기쁨'은 '사랑'의 집이 몇 개의 방들로 이루어져 있었고, 또 그 방들은 전부 또 다른 하나의 방으로 연결되어 있었는데, 그곳에서 찬란한 빛이 빛나고 있었던 기억을 떠올렸다.

'기쁨'은 '사랑'을 만나고 싶은 마음이 자주 들었다. 왜냐하면 그녀는 늘 이해심이 많고, 마음이 너그럽고, 인내해주기 때문이었다. '사랑'은 '기쁨'이 실수를 저질러도 절대로 그것을 마음에 담아두지 않았다. 한 번은 '기쁨'이 '사랑'의 고객과 만나기로 했다가 약속시간보다 늦게 도착한 적이 있었다. 그때 '사랑'은 '기쁨'에게 괜찮다며 아무 문제없을 거라고 말해주었다. '기쁨'은 '사랑'이 자기에게 해주었던 "사랑은 모든 허물을 덮어준다"는 말을 마음에 잔잔히 떠올렸다.

'사랑'은 고객들에게 로맨틱한 감정을 주기도 한다. 또한 그녀는 상대방에게 집착하다가 상처를 받은 고객들도 늘 포용한다. 대부분의 사람들은 그녀에게서 도망칠 수 없고, 그렇게 하기를 원하지도 않는다.

'기쁨'이 차를 주차시키자 그녀가 뛰어나와 두 팔을 벌리며 그를 얼싸안고 맞아주었다. "기쁨, 제 때에 와 주었네요!" 그녀는 행복한 듯 말했다.

"지금 막 심폐기능을 위한 운동을 시작하려던 참이었어요. 기쁨 씨, 나와 함께 운동을 해보지 않을래요? 같이 하면 훨씬 더 재미있거든요."

"아, 예. 어떻게 하는 건데요? 내가 뭘 해야 하는데요?"

"오, 바보처럼 그러지 말아요! 단지 계단을 함께 조금 오르내리고 파워워킹으로 집을 돌아다니면 돼요. 오래 걸리지는 않지만, 그렇게 하면 수명이 몇 년은 더 길어질 거예요."

"좋아요, 사랑 씨! 그렇지만 그 상냥함과 친절로 나를 초죽음을 만드는 건 아니겠죠? 뭐, 말씀하신 그 정도라면 같이 한 번 해보죠. 그런데 운동을 하면서 당신과 비즈니스에 대한 대화를 조금 나누고 싶어요. 사실 당신에게 고객들을 더 많이 연결해줄 수 있는 방법을 알아보고 싶어서 당신을 찾아왔거든요."

"그거 정말 좋네요!" '사랑'이 대답했다. "자, 이제 같이 가요. 당신도 알다시피 내 집은 네 개의 방으로 이루어져 있어요. 그리고 우리는 두 개의 큰 홀 중에 하나를 선택해서 거기서부터 출발해야 해요. 두 개의 홀 중에 어떤 것부터 시작하고 싶으세요? 왼쪽에 있는 것으로 할까요, 아니면 오른쪽에 있는 것부터 할까요?"

"숙녀 분께서 선택하시죠. 길을 안내해주세요." '기쁨'이 정중하게 말했다.

'사랑'은 오른쪽에 있는 큰 홀을 향해 갔다. 파워워킹으로 걸어서인지 그녀는 금방 계단 위로 걸어 올라갔다. '기쁨'은 그녀를 따라잡기 위해 빠른 걸음으로 걸어가야 했다.

"사랑 씨, 내가 당신을 찾아 온 또 다른 이유는 기쁨탈취자들이 더 이상 당신의 고객을 빼앗아가지 못하도록 하기 위해서예요." '기쁨'이 그녀를 따라 잡느라 숨을 헐떡거리면서 말했다.

'사랑'이 대답했다. "너무 마음 쓸 것 없어요, 기쁨 씨. 왜냐하면 하나님은 사랑이고 하나님은 절대로 지는 법이 없거든요. 하나님은 지고의 사랑이지요. 그리고 하나님의 크신 사랑의 분명한 증거는 바로 하나님의 아들 예수님이에요. 그러니까 사랑이 단지 이념, 원리 또는 종교적 신조라고 생각해서는 안 돼요. 게다가 우리는 항상 서로에게 최선을 하고 있잖아요. 우리는 항상 서로를 보호할 거예요. 당신과 나는 함께 끝까지 모든 것을 견뎌낼 거예요. 왜냐하면 그게 바로 우리니까요." 그녀는 파워워킹의 리듬을 그대로 유지하면서도 전혀 호흡이 빨라지지 않았다.

그들은 오른쪽 홀을 빠른 속도로 지나 왼쪽 홀로 이어지는 통로를 막 벗어났다.

"자, 이 계단을 지나서 아래에 있는 방들로 가보죠. 우리는 아래층 왼쪽

방에 가서 역기를 들어 올리는 운동을 할 거예요. 괜찮죠?' '사랑'이 물었다.

"좋아요." 헐떡거리는 목소리로 '기쁨'이 이마에 송골송골 맺힌 땀방울을 닦으며 대답했다. "일단 내가 여기에 온 이유로 다시 되돌아가서 한 가지만 물어볼게요. 우리가 고객들에게 더 많은 서비스를 해주려면 어떻게 해야 한다고 생각하세요?"

둘이 계단을 내려가 아래층 왼쪽 방으로 들어가는 동안 '사랑'이 잠시 생각에 잠겼다. 그녀는 파이프 모양의 역기 한 세트를 잡아 그것을 '기쁨'에게 넘겨주며 "자, 이것부터 시작해보세요"라고 말했다. 그러고는 말을 이었다. "우리 고객들은 사랑이 궁극적으로는 자기 안에서 나오거나 자기들을 위한 것이 아님을 알아야 해요. 그리고 모든 것들을 항상 사랑하려고 마음먹어야 해요. 우리(사랑과 기쁨)는 고객들이 한 번 선택하고 끝나버리는 것이 아니라 살면서 끊임없이 선택해야 하는 것들이죠."

"물론 사랑하기 힘든 대상들도 있어요. 그러나 만약 우리가 고객들에게 자기를 사랑하는 사람만 사랑하라고 한다면, 우리가 고객들에게 무슨 유익이 되겠어요? 상황이 아무리 달라져도 변치 않는 그런 사랑을 하도록 해야 하죠. 내 고객들은 대상이 눈에 안 보이면 사랑하기가 더 쉽다고 생각하지요. 그러나 그것은 사랑하지 않는 것과 전혀 다를 바가 없어요."

"인생을 살아가면서 사랑할만한 사람들과만 늘 함께하라는 법은 없지요. 사실 사랑은 마음이 서로 맞는 사람들 간에만 존재하는 것은 아니에요"라고 말하면서 '사랑'은 균형 있게 역기를 들어올렸다. "세상에는 사랑을 주지는 않으면서 받기만 하려는 사람들도 있어요. 우리 고객들은 그런 사람들을 사랑해주는 법을 배워야 해요."

'기쁨'은 역기의 무게로 인해 힘들면서도 미소를 보냈다. 그는 그녀가 무슨 말을 하는지 잘 알고 있었다. 사실 '기쁨'도 때때로 그런 사람들을 사랑해줘야 할 때가 있었기 때문이다. 그것은 사랑이 가진 끈질기고 강한 면이다. 그녀는 그런 사랑의 방식을 훈련용으로 사용한다. 그녀는 자기가 고객들을 너무 사랑하기 때문에 고객들에게 그런 사랑을 배우도록 강권한다고 종종 말하곤 했다.

"이제 다음 방으로 가면 어떨까요? 사랑 씨, 이제 역기 들기는 할 만큼 한 것 같아요." '기쁨'이 하소연했다. '기쁨'은 '사랑'이 미처 대답하기도 전에 아래층 오른쪽 방으로 통하는 통로를 향해 걸어갔다. '기쁨'은 잠시 앉아 있을 수 있는 의자가 있는지 둘러보면서 크게 숨을 들이쉬었다. 그런데 그때 파이프들과 밸브를 엮어 만든 줄을 이용해 천장에 매달아놓은 큰 샌드백이 그의 눈앞에 나타났다.

'사랑'이 '기쁨'의 뒤에서 복싱글러브를 양손에 끼고 들어와서는 샌드백 쪽으로 갔다. 원투, 원투, 원투… 그녀는 주먹으로 샌드백을 쳤다. 퍽, 퍽, 퍽. 한 번은 길고 낮게, 한 번은 짧고 높게, 사랑의 주먹이 샌드백을 칠 때마다 그 소리가 온 집안에 울리는 것 같았다. '길고 낮게, 짧고 높게.'

"내가 고객들을 서비스하는 방법은 매우 다양하고 복잡하죠." 사랑이 계속 샌드백을 치면서 말했다. "그것은 세상 모든 사람들에게 나의 존재가 얼마나 중요한지를 알게 하기 위한 것이에요. 하물며 기쁨탈취자들도 그것을 잘 알고 있죠."

'기쁨'도 '사랑'을 따라 샌드백을 치면서 말했다. "예, 맞아요. 그런데 기쁨탈취자들은 상대방을 마음대로 하려는 것, 상대방에 대한 집착, 자기중심적인 사랑… 등을 사랑이라고 착각하게 만들어서 당신의 고객들을 빼앗아 가고 있어요."

"나도 알아요, 기쁨 씨. 그러나 나의 고객들이 진정한 사랑을 하기로 마음 먹는다면 그들은 진리 안에서 말하고, 진리 안에서 살며, 진리 안에서 베풀게 된답니다. 그들은 자기들의 참된 힘이 사랑하는 대상을 자기 마음대로 하는 데 있는 것이 아니라 자기 자신을 절제하는데서 온다는 것을 알게 되죠. 예를 들면, 그들은 친절하게 말하며 때로 그렇게 할 수 없을 때에는 아예 말을 하지 않으며, 그들은 마음 깊은 곳에서 우러나오는 너그러움으로 사람들을 대하고 또 베푸는 삶을 살게 되죠. 그들은 질투심이나 집착이 나쁜 것임을 알고 있어요. 기쁨탈취자들은 그러한 고객들에게 아무 짓도 할 수 없어요!"

'사랑'과 '기쁨'은 운동을 마치고 다시 위층으로 올라갔다. 거기서 '사랑'은 사우나와 스파를 하면서 몸을 풀면 좋겠다고 '기쁨'에게 제안했다. '기쁨'은 근육이 땅기고 온 몸이 여기저기 쑤시는 것을 느끼며 고맙다고 말했다. 사우나는 '사랑'의 집의 여러 공간들 중에서 '기쁨'이 제일 좋아하는 곳이다. 그곳은 기쁨이 사랑의 집으로 오던 중에 떠올렸던 광채가 쏟아져 나오는 바로 그 방이었다. 그 사우나탕은 수백 개의 파이프와 튜브와 밸브를 통해 열기가 공급되는 엄청난 규모의 목욕탕이었다. 그 탕은 너무나 커서 끝없이 펼쳐진 바다를 보는 것 같았다.

'기쁨'은 고맙다는 표정으로 탕으로 들어갔다. '기쁨'은 얼굴과 머리카락과 정수리까지 따뜻한 물에 담그면서 그 순간을 마음으로 깊이 음미했다. '사랑'과의 만남은 '기쁨'에게 앞에 놓인 임무가 얼마나 중요한지를 다시 한 번 깨닫게 해주었다. 그는 '사랑'과 자기 자신이 같은 편이라는 것을 다시 한 번 마음에 되새기며 행복해졌다.

'기쁨'은 '사랑'에게 그녀를 정말 마음 깊이 인정하며 감사한다고 말했다.

'기쁨'이 '희망'을 만남

만약 희망이 영원히 샘솟지 않는다면
다른 것이 희망의 자리를 대신해서 영원히 샘솟을 것이다.
– 산드라 스틴(Sandra Steen)

❉ ❉ ❉

'기쁨'은 '사랑'과의 만남 후에 감동에 젖은 상태로 '긍정의 길'을 따라 걷다가 '희망'에게 들러보기로 마음먹었다. '기쁨'은 속으로 생각했다. '희망을 뭐라고 설명해야 하지? 그녀가 하는 일이 너무 광범위해서 말이야! 그녀는 '사랑'과 힘을 합쳐 일하기 때문에 '희망'과 '사랑'을 따로 떼어서 생각하기가 힘들어.'

'기쁨'은 '희망'이 항상 집에 있다는 사실을 알고 있었지만, 그래도 한 번 확인해보는 것이 좋을 것 같아 그녀의 집을 두드려보았다. 그때 마침 '희망'이 밝은 색깔의 옷을 입고 얼굴에 환한 미소를 지으며 나왔다. '기쁨'은 그녀에게 자기가 이 동네에 살고 있으며 현재 자기가 진행하고 있는 일에 대해 말해주고 싶어서 잠깐 들렀다고 말했다.

'희망'은 어리둥절해 하면서 "들어와서 앉으세요. 어떤 새로운 모험을 하고 있는데요?"라고 '기쁨'에게 물었다. '희망'은 '기쁨'의 방문을 받고 약간 걱정하는 표정이었다. 왜냐하면 그녀는 '기쁨'이 기쁨의 고객들을 섬기는 것만으로도 굉장히 할 일이 많을 것이라는 것을 잘 알고 있었기 때문이었다.

'나는 고객의 수를 늘리기로 결심했고, 기쁨탈취자들을 쫓아내고 그 자리를 대신할 수 있는 새로운 파트너들을 찾고 있어요. 이건 아주 중요한 일이랍니다, 희망 씨. 그리고 나는 이 세상에서 기쁨이 강도가 더 커질 수 있도록 온 힘을 쏟고 있어요." '기쁨'은 대답했다.

'희망'은 미소를 지으며 말했다. "우리의 파트너관계는 확고해요. 나의 고객들은 항상 당신을 환영하죠. 나는 당신이 하고 있는 일에 감사해요. 당신을 돕기 위해서라면 무슨 일이든지 하겠어요."

"감사합니다!" '기쁨'은 '희망'에게 말했다. "내가 내 고객들에게 어디서 당신을 찾을 수 있다고 말하면 될까요? 당신의 일은 너무 중요해서 모든 이들이 어디에서 당신을 찾을 수 있는지를 알아야 할 것 같아요."

'희망'은 '기쁨'이 무슨 말을 하는지 정확하게 이해하면서 고개를 끄덕였다. "나는 내 고객들의 마음 안에서 언제든지 찾을 수 있어요. 그들은 그저 내가 존재한다는 것을 믿기만 하면 돼요. 내 고객들이 그것을 믿는다면 그들은 인내심을 가지고 나를 기다릴 거예요. 그러나 단지 한 가지 알아둬야 할 것은 사람들은 이미 자기에게 있는 것을 희망하고 바랄 필요는 없다는 거예요. 그리고 또 한 가지, 당신의 고객들을 나에게 인도하려고 할 때 알아둬야 할 것은 그들이 내가 있을 것이라고 기대하는 그곳에 내가 항상 있을 거라는 거죠."

'기쁨'은 '희망'의 간단명료한 설명에 인상을 받았다. "아, 희망 씨, 나는 당신이 '나는 생각한다. 고로 나는 존재한다'라는 철학적인 말의 살아있는 화신이라는 것을 오늘 처음 알았어요! 전에도 당신은 당신의 하는 일이 무엇인지 나에게 몇 번 설명해 주었지만, 이번에야 말로 그것을 정말 깊이 이해하게 되었어요. 만약 당신의 고객들이 당신을 찾기 위해 마음의 힘을 사용한다면, 단지 당신이 여기 또는 저기에 있을지도 모른다고 생각하는 것만으로도 거기서 당신을 찾을 수 있을 거라는 거군요! 언제든지 어디든지 당신과 닿을 수가 있는 거죠!"

"바로 그거예요." 희망이 대답했다. "나는 누구나 또 모든 이들이 닿을 수 있는 곳에 있답니다. 그러니까 고객들은 그냥 '나는 …를 바라요'라고 말하기만 하면 되죠."

"그렇다면 내 고객들에게 그 말을 하는 것부터 가르쳐야겠군요. 내 고객들 중에 많은 이들이 엉뚱한 곳에서 당신을 찾고 있거든요." '기쁨'이 말했다.

'기쁨'은 '희망'이 시간을 내어 깊이 있는 말을 해준 것에 대해 감사했다. 그리고 '희망'을 바라고 있는 고객들에게 되도록 빨리 '나는 …를 바라요'라는 말을 사용하도록 해줘야겠다는 희망에 부풀어 그 자리를 떠났다.

27장

'기쁨' 이 '믿음' 을 만남

하나님과 관련된 일은 항상 끝이 선하다.
만약 끝이 선하지 않다면 그 일은 아직 끝나지 않은 것이다.
– 산드라 스틴(Sandra Steen)

✵ ✵ ✵

해가 벌써 뉘엿뉘엿 지려고 했지만 '기쁨' 은 기분이 좋아 그날의 여정을
마무리하기가 싫을 정도였다. ' '사랑' 그리고 '희망' 과 대화를 하지 않았더
라면 '믿음' 을 만날 생각조차 하지 못했을 거야' 라고 '기쁨' 은 속으로 중얼
거렸다. '기쁨' 은 '믿음' 이 항상 새로운 프로젝트 때문에 바쁘다는 것을 알
고 있었기 때문에 먼저 '믿음' 에게 전화부터 했다. 그는 '믿음' 에게 지금 그
쪽으로 가고 있는 중인데, 잠깐 들러서 어떻게 둘이 힘을 합쳐 좀 더 많은 일
을 해볼 수 있을지 얘기해보고 싶다고 했다. '믿음' 은 비록 바쁘기는 하지만
'기쁨' 을 꼭 만나보고 싶다고 말했다. 그들은 벌써 몇 년째 함께 힘을 합쳐

일을 하고 있었기 때문에 더욱 그랬다.

'기쁨'은 '믿음'의 집에 도착했다. 그녀의 책상은 고객들을 위한 서비스 계획과 프로젝트를 위한 청사진, 제안서, 입찰서류, 기타 서류들로 뒤덮여 있었다. '믿음'은 그 서류들을 낱낱이 검토한 후 고객들의 꿈 작성지를 활짝 펼쳐서 '기쁨'에게 보여주었다.

"나는 내 고객들의 희망과 꿈에 대한 기록을 잘 보관하고 있어요. 그렇게 해서 그들이 계속 희망을 품을 수 있도록 근거를 충분히 공급해준답니다. 물론 내가 그들에게 명확한 증거를 보여주면서 어떤 일이 곧 일어날 거라고 말할 수 있는 것은 아니에요. 그러나 나는 그들이 그 꿈을 이루기 위해 고군분투할 수 있도록 엄청난 에너지를 공급해준답니다."

"당신의 고객들에게 어떻게 믿음이 생기나요?" '기쁨'이 물었다.

"하나님의 말씀을 들을 때 그들에게 믿음이 생긴답니다." 그녀는 웃으면서 대답했다.

'기쁨'은 그 말에 마음이 끌렸다. '기쁨'이 사방을 둘러보았을 때 '믿음'의 고객들이 어떤 상황에서도, 아직 일어나지도 않은 일에 대해서조차도 믿음을 잃지 않는 명확한 증거를 볼 수 있었다.

"나는 정말 궁금해요." '기쁨'이 '믿음'에게 물었다. "만약 당신 고객들의 기도제목들이 그대로 이루어지지 않는다면 그들은 어떻게 하나요?"

"그런 일은 일어나지 않습니다."

"아, 정말 왜 그러세요. 믿음 씨!" 기쁨이 호들갑을 떨면서 말했다.

"잠깐만요! 설마 당신은 당신의 고객들이 믿기만 하면 모든 크고 작은 일들이 전부 그 믿음대로 다 이루어진다고 말하려는 것은 아니겠지요!"

"믿음이 적은 자여!" '믿음'이 마치 '기쁨'을 놀리듯이 말했다.

"사실, 내 고객들은 그들의 믿음의 분량만큼 모든 것들을 다 얻을 수 있습니다. 기쁨 씨, 메모장을 꺼내서 빨리 내가 말하는 것을 전부 받아 적는 것이 좋을 거예요."

"물론이죠, 물론이죠. 감사합니다."

"좀 이해하기 쉽게 설명해볼게요. 만약 당신이 대출금을 신청하려고 대출신청서를 작성한다면, 그 신청서에 있는 빈칸들에 필요한 내용을 적어 넣어야 할 거예요. 이때 그 신청서가 당신의 믿음고백서라고 생각하면 됩니다. 만약 신청서를 제대로 작성하지 않아서 대출이 거부된다면, 그것은 당신이 자격미달이라서가 아니라 믿음진술서를 제대로 작성하지 않았기 때문이지요. 이유야 어찌되었건 결국 당신은 대출에 필요한 자격을 갖추지 못한 것이 돼버린 거죠. 물론 이런 경우에 당신은 당신의 자격요건으로 받을 수 있는 대출금액이 얼마나 되는지 또 당신의 소득, 신용도를 잘 알아 본 후 다시 서류를 준비해서 대출승인을 받기 위한 절차를 밟겠지요."

그때 '기쁨' 이 웃으면서 말했다. "당신이 무슨 말을 하려는지 알겠네요. 때때로 당신의 고객들이 내용을 제대로 기입하지 않고 대출신청서를 제출해서 서류를 다시 작성해야 할 경우가 있다는 것이지요. 완전한 믿음진술서를 말이죠."

'믿음' 은 고개를 끄덕이며 말했다. "고객들이 꼭 갖추어야 할 조건이 있어요. 내 고객들은 나를 온전히 소유하지 않는다면, 다시 말하면 온전한 믿음이 없이는 하나님을 기쁘시게 할 수 없답니다. 그러니까 하루일과를 마칠 때 가장 중요한 것은 소원하는 바가 이루어졌느냐가 아니라 온전한 '믿음' 을 갖게 되었는가 하는 것이죠."

'기쁨' 은 '믿음' 이 그녀의 고객들에게 아주 구체적인 것과 아주 추상적인 것 두 가지 서로 다른 것들을 동시에 제공하는 이중역할을 한다는 것에 매우 놀라면서도 당혹스러웠다. '어떻게 그렇게 할 수가 있지? 믿음이 하는 일에 비하면 내가 하는 일은 훨씬 쉬운 일이군' 라고 그는 속으로 생각했다.

"믿음 씨, 당신은 어떻게 고객을 확보하나요?" '기쁨'이 침착한 태도로 펜과 메모장을 들고 물었다.

'나는 눈에 보이는 것만 믿지 않고 그 이상의 것을 믿고 싶어 하는 사람들 가운데서 고객을 얻어요. 예를 들면, 암에 걸린 사람들과 같은 경우죠. 그들은 암세포가 자기 몸 안에서 자라고 번식하는 것을 눈으로 볼 수는 없지만, 암세포가 자기 몸을 파괴하고 있다는 것을 알죠. 그러나 어떤 경우에는 믿음이 아주 강해서 그 믿음을 바탕으로 의학적 치료와 함께 기도를 병행해서 병에 차도를 보게 됩니다. 물론 그들은 암세포가 사라지는 것을 눈으로 볼 수는 없지만, 암세포가 사라지고 있다는 것을 알 수 있습니다. 그것이 바로 역사하는 믿음입니다. 그것은 주님을 믿고, 의사의 실력을 믿고 또 자기 스스로를 믿는 믿음인 것이지요."

'기쁨'은 미소를 지으며 "알겠어요"라고 말했다. '기쁨'은 자기도 모르게 더 이상 당혹스러워지지 않았다. 그는 메모장에 글을 좀 더 적었다.

"기쁨 씨, 당신은 고객들이 행위가 없는 믿음을 소유하고 있는 것은 아닌지 돌아봐줘야 할 것입니다." '믿음'이 말을 이었다. "이제 나는 그만 가봐야 해요. 나는 내 고객들이 믿음대로 행할 때만 힘을 발휘할 수가 있어요. 그게 바로 그들의 믿음이 완성되는 길이지요."

'기쁨'은 갑자기 모든 것이 명확하게 깨달아지는 것에 놀라며 급히 펜과 메모장을 들고 다가와 말했다. "믿음 씨, 이 만남은 정말 환상적이에요. 이제 우리의 고객들의 수는 계속 대폭 증가할 거예요."

'믿음'이 웃음을 띠고 기뻐했다. "기쁨 씨, 나는 당신이 항상 믿음 위에 굳게 설 것이라고 생각해요."

28장

'기쁨'이 '비전'을 만남

행동이 없는 비전은 백일몽에 불과하며 비전이 없는 행동은 악몽에 불과하다.
– 무명인

✣ ✣ ✣

'기쁨'은 이제 발걸음을 재촉해야 했다. 왜냐하면 '비전'과의 만남에 늦고 싶지 않아서였다. 둘은 고층빌딩의 23층에 위치한 회의실에서 만나기로 약속하였는데, '비전'이 같은 층에 머물고 있었기 때문이었다. '비전'은 항상 맵시 있는 옷차림에 또박또박한 말투로 자기에게 질문을 던지는 모든 사람들에게 미래에 대해 말해줄 준비를 갖추고 있었다. '기쁨'은 이 만남을 오랫동안 기대해왔다. 그는 '비전'과 얘기를 나누면 배우는 것이 항상 많았기 때문이었다.

'비전'은 회의실로 들어가 '기쁨'과 악수를 나누며 "미래로 오신 것을 환영합니다!"라고 정중하게 인사했다.

"시간을 내주셔서 감사합니다. 내가 왜 당신을 만나는지 말해드릴게요.

나는 내 조직을 위해 새로운 비전을 세우고 있는 중입니다. 이 비전을 이루기 위한 과정의 일부는 기쁨건설자들과 파트너관계를 더욱 돈독히 해서 더 많은 고객들을 확보하는 것입니다. 그 뿐만 아니라 기쁨탈취자들이 고객들의 삶을 계속 파괴하지 못하도록 하기 위해 내 고객들의 최근 동태도 알아보려고 합니다." '기쁨'이 말했다. '비전'은 '기쁨'의 전략에 깊은 인상을 받은 듯이 고개를 끄덕였다.

"기쁨 씨, 나와 함께 발코니로 나가죠. 거기에 내가 별을 보기 위해 망원경을 설치해놨거든요. 오늘은 정말 청명하고 아름다운 밤이어서 별들을 또렷하게 관찰할 수 있을 거예요. 금성이나 화성을 관찰할 수 있을지도 몰라요. 게다가 이 도시의 휘황찬란한 야경도 즐길 수 있을 거예요."

"음, 그렇군요. 당신은 이곳에서 밤하늘의 별과 항성들을 보고 또 몇 광년 떨어진 저 먼 곳을 바라보면서 미래를 읽는 거죠? 그렇죠?"

"음, 그건 사실 과거죠. 빛이 지구에 도착해서 망원경 렌즈에 포착되어 우리 눈으로 볼 수 있기까지는 수천 년이 걸리니까요. 그렇지만 하나님의 창조 세계를 탐구하기 위해 언젠가 그 항성들과 별들에 가본다는 것을 생각한다면 그것은 미래가 맞네요."

그들은 발코니로 나갔고 '비전'은 망원경 렌즈의 초점을 맞추었다.

"당신이 목표하는 일을 이루도록 내가 어떻게 도와줄 수 있을까요?" '비전'이 물었다.

"당신이 당신의 고객들에게 비전을 주는 순간 나도 당신의 고객들에게 기쁨을 줌으로써 함께 일할 수 있는 방법이 있는지 알고 싶어요."

"자, 이 망원경을 잡고 달을 관찰해보세요. 오늘은 정말 환상적인 밤이에요. 마치 벨벳 위에 별들이 수놓아져 있는 것 같네요. 내가 이 망원경을 통해 별과 달을 보는 방식과 동일한 방식으로 나는 고객들에게 과거에서 나오는 빛을 통해 다가올 미래를 볼 수 있는 시야를 제공해주죠."

그리고는 '비전'은 계속 말을 이었다. "사실 기쁨 씨, 당신과 나는 파트너로 일하기가 쉬운 편이죠. 왜냐하면 내가 없다면 내 고객은 내면적으로는 이미 죽은 것이나 다름이 없으니까요. 나는 그들에게 성공 가능한 미래를 볼 수 있는 시야를 제공해줍니다. 그리고 '믿음'과 '희망'은 나와 긴밀히 협조해서 계속 모터가 돌아가도록 해주죠. 당신이 하는 일은 그들이 앞으로 다가올 좋은 일들을 기대하며 기쁨에 가득 차도록 해주는 것이지요."

"당신도 알다시피 나는 내 고객들에게 계획을 세우고 그 계획을 진행시키도록 돕고 있습니다. 반면에 기쁨 씨, 당신은 그들의 감정적인 면이 잘 진행되도록 돕고 있지요. 그건 정말 아름다운 파트너관계이지요. 나는 우리의 파트너관계가 아주 효과적으로 잘 이루어질 것이라고 믿고 있습니다."

'비전'은 망원경의 몸체를 잡았다. "망원경으로 뭐가 보이십니까? 별과 달이 잘 보이나요? 당신의 미래가 보이는 것 같나요?"

"정말 멋진 광경을 봤어요. 비전 씨, 고마워요." '기쁨'이 망원경을 돌려주며 말했다. "과거로부터 오는 빛을 통해 미래를 본다는 당신의 말을 이제는 잘 이해할 수 있을 것 같아요. 과거의 빛이란 당신의 고객들이 과거의 실수나 성공을 통해 배웠던 교훈들을 말하는 것이죠."

"바로 그것입니다."

"그렇다면 당신의 고객들은 어떻게 당신을 붙들고 새로운 일을 시작을 할 수가 있나요?" '기쁨'이 알고 싶다는 듯 물었다.

'내 고객이 '희망'과 '믿음'을 만나보기 전까지는 나는 그들 안에 생겨날 수가 없답니다. 그들은 일단 '희망'과 '믿음'을 만난 후에 나, '비전'을 비전선언서 형식으로 써보는 것이 필요하죠. 그렇게 하다보면 그 사람에게는 내가 아주 또렷해진답니다. 비전선언서를 쓸 때는 내가 다른 사람들의 삶에 어떤 영향을 줄지에 대해 서술하는 식으로 써야 하죠. 일단 비전선언서가 완성되면 나를 읽는 사람들은 전부 일정에 맞게 나를 단계적으로 이루어나가야 한답니다."

그는 망원경의 뚜껑을 닫았고 둘은 다시 회의실로 들어왔다.

"비전 씨, 그것은 아주 무난한 과정이 될 것 같네요. 이제 내가 당신의 고객들에게 어떻게 좀 더 많은 기쁨을 가져다 줄 수 있는지 알 수 있을 것 같아요. 빨리 일을 시작하고 싶어서 견딜 수가 없네요. 최대한 빨리 나의 비전선언서를 작성해서 당신에게 보여줄게요. 오늘 인터뷰는 제게 정말 좋은 정보를 제공해 주었어요. 그리고 밤하늘의 멋진 쇼를 인해 감사드려요. 나의 비전은 이제 분명해졌어요." '기쁨'이 말했다.

"나도 당신이 계획한대로 꾸준히 시간과 노력을 쏟아 탁월한 결과를 얻는 것을 보고 싶네요. 당신의 미래가 밝은 빛으로 가득한 것이 보이네요." '비전'이 대답했다.

29장

'기쁨'이 '인내'를 만남

약속은 인내를 필요로 하며 인내는 약속을 필요로 한다.
– 산드라 스틴(Sandra Steen)

❀ ❀ ❀

'희망', '믿음', '비전'과의 인터뷰를 마치고나니 '기쁨'은 그들과 친구
사이인 '인내'에 대해 조금 더 알게 되었고, 또 그가 그들에게 얼마나 중요한
지도 알게 되었다. '기쁨'은 '인내'가 살고 있는 영원가 1777번지에 도착했
다. 그런데 그 집을 찾기까지 마치 영원이라는 시간이 걸리는 것 같았다. 영
원가라는 그 도로는 굽이굽이 돌아가는 도로여서 시간이 더 많이 걸렸다.
'기쁨'은 그 도로에서 신호등에 세 번이나 걸렸고 빨간 신호등이 한 번 켜지
면 최소한 5분 동안 지체해야 했으며 초록불은 5초 이상 켜있지 않았다. 게
다가 그 도로에는 어린이보호용 건널목이 있어서 속도제한까지 있었다. 어
린이들이 건널목을 지나갈 때까지 기다려주는 것은 '기쁨'에게는 그리 힘든
일은 아니었다. 학교를 마치고 집으로 돌아가는 아이들이 건널목을 지나갈

때 아이들이 맨 색색가지 책가방들이 약간씩 흔들렸다. 그 모습이 하나같이 너무 귀엽고 행복해 보였다.

마지막 아이까지 다 지나가고 난 후에 '기쁨'은 다시 차를 달렸다. 그런데 이번에는 오리보호를 위한 속도제한에 걸렸다. 게다가 그는 여전히 그 도로를 벗어나지 못하고 있었다. '기쁨'은 어미오리가 새끼 오리들 옆에서 새끼들을 보호하면서 뒤뚱뒤뚱 길을 지나갈 때까지 다리에 힘을 주고 자동차 브레이크를 밟느라 다리가 부들부들 떨렸다. 게다가 자기도 모르는 사이에 어금니까지 꽉 깨물기 시작했다.

드디어 '기쁨'이 '인내'의 집을 찾았다. 그런데 이번에는 그 문이 열리기까지 오랜 시간이 걸리는 것 같았다. '기쁨'의 마음에는 혹시 '인내'가 나의 인내심을 테스트하고 있는 것은 아닌가 하는 생각이 들 정도였다.

'그 도로에서 일이 꼬인 것처럼 이 만남도 꼬이는 건 아니겠지'라고 '기쁨'은 속으로 생각했다. 그는 '인내'와 악수를 하면서 "나는 기쁨탈취자들을 제거하려는 계획을 세우고 있어요. 그래서 당신이 나와 함께 손잡고 일할 수 있는 좋은 방법이 있는지 물어보려고 왔어요. 나는 당신과 내가 환상적인 파트너가 되어 이 프로젝트를 함께 진행할 수 있으면 좋겠어요"라고 말했다.

"음… 음…" '인내'는 고개를 천천히 끄덕이며 대답했다. 그는 잠깐 침묵한 후 말했다. "기쁨 씨, 사실 당신이 나와 내가 하는 일에 대해서 알려면 한 번만 만나서는 좀 어려워요. 내가 고객들을 위해 어떤 일을 하는지 제대로 알려면 시간을 충분히 갖고 몇 차례 만나야 할 거라고 생각해요. 당신이 똑똑하지 못해서가 아니라 내가 하는 일은 생각보다 훨씬 복잡하답니다."

'기쁨'은 앞으로 일정이 너무 빡빡했기 때문에 '인내'의 말을 듣고 조금 실망했지만, 일정을 서둘러야 했기에 인내의 말을 인정한다는 듯 재빨리 고개를 끄덕였다. 그러나 '기쁨'은 '인내'가 요구하는 만큼 시간을 낼 수 있을지 알 수 없었다.

'인내'가 미소를 지으며 말했다. "오늘 당신은 정말 운이 좋아요. 기쁨씨! 내 형제자매들이 '연간 자수 놓기 가족대회'에 참여하기 위해 전부 이곳에 와 있거든요. 우리는 세상에서 가장 큰 테이블보에 자수를 놓고 있답니다. 우리는 플레이티드 스티치, 이탈리안 헴스티치, 스템스티치 등 다양한 자수 기술을 사용한답니다. 그걸 지켜보면 아주 재미있을 거예요. 그렇게 생각되지 않으세요? 그리고 그렇게 하는 동안 당신은 인내심을 훈련할 수 있을 거예요!"

'인내'의 제안에 '기쁨'은 "음, 사실 나에게는 오늘 만나봐야 할 인터뷰 대상자들이 몇 명 더 있어요, 인내 씨!"라고 내키지 않는다는 듯한 반응을 보이며 "어쩌면 자수대회가 끝나고 난 뒤 다시 당신을 찾아올 수 있을지도 모르겠네요"라고 말했다.

"말도 안 돼요. 그 말은 듣지 않은 걸로 하죠! 당신은 꼭 와서 우리가 수놓는 것을 지켜봐야 해요! 사실 당신은 그냥 지켜보기만 하지는 않을 거예요. 우리는 당신을 그 대회에 참가할 수 있도록 해줄 거예요! 여기 당신이 사용할 바늘과 실이 있어요. 당신은 내 여동생 앤드라 옆에 앉아서 테이블보를 수놓는 것을 마칠 때까지 그녀를 도와주세요." 흐뭇한 표정을 짓고 있는 여동생 바로 옆자리 의자를 기쁨의 자리라는 듯이 '인내'가 그 의자를 툭툭 쳤다.

'기쁨'은 자수를 놓으면서 인내를 배우는 것에 순순히 응하면서 자기에게 상냥한 미소를 짓고 있는 앤드라 옆에 자리를 잡았다.

"플레이티드 스티치를 놓는 방법을 설명해드릴게요." '인내'가 '기쁨'이 곤란한 표정 짓는 것을 모르는 척하며 말을 이었다. "먼저 우리는 다 같이 자수틀을 가로지르는 수직 방향으로 자수를 놓을 거예요. 그 다음에는 오른쪽에서 왼쪽으로 수를 놓죠. 바늘을 위에서 아래로 아래에서 위로 서너 번 왔다 갔다 하면서 크기를 동일하게 하면 돼요. '제 때에 바느질 한 땀을 해주면 나중에 아홉 땀 바느질을 덜게 된다'는 말도 있잖아요? 기쁨 씨, 이제부터는 이탈리안 헴스티치를 수놓을 거예요. 그건 기법이 좀 달라요."

"인내 씨, 테이블보에 수를 놓는 동안 당신이 어떤 일을 맡고 있는지 말해주면 어떨까요?" 초조한 마음에 '기쁨'이 의도적으로 그의 말을 자르며 끼어들었다.

'기쁨'의 염려를 알아차리지 못하는 듯 '인내'는 그렇게 하겠다고 승낙하고는 그가 맡고 있는 임무들에 대해 깊이 생각하며 한마디 한마디를 천천히 말했다.

"기쁨 씨, 나는 고객들이 인내와 성실을 가지고 꾸준해지도록 필요한 연료를 공급해 주고 있어요. 그렇게 해서 그들이 자기절제와 차분함을 유지하면서 일이 끝날 때까지 기다리도록 해준답니다. 당신도 알다시피 만약 내 고객들이 나를 기다리지를 못하고 앞서간다면, 그들은 대개 헛된 가짜 꿈들만 꾸게 된답니다. 그러나 만약 고객들이 좀 더 인내하면서 나와 함께 일해나간다면, 그들은 정말 참된 것, 그들의 진정한 꿈을 발견하게 되지요. 그러나 문제를 주의 깊게 잘 관찰하면서 때를 기다려야 할 때 고객들이 그렇게 하지 못하고 나를 무시한 채 서둘러 지나가버리면 그들은 바라는 결과를 얻으려고 나, 인내가 아닌 다른 이의 조종을 받게 되죠. 그리고 그 결과는 대개 그들이 처음에 바랐던 그런 결과가 아니라는 것이 드러나게 된답니다. 아마 당신도 '참고 기다리면 좋은 일이 생긴다' 라는 말을 들어 본 적이 있을 거예요."

"물론이죠." '기쁨' 이 얼른 대답했다. '기쁨' 은 '기다린다' 는 말만 자꾸 되풀이하는 '인내' 의 말을 들으며 인터뷰를 제대로 하지도 못했는데, 시간만 흐른다는 생각에 마음이 초조해짐을 느끼면서 인내심이 부족한 자신을 나무랐다. "정말 궁금한 것이 있는데요. 답해주시겠어요? 당신의 고객들은 어디서 당신을 찾아낼 수 있나요?"

"그들은 그들이 믿고 있는 '비전' 과 '희망' 안에서 나를 찾을 수 있습니다"라고 '인내' 가 수를 놓으면서 차분하게 말했다. "만약 어떤 좋은 일이 일어날 것이라고 기대하지만 아직 그 일이 일어나지 않았다면, 당신은 그 일이 조만간에 일어날 것이라고 믿으면서 그때를 기다리겠지요."

"아!" '기쁨' 이 갑자기 소리쳤다. "바늘에 찔렸어요. 너무 아파요!"

"참으세요. 조금만 참으세요, 기쁨 씨. 앤드라가 밴드를 가지고 올 거예요. 좀 더 빨리 바느질을 할 수 있게 될 거라고 스스로를 격려하면서 자수기술을 익힐 때까지 좀 천천히 수를 놓도록 하세요." '인내' 가 말했다.

"좋은 교훈이군요, 감사합니다." '기쁨' 이 말했다. "당신은 당신의 고객들의 꿈과 비전에 대해 말했었는데요. 그것이 인내와 무슨 상관이 있나요? 좀 더 자세하게 얘기해 주세요. 인내 씨, 그것에 대해 좀 더 들어봐야겠어요."

'인내' 는 동작을 잠시 멈추더니 다시 수를 놓고 또 수를 놓고 또 수를 놓고 또 놓았다. '기쁨' 은 바늘을 위로 향한 채 동작을 멈추고 '인내' 의 말이 시작되기를 기다리고 있었다.

"자, 이제 설명할게요." '인내' 가 수를 놓으면서 말했다. "내 고객들은 그냥 가만히 서 있거나, 앉아 있거나 또는 아무것도 하지 않는 채로 비전을 기다리지는 않아요. 기다림은 행동입니다. 그것은 마치 웨이터가 손님이 무엇을 주문할 것인지를 결정하면 바로 주문을 받을 준비를 하고 기다리는 것과 같은 그런 기다림이죠"라고 말하면서 그는 자수를 마무리 했다.

'드디어! 내게 필요한 정보를 얻었구나'라고 '기쁨'이 생각했다. "테이블보도 다 마무리 된 것 같네. 하나님 감사합니다."

'인내'가 말을 이었다. "그러니까 기다림은 섬김의 행위이지요. 그리고 바로 거기서 내 고객들은 인내를 찾을 수 있을 것입니다. 나는 내 고객들에게 다른 사람들을 섬기는데서 인내를 찾으라고 하지요."

"있잖아요. 인내 씨, 당신은 나에게 정말 좋은 것을 말해줬어요. 당신에게 더 많은 고객들을 확보해 주려면 정말 홍보를 많이 해야 할 것 같아요. 내 고객들 중에 많은 사람이 자기들은 인내하기가 어렵다고 하거든요. 게다가 그들은 인내심을 주시도록 기도하려고도 하지 않아요. 왜 그런지 설명 좀 해주시겠어요?"

늘 하듯이 '인내'는 잠시 뜸을 들이고, 또 자수를 몇 번 더 놓았다.

"당신의 고객들이 인내심을 주시도록 기도하지 않는 이유는 그렇게 기도하면 '어려움'이 오기 때문이죠. 나는 당신이 '어려움'을 만났다는 것을 알고 있습니다. 그리고 평소에 나, '인내'를 훈련하지 않는 사람들에게 '어려움'이 얼마나 큰 스트레스와 짜증이 되는지 당신은 아마 알고 있을 것입니다."

"좋은 결과를 얻기 위해서는 서두르거나 재촉하지 않고 조용히 기다리는 것이 최고이지요. 솔직히 말해서 만약 정말 하나님을 믿는다면 염려할 필요가 없지요. 만약 비전과 목표가 이루어질 것이라고 마음으로 믿으면서 두려움과 스트레스 없이 일을 해낸다면 얼마든지 인내할 수 있답니다."

'인내' 는 말을 멈추었다. 그리고 '기쁨' 은 모든 것이 명확하게 깨달아졌다. '기쁨' 은 자기가 '인내' 의 말에 귀를 기울이면서 편안한 마음으로 기다렸을 때 바라던 것을 얻었고 원하던 정보를 얻었다는 것을 깨닫고는 전율을 느꼈다.

"인내 씨, 다음에 또 다시 당신을 만날 때까지 기다리려면 인내인 당신의 도움이 필요할 것 같아요. 그래도 이제 나는 인내심을 가지고 기다릴 때 결국 선한 결과를 얻을 수 있다는 것을 깨달았어요. 사실 나는 오늘 당신이 내게 준 정보 때문에 내 프로젝트의 '인내' 부분을 시작할 수 있게 되었어요."

'인내' 는 서두르지 않고 천천히 말했다. "나는 내 고객들에게 인생의 경주에서 승리는 강한 자나 서두르는 자에게만 오는 것이 아니라 끝까지 인내하는 자에게 온다는 것을 기억하라고 말해준답니다. 기쁨 씨, 인내함으로 오늘 당신이 좋은 결과를 얻게 된 것을 진심으로 축하드립니다. 그렇기 때문에 당신은 나와 몇 차례 더 만날 필요가 없어졌어요. 음… 그래도 어쩌면 한 번쯤은 더 만나면 좋을 것 같네요." 그가 '기쁨' 에게 미소를 지었다.

"그것 좋군요! 내게는 수행해야 할 임무들이 많이 남았거든요. 이보다 더 좋은 보상이 없는 것 같아요. 감사합니다. 인내 씨! 당신의 고객들을 대상으로 일할 것을 생각하니까 가슴이 벅찹니다."

'기쁨' 이 문을 향해 나가고 있을 때 '인내' 가 말했다. "기쁨 씨, 믿기 어렵겠지만 우리가 함께 있는 동안 테이블보 자수가 다 완성되었어요. 우리 가족들은 당신이 잘 인내한 것에 대한 상으로 이걸 당신에게 선물하기로 했어요."

앤드라와 그녀의 형제자매들이 자수가 보이도록 테이블보를 예쁘게 접어서 '기쁨' 에게 건네주었다.

테이블보에는 "인내한다는 것은 얼마나 즐거운 일인가"라는 글이 색색가지 실로 멋지게 수놓아져 있었고, 그 주변에는 섬세한 솜씨로 꽃들이 수놓아져 있었다.

'기쁨'의 얼굴이 환하게 빛났다. "아, 정말 너무나 아름다워요! 내가 지금까지 한 번도 해보지 못한 놀랍고 멋진 경험이었어요. 인내 씨, 나에게 길을 보여주셔서 감사합니다!" '기쁨'은 가슴이 벅차올랐다.

'기쁨'이 '감사'를 만남

인정받고 싶은 갈망은 인간의 마음 깊이 내재한 본성이다.
－ 윌리엄 제임스(William James)

❀ ❀ ❀

'기쁨'은 '감사'와 만나기로 약속했던 것을 거의 잊어버릴 뻔했다. 왜냐하면 일반적으로 사람들이 그녀의 존재를 당연하게 생각하는 경향이 있기 때문이었다. 그녀는 겸손하고 얌전해서 많은 이들이 그녀의 힘을 쉽게 잊어버리는 경향이 있었다. 그러나 사실 그녀는 아주 강력하다. 그 이유는 그녀가 삶의 긍정적인 것들을 인식하도록 고객들을 붙들어주는 역할을 하기 때문이었다. 그녀의 고객들은 "감사하는 마음"을 가지고 있다. 그들은 주변 사람들에게 긍정의 영향력을 발산한다. '기쁨'은 자기가 '감사'를 당연하게 생각하지 않아서 기뻤다. 왜냐하면 '감사'의 고객들 중에는 자기가 중요하게 생각하는 고객들이 많기 때문이었다.

'감사'는 '기쁨'을 만나자마자 '기쁨'에게 시간을 내줘서 감사할 뿐만 아니라 '기쁨'이 하는 일로 인해 얼마나 감사한지 모른다고 말했다.

"나는 누군가가 적극적으로 나서서 기쁨탈취자들을 막기 위한 일을 시작했다는 것이 너무 기뻐요."

"감사합니다. 오늘은 정말 화창한 날이에요! 우리 공원에 나가 산책하면서 얘기를 나누면 어떨까요. 그렇게 하실래요?"

"좋죠! 나는 아름다운 야생화들을 보고, 나무그늘 아래를 지나가며 공원길을 걷는 것을 정말 좋아해요. 정말 멋있잖아요!"

"당신이 그렇게 야생소녀인줄 몰랐네요." '기쁨'이 '감사'를 놀리듯 말했다.

"나는 이 세상에 있는 모든 것들이 다 좋아요." 그녀는 햇빛처럼 눈부신 미소를 지었다.

둘은 가까운 공원의 시냇가를 따라 난 작은 오솔길을 찾았다. 그곳에는 시냇물이 바위 틈새를 흘러가는 소리만 들렸다. 다리 아래에는 덩굴나무들과 이름 모를 꽃들이 예쁘게 피어있었다.

"당신은 내가 하려고 하는 일이 뭔지 이미 알고 계신 것 같군요. 누가 당신에게 그것을 말해주었나요?" '기쁨'이 물었다.

"나는 '자존감' 그리고 '긍정적인 태도'와 거의 매일 만나서 얘기를 나누거든요. 그들에게서 들었어요. 나는 당신이 그렇게 하는 것에 대해 좋게 생각해요. 기쁨 씨!"

"물론 그러시겠죠." 감사하는 마음으로 '기쁨'이 말했다. "나는 모든 기쁨건설자들이 이 일에 동참해야 한다고 생각해요. 그러면 내가 당신이 어떻게 당신의 고객들을 도와주는지 그 기술과 절차들에 대해 좀 더 알고 싶어한다는 것을 이미 알고 계시겠네요. 나도 당신의 고객들에게 좀 더 많은 것을 해주고 싶거든요."

'감사'는 눈을 감고 잠시 생각하더니 설명을 하기 시작했다. "나는 인생의 모든 것들을 바라보는 시각과 관점을 대표한다고 볼 수 있죠." 그녀는 발걸음을 멈추더니 가까운 시냇가에 핀 부들 하나를 꺾었다. 그 부들은 꽃이 활짝 피어있었고, 푸른 잎사귀가 마치 바람에 춤을 추듯이 흔들렸다(부들과의 여러해살이풀. 키가 1m쯤이고, 잎은 가늘고 길며, 여름에 잎 사이에서 꽃줄기가 나와 이삭 모양의 노란꽃이 핀다. 어린 싹은 먹고, 꽃가루는 지혈제로 쓰며, 잎은 자리를 엮는 데 쓰고, 냇가나 늪 따위에 자란다. - 역주).

"나는 고객들에게 긍정적인 관점을 가지도록 해주죠." '감사'는 한 손으로는 부들 하나를 꺾어 들고, 다른 손으로는 주머니에 들어있는 돋보기를 꺼냈다. "그것은 마치 돋보기로 부들을 보는 것과 같아요. 당신은 부들이 완전하지 않은 꽃이라는 것 아세요?"

"아니요. 몰랐어요. 그런데 무슨 말을 하려고 그러세요?"

"나는 완전하지 못한 것도 긍정적으로 바라보는 시각을 창조해내죠. 부들이 자라 꽃이 밤색이 되면 사람들이 꺾어다가 장식용으로 사용하기는 하지만, 만약 이 부들이 '아름다운 식물세계대회'에 나간다면 결코 뽑히지 못할 거예요."

"아, 그렇군요! 그 식물이 바로 부들이었군요! 정말 몰랐어요. 나는 매년 겨울이면 큰 꽃병에 꽂혀 있는 그 긴 밤색의 식물을 늘 좋아했었죠. 그렇지만 당신의 말이 좀 이해가 가지 않는 부분이 있어요. 왜 부들이 완전하지 않다는 것이지요?"

"아! 왜냐하면 부들은 꽃받침과 꽃부리가 있지만, 수술과 암술이 없는 꽃이에요. 그에 비해 장미나 백합 같은 완전한 꽃들은 수술, 암술, 꽃받침, 꽃부리를 다 갖추고 있죠."

"그런데 그것이 '감사'와 무슨 상관이 있나요?" '기쁨'이 잘 이해가 안 갔다.

"사람들이 불완전한 것처럼 부들도 불완전하지만, 그래도 꽃도 피우고 또 나름대로 제 몫을 다한다는 단순한 사실 때문이죠. 부들은 겨울에 장식용으로 사용된다는 것 외에도 상처를 치료하는데 사용되기도 하고, 소파 속 재료로 사용되기도 하지요. 아마 당신도 부들에 대해 거기까지는 몰랐을 걸요!" '감사'가 생기 가득한 얼굴로 말했다.

'기쁨'이 웃으며 "예, 정말 몰랐어요. 그리고 눈에 띄지 않는 부들에 대해 새롭게 감사하게 되네요"라고 말했다.

"그거 듣던 중 반가운 말이네요. 당신이 이 특별할 것 없는 꽃에게 감사하도록 내가 성공적으로 당신을 도와주었으니까요. 이제 내 역할을 좀 더 폭넓게 설명해볼게요. 내 고객들은 이 세상의 모든 것은 마음먹기에 따라 그것을 바라보는 관점도 달라질 수 있다는 것을 안답니다. 때로는 삶도 그렇지요. 부들이 아무 내세울 것 없는 불완전한 꽃임에도 불구하고 우리에게 유익을 주기 때문에 감사하게 되는 것처럼 말이죠. 우리는 하나님께서 부들을 사용해서 우리의 집을 꾸밀 수 있도록 해주신 것에 감사하고, 상처 난 곳을 치료할 수 있게 해주신 것에 감사하고, 그리고 소파 속 재료로 사용할 수 있게 해주신 것에 감사하죠."

"아, 이제 알 것 같아요!" '감사'가 무엇을 말하려고 하는지 마침내 깨닫게 되어 정말 기쁘다는 듯이 '기쁨'이 말했다.

"그러니까 내가 상담해주는 고객들은 '감사하는 마음으로' 자기들의 인생을 바라보기 시작하죠. 그들은 자기들을 위해 크든 작든 뭔가를 베풀어준 사람들에게 감사하게 돼요. 그렇게 해서 그들은 다른 사람들에게 '친절과 자비를' 베풀기를 좋아하게 돼요."

"내 고객들은 사람들이 아직 향기를 맡을 수 있을 때에 꽃을 선물해야 한다고 생각하죠. 그런데 어떤 사람들은 죽어서 이미 관에 누워있을 때에야 찾아와서 고인에게 감사의 표시를 하죠. 도대체 나는 그 이유를 모르겠어요. 내 고객들은 감사할 수 있는 기회가 아주 놀라운 방법으로 매일 새롭게 찾아온다는 것을 알고 있어요."

'기쁨'은 고개를 끄덕이며 "정말 핵심을 잘 찔렀네요. 이제야 왜 당신의 고객들이 아무 문제없이 나를 경험할 수 있는지 분명하게 알겠어요"라고 말했다. '기쁨'은 길가에 핀 장미꽃 한 송이를 꺾어서 '감사'에게 건넸다. "당신에게 주는 거예요. 완전한 꽃 한 송이를 받으세요. 그리고 내가 언제든 당신을 도와줄 준비가 되어 있다는 것을 기억하세요."

'감사'는 미소를 지으면서 기쁨에 가득차서 꽃을 받았다.

"섬기는 종의 마음을 가지면 항상 기쁨이 가득해진다는 것을 나는 알죠. 사람들이 이런 놀라운 기쁨을 구하지 않는 것이 정말 이상해요." '기쁨'이 말했다.

그들은 공원을 구불구불 가로질러 흐르는 시냇물을 따라 나무숲을 계속 걸어갔다.

"있잖아요, 기쁨 씨! 조만간에 많은 사람이 나를 찾을 거예요." '감사'가 말했다. "내가 하는 일은 악몽 같은 나쁜 기억들이 떠오르는 상황에서도 '감사'라는 선물을 발견하도록 사람들을 돕는 일이예요."

"내가 당신 말을 제대로 이해하고 있는지 모르겠네요."

"음, 그렇다면 좋아요. 이렇게 설명해드리죠. 아마도 당신은 '우물이 다 말라야 물이 얼마나 필요한지를 안다'라는 말을 들어보았을 거예요."

"물론 들어봤죠! 내 고객들 중에는 그 말을 자주 사용하는 옛 시대 사람들도 있어요."

"어떤 물건이 자기에게 있거나 또는 어떤 사람이 자기 옆에 있다는 사실을 아주 당연하게 여기는 사람들이 있죠. 그런 사람들은 그 물건이나 사람이 자기 곁을 떠난 후에야 그것에 대해 감사하게 되는 경우가 많아요. 그것은 큰 비극이죠. 이제는 내가 왜 그렇게 고객들에게 나쁜 상황 속에서도 '감사' 라는 선물을 찾아보라고 하는지 이해가 가실 거예요."

"아, 이제 알겠어요." '기쁨' 이 말했다. "'감사' 라는 선물. 당신은 고객들이 그것을 찾아내도록 돕는 거군요. 정말 놀라워요! 당신이 더 많은 고객들을 확보했으면 좋겠어요. 당신이 하는 일은 인간의 마음에 정말 중요한 것 같아요. 나는 그것에 대해 너무 감사하고 있고요. 나는 나의 다른 파트너들에게 당신의 놀라운 선물에 대해 계속 얘기해줄 거예요. 왠지 나와 내 파트너들이 당신에게 많은 고객들을 연결해 주게 될 거라는 확신이 드네요."

"정말 고마워요." 그녀가 대답했다. "그러나 내 고객들이 감사의 선물을 발견하도록 돕는 또 다른 방법이 있어요. 그것은 아주 간단해요. 그렇지만 다른 누군가가 그들에게 제안하기 전까지는 아무도 미처 생각해볼 수 없었던 그런 것이지요. 그러니까 그것은 비밀 아닌 비밀인거죠."

"그거 정말 궁금하게 만드는데요." '기쁨' 이 대답했다. "음, 모르겠어요. 그 비밀이 도대체 뭔지 말해주세요."

'감사' 는 재미있다는 듯이 웃으면서 말했다. "만약 당신이 이전에 한 번도 그런 생각을 해본 적이 없다면, 내가 왜 아직까지 그런 생각을 하지 못했을까 하며 매우 안타까운 마음이 들 거예요. 사람들이 '소원목록' 을 만드는 것을 아시죠? '이것이 갖고 싶다. 저것이 갖고 싶다' 뭐 그런 거요."

"그럼요." '기쁨'이 말했다. "그것도 나쁘지는 않아요. 지니(알라딘의 마술램프의 마법사)에게 소원을 비는 것 같은 방식이 아니라면 소원목록이 삶의 동기를 유발시켜줄 수도 있죠. 또 적절하게 사용되기만 하면 열심히 땀 흘리며 노력하도록 목표를 제공해줄 수 있어요."

"음. 그렇다면 사람들에게 '감사목록'을 만들게 해보는 것에 대해서는 어떻게 생각해요? 사람들이 자기가 감사하는 것들을 목록으로 쭉 적어보는 거예요. '나는 부모님에게 감사한다. 나는 부모님이 나에게 베풀어준 모든 것에 감사한다. 나는 이렇게 아름다운 하루를 인해 감사한다. 나는 경제 교수님이 경제공부를 아주 흥미롭게 해주려고 애쓰는 것에 감사한다.' 뭐 그런 것 있잖아요!"

'기쁨'은 발걸음을 멈추었다. 손으로 자기 이마를 한 대 치면서 그는 "아, 내가 왜 그 생각을 하지 못했을까? 정말 고마워요! 그건 정말 놀라운 아이디어예요. 감사라는 선물을 찾아낼 수 있는 가장 빠른 방법이잖아요. 일단 감사제목을 찾고 나면 그다음에는 감사를 표하거나 감사의 글을 쓰거나 하게 되겠지요"라고 말했다.

"이제 이해하셨군요!" 그녀는 행복한 미소를 지었다.

둘은 그들을 둘러싼 자연의 아름다움에 감사하며, 그리고 산책 파트너가 되어 준 것에 대해 감사하며 '기쁨'의 집을 향해 말없이 발걸음을 돌렸다.

'감사'는 그곳을 떠날 차비를 하면서 살짝 미소를 지으며 '기쁨'에게 "잠깐만요"라고 말했다. 그녀는 발걸음을 멈추고 종이 한 장에 뭔가를 써 내려갔다. '기쁨'은 그녀가 자기의 생각을 다 쓸 때까지 기다렸다. "당신에게 주려고 특별한 것을 준비했어요." 그녀가 대답했다.

'기쁨' 은 들뜬 마음으로 '감사' 가 핸드백을 뒤지며 뭔가를 찾는 동안 인내심 있게 기다렸다. 마침내 그녀가 그것을 찾아냈다. 그녀는 활짝 미소를 띠며 약간의 도톰한 질감을 주는 레이스와 말리 바이올렛 꽃으로 아주 정교하게 만들어진 책갈피를 '기쁨' 에게 건넸다. 그녀는 그 책갈피와 함께 '기쁨' 의 이름이 겉봉에 쓰여 있는 봉투 하나를 건넸다. '기쁨' 은 신이 나서 그 봉투를 열어보았다. 그 안에는 감사카드가 들어있었다.

'기쁨' 씨에게

당신이 나에게 전해준 그 모든 기쁨과 즐거움을 인해 감사드립니다. 그 기쁨이 매일 당신에게 백배가 되어 돌아가기를 바랍니다.

'감사' 드림.

그녀의 사려 깊은 행동에 매우 기뻐하며 '기쁨' 은 '감사' 를 꼭 안아주었다. 감사한다는 것은 얼마나 좋은 일인가.

기쁨을 유지하는 길

♪ 사랑

사랑은 로맨틱한 감정을 주기도 하고, 상대방에게 집착하기도 하면서 상처까지 포용하기도 한다. 하나님은 예수님을 십자가에 죽이시면서까지 인류에 대한 사랑을 보여주셨다.

♪ 희망

희망이 있다면 인내심을 가지고 기다릴 수 있다. 그러나 이미 자기에게 있는 것을 희망하고 바랄 필요는 없다.

♣ 만약 희망이 영원히 샘솟지 않는다면 다른 것이 희망의 자리를 대신해서 영원히 샘솟을 것이다.

⑤ 믿음

믿음은 희망을 품을 수 있게 하고, 꿈을 이루기 위해 고군분투 할 수 있는 에너지를 공급해준다. 그리고 믿음의 분량만큼 모든 것을 얻을 수 있고, 믿음이 없이는 하나님을 기쁘시게 할 수도 없다.

⑤ 비전

비전은 망원경을 통해 별과 달을 보는 방식과 같이 과거에서 나오는 빛을 통해 다가올 미래를 볼 수 있는 시야를 제공해 준다.

⑤ 인내

인내가 있을 때 자기절제를 할 수 있고, 차분함을 유지하면서 일을 마무리할 수 있다. 그러나 인내가 없는 사람에게는 어려움이 스트레스와 짜증이 될 뿐이다.

⑤ 감사

이 세상의 모든 것은 마음먹기에 따라 그것을 바라보는 관점도 달라질 수 있다. 자기가 감사하는 것들을 목록으로 적어보라. 감사는 행복이 비결이다.

'기쁨' 이 '목적' 을 만남

우리 각자는 반드시 완수해야 하는 임무를 띠고 이 세상에 온다.
– 마일즈 먼로(Myles Munroe)

✦ ✦ ✦

'기쁨' 은 인터뷰를 통해 지금까지 얻은 엄청난 양의 정보들을 보고 감탄했다. 그는 모든 데이터들을 이용해서 앞으로 고객들의 삶에 변화를 줄 수 있을 것이라는 기대감에 부풀었다. 그는 또한 이것이 큰 규모의 팀 프로젝트가 될 거라는 것도 예상할 수 있었다.

'기쁨' 은 기쁨건설자 친구들의 도움을 받으면 이 모든 목표들을 다 이룰 수 있을 것이라고 생각하며 자기가 그동안 적어두었던 글을 읽고 난 뒤 작전을 좀 더 확대시킬 수 있는 계획을 써 내려가기 시작했다. '기쁨' 은 글을 읽던 중에 자기의 고객들 중에서 '목적' 에게 의뢰해준 고객들이 있다는 것이 생각났다.

'기쁨' 은 '목적' 을 만나서 어떻게 그가 자기 고객들에게 최고의 서비스를 제공하는지 알아봐야겠다고 마음먹었다. 그런데 '기쁨'은 속으로 '목적'을 만날 만반의 태세를 갖추었다고 자신하면서도 웬일인지 '목적'을 만나는 것이 한편으로는 부담이 되었다. 그는 '목적'에게 깊은 존경심을 가지고 있었고, 그렇기에 그와 마주 앉아서 말하는 것이 부담거리가 아닐 수 없었다. '기쁨'은 '목적'이 고객들 때문에 잠시도 쉴 틈이 없다는 것을 누구보다 잘 알고 있었다. 사실은 그래서 지금까지 '목적'을 만나지 못했다. 이번 인터뷰는 '기쁨'에게 만만치 않은 건수였다. 그러나 '기쁨'은 이 인터뷰가 자기와 자기의 고객들에게 아주 중요하다는 것을 잘 알고 있었다.

드디어 때가 왔다. '기쁨'은 창문 너머로 '비전', '희망', '믿음'에 둘러싸여 있는 '목적'을 볼 수 있었다. 그들은 회의를 하고 있는 것 같았다. '기쁨'이 안으로 들어가면서 '비전', '희망', '믿음'에게 또 만나게 되어 반갑다는 인사를 했다.

"편하게 앉으세요." '목적'이 '기쁨'에게 권했다. "우리는 이제 막 회의를 끝내려던 참이었어요. 아침부터 모여서 어떻게 하면 고객들이 성공하도록 도울 수 있을까에 대해 내내 대화를 나누고 있었어요."

'기쁨'은 이 말을 듣고 흥분이 되었다. '이 회의에서 정작 좋은 영감을 얻을 이는 나일 것 같군'라고 그는 속으로 생각했다.

그들은 한 동안 즐겁게 대화를 나누었다. 그리고는 '비전', '희망', '믿음'이 각자의 일을 하기 위해 그곳을 떠났다. 이제 '목적'과 '기쁨'만 남았다. 그때 '목적'이 지긋한 눈길로 '기쁨'을 바라보며 말했다. "우리 고객의 성공에 당신이 아주 중요한 부분을 차지하고 있어요."

"시간을 내줘서 감사합니다. 나는 당신이 시간을 내기가 아주 힘들다는 것을 알고 있어요. 너무 많은 시간을 쓰지는 않을게요." '기쁨'이 말했다.

"그건 말도 안돼요." '목적'이 대답했다. "당신과 만나서 얼마나 기쁜지 몰라요. 당신이 나에게 방해가 된다고는 전혀 생각해본 적이 없답니다."

"좋아요." '기쁨'이 인터뷰를 시작했다. "어디에서 당신이 시작되는지 말해주실 수 있나요?" '기쁨'은 자기가 마치 세상의 불가사의를 알고 싶어 하는 어린아이 같은 기분이 들었다.

'목적'은 미소를 지으며 그의 질문을 기꺼이 받아들였다. "나는 창조자(하나님-역주)의 마음과 생각에서 나오기도 하고 또 창조자(인간-역주)의 마음과 생각에서 나오기도 합니다."

"음, 목적 씨, 지금 똑같은 말을 두 번 반복하지 않았나요?" '기쁨'은 자기가 메아리 소리라도 들은 건지 의아해 하며 물었다.

"'예'라고도 하고, 또 '아니오'라고도 해야겠네요. 이런 식으로 설명하면 좋을 것 같네요. 하나님의 피조물인 우리 고객들은 창조주를 알아야 하고, 창조주를 위해 살아야 할 책임이 있습니다. 하나님은 하나님의 목적을 위해 우리 고객들과 우리를 창조하셨답니다. 그러한 하나님이 각 사람에게, 그리고 영원한 것들에 정하신 그 각각의 목적들은 하나님이 계획하신 큰 계획의 일부이지요."

"목적은 많은 사람이 속으로 던지는 '내가 왜 이런 모습으로 여기에 존재하는 거야?' 또는 '왜 과거에 내 인생에 그런 일이 일어났었을까?' 와 같은 자기중심적인 질문들과 관련된 것이 아닙니다. 사실 목적은 온 우주와 세상에 대한 하나님의 원대한 디자인과 관련된 것이죠. 그리고 우리의 고객들과 당신 그리고 나는 그 세상을 이루는 일부분에 불과하죠."

"이것을 다른 말로 하면, 나는 우리(기쁨과 감사) 고객의 마음에서부터 나오는 것이 아니라 모든 것의 창조자 되시는 하나님 아버지의 마음 깊은 곳에서 나오죠. 하나님은 우리가 이 세상에 태어나기도 전에 우리가 왜 이 세상에 존재해야 하는지 그 목적을 이미 다 알고 계시거든요."

"정말 놀랍군요!" '기쁨'이 감탄했다. "그렇다면 고객들이 어떤 것이 왜 존재하는지에 대해 알려면 하나님께 나아가야 한다는 거죠? 그런가요?"

"예, 그러나 우리는 하나님이 우리에게 목적하시는 바를 깊이 알지 못할 수도 있습니다. 그래도 그런 목적들은 하나님의 마음 깊은 곳에는 존재한답니다." '목적'이 말했다. "하나님이 우리 각자에게 목적하시는 바는 각 사람별로 다 다르지요. 그리고 그 목적들은 각 사람에게 맞게 아주 구체적으로 정해져 있답니다. 목적이 우리 고객들이나 우리하고만 관련된 문제만은 아닙니다. 사실 목적의 시작과 끝은 모든 것의 근원이 되시는 하나님에게 있답니다."

"그렇다면 당신이 하려고 하는 말은 어떤 존재에게 부여된 '목적'은 그 존재를 만든 자만이 알고 있다는 것이죠? 그렇죠?" '기쁨'이 끼어들었다. "목적은 나에게서 생겨난 것이 아닌데, 그 이유는 내가 나 자신을 만들지 않았기 때문이죠. 나를 창조한 자만이 나의 존재목적을 알고 있다는 거잖아요. 그리고 그분은 창조주 하나님이시고요. 그렇죠?"

"제대로 이해하신 것 같군요. 기쁨 씨!"

"아, 이 말은 아주 의미심장하군요. 당신이 방금 말했던 것을 바탕으로 나는 하나님과 나와의 개인적인 관계, 그리고 나에게 두신 하나님의 목적에 대해 새로운 안목을 갖게 되었어요. 그런데 대화초반에 당신은 '창조자'라는 말을 두 번이나 반복했는데, 그것에 대해 설명해 주시겠어요."

"좋아요." '목적'이 동의하며 말했다. "내게 좋은 아이디어가 있어요. 내가 왜 그때 '창조자'라는 말을 두 번씩이나 했는지 보여줄게요. 당신 차가 있는 곳으로 가죠. 나는 당신의 기쁨자동차가 늘 마음에 들었어요. 늘 한 번 타보고 싶었죠. 타면 아주 신날 것 같아요."

그들은 밖으로 나가 기쁨자동차를 타고 주변경치를 즐기며 해변으로 난 도로를 따라 천천히 달려 목적지인 포인트시 도심지에 자리 잡고 있는 대화센터빌딩에 도착했다.

"아, 이거 뭔가 대단하게 느껴지는데요. 그런데 왜 우리가 여기에 온 거죠." '기쁨' 이 '목적' 에게 물었다.

"당신은 여기서 풍성한 대접을 받게 될 거예요. 그리고 나는 당신의 궁금증을 전부 해소시켜 줄 거예요." '목적' 이 미소를 지으면서 대답했다. "오늘, '부엌 싱크대 무역 전시회' 가 우연히 여기서 열리게 되었는데 그게 뭔지 한 번 보려고요."

"'부엌 싱크대 무역 전시회' 라구요?" '기쁨' 이 의아하다는 듯이 물었다.

"사실 거기에는 부엌 싱크대만 빼고 다 있어요. 자, 일단 들어 가보죠!"

둘은 안으로 들어갔다. 그것은 정말 말 그대로 싱크대만 빼고 모든 것들이 다 있는 것 같았다. 그 전시회장의 중심에는 대형 룸이 있고 거기에는 전시를 위한 수백 개의 작은 부스들이 쭉 늘어서 있었다. 음악, 사람들의 웃음, 장사꾼들이 호객행위를 하며 팔고 있는 수천 개의 작은 발명품들로 장관을 이루고 있었다. 또한 춤추는 여자들, 노래하는 합창단들, 아코디언 연극단, 포스터, 현수막, 풍선, 비디오, 파워포인트화면을 이용한 설명회 등이 있었고, 그 모든 것들은 저마다 스폰서들이 전시하고 판매하는 물건들의 멋진 모양과 품질을 눈부시게 자랑하고 있었다.

"와!" 하고 '기쁨' 이 탄성을 지렀다. "예수님이 성전에 들어가셨다가 상인들이 장사하는 상들과 동전들을 뒤엎었을 때 그 성전의 모습이 이렇지 않앉을까 하는 생각이 드네요!"

그들은 부스가 쭉 늘어서 있는 곳을 돌아다니며 물건들을 구경했고, 수입업체와 생산업체에서 파견된 예쁜 여직원들과 잘생긴 남자직원들이 나누어 주는 무료샘플도 받았다. '목적' 과 '기쁨' 은 모퉁이를 돌아가다가 다른 상인들과는 좀 떨어진 곳에서 흰머리가 많고 안경을 낀 여자가 무릎 위에 양손을 포개어 얹고 차분하게 혼자 앉아있는 것을 보았다. 거기에는 팻말도, 현수막도, 풍선도, 포스터도, 비디오도 춤추는 여자들도 없었고, 다른 부스들에 걸려 있는 것과 같은 화려한 선전물들을 전혀 볼 수 없었다.

그녀의 뒤에 자리 잡고 있는 선반들에는 속이 비치는 병들과 단지들이 놓여있었는데, 그 병들과 단지들의 1/4 정도가 다양한 색깔의 곡물들로 채워져 있고 입구는 꽉 닫혀있었다.

"안녕하세요." 그 여자가 '목적' 과 '기쁨' 에게 인사를 했다.

"안녕하세요." '기쁨' 이 공손하게 인사를 받았다.

그 여자는 "마음 편하게 구경하세요. 궁금한 것이 있으시면 뭐든지 물어보시고요"라고 말했다.

'목적' 은 '기쁨' 이 그 여자에게 질문을 해보고 그 과정에서 목적 발견의 여정을 해보도록 한 걸음 뒤로 물러나 주었다.

"이 병들과 단지들이 다 뭔가요?"

"한 번 알아맞혀 보세요. 당신에게 알아맞힐 수 있는 기회를 세 번 드릴게요."

"음, 어디 보자." '기쁨' 은 그 단지를 이리저리 살펴보면서 골똘히 생각했다. "제 생각을 말해 볼게요. 첫째는 소파 세정제 같고요. 둘째는 소금목욕에 사용되는 소금? 셋째는 물이나 우유에 섞어서 사용하는 건강식품 종류의 파우더?"

"죄송해서 어떻게 하죠? 전부 아닌데요. 이것은 내 발명품 이예요. 나는 조만간 이것이 전 세계의 기근문제를 해결해줄 거라고 기대하고 있어요."

"모래처럼 보이는 것이 들어있는 이 작은 단지가요?" '기쁨' 이 의아하다는 듯이 물었다. "이것이 전 세계의 기근문제를 해결해준다고요? 에이 그런 말이 어디 있어요!"

"물론 당신에게는 이것이 모래가 든 작은 병에 지나지 않아 보일 거예요. 그러나 이것은 사실 가루입자로 만들어진 물이예요. 이것을 액체화하려면 그저 공기에 노출시키기만 하면 돼요. 그러면 재빨리 수소 두 개와 산소 하나, 즉 물로 변하죠." 그녀는 말을 멈추고 '기쁨' 이 어떤 반응을 하는지 지켜보았다.

'기쁨' 은 "오, 세상에 이건 정말 대단해요!' 라고 감탄하며 뒤에서 그 모든 과정을 지켜보고 있는 '목적' 을 돌아보면서 소리쳤다. "목적 씨, 이렇게 대단한 것 본적 있나요?"

'기쁨' 은 그 여자를 돌아보며 말했다. "이 세계의 기근문제를 해결할 수도 있다는 당신의 말이 맞아요. 이것은 아주 가볍고 운반하기도 편하니까 플라스틱 용기에 담아서 무게를 더 줄인 후에 운송비를 절감시켜 기근에 허덕이는 지역으로 보내면 될 것 같아요."

'바로 그거예요!' 그 발명가가 '기쁨' 과 함께 즐거워하며 "나는 이 분말화시킨 물을 관계시설에 접목시키는 방법도 연구 중이랍니다. 그렇게 해서 분말이 쏟아져 나올 때 바로 공기와 접촉하면서 물로 바뀌는 것이죠. 그것이 농부들에게 얼마나 큰 기여를 할지 한 번 생각해보세요! 수자원이 부족한 도시들에게 얼마나 크게 도움이 될지 생각해보세요! 하물며 당신이 등산을 하거나 숲속에 산책을 하러 갈 때 물통에 물을 담아가는 것보다 오히려 훨씬 가볍죠"라고 대답했다.

"나는 당신의 이 중요한 발명품에 정말 감탄했어요. 그런데 광고를 하셔야죠! 표지판, 현수막, 풍선들을 왜 설치 안하신 거예요?"

"나는 오직 내 발명품인 '분말 물'에만 집중하려고 해요. 내 발명품은 선전광고 없이도 그 자체로 세상을 변화시킬 수 있을 것이라고 믿어요. 나는 현수막이나 풍선들이 오히려 내 발명품이 정말 필요한 곳으로 가지 못하게 방해할 수도 있다고 생각해요."

"그렇지만 처음에 나는 당신의 물건을 보고 소금목욕에 사용되는 소금이라고 생각했었는데요. 그나마 당신에게 이 물건이 뭐에 사용되는 건지를 물어볼 수 있어서 다행이었지요."'기쁨'이 말했다. 그러더니 '기쁨'이 '목적'을 돌아보며 말했다. "이제야 당신이 목적은 창조자의 마음과 생각에 존재한다고 했던 말의 의미를 알겠어요."

"이제야, 모든 것을 이해하셨군요!"'목적'이 승리에 차서 외쳤다. "당신은 이 발명가와 서로 알게 되면서 그녀가 만든 발명품의 목적을 깨닫게 된 것이지요."

'목적'과 '기쁨'이 그곳을 떠날 때 '기쁨'은 다시 한 번 '목적'에게 목적이 하는 일에 대해, 그리고 그가 말했던 "창조자(하나님)와 창조자(인간)가 뭘 의미하는지에 대해 물어보았다. '나는 단지 내가 당신의 뜻을 제대로 이해했는지 확인하고 싶어서요."

"자, 그럼 첫 번째 '창조자'에 대해 말해보죠."'목적'이 말했다. "첫 번째 창조자는 그의 피조물들의 생명을 주관하시는 '창조주'이십니다. 그가 창조한 모든 피조물들의 생명이 그의 권한 안에 있지요. 그래서 하나님을 긴밀히 알고 하나님과 인격적인 관계를 맺는 것은 아주 중요하답니다."

그때 '기쁨'이 끼어들었다. "그리고 두 번째로 말했던 '창조자'는 당신의 고객들이네요. 어떻게 살 것인가, 누구와 결혼을 할 것인가, 어떤 직업을 가질 것인가, 어떤 장치를 새롭게 발명할 것인가, 어떤 책을 쓸 것인가… 등 크고 작은 결정들을 내리는 평범한 보통 사람들이죠. 그러나 그들의 존재목적을 아는 분은 그들을 처음에 창조하신 '창조자 하나님' 한 분 뿐이에요."

"바로 그것입니다. 바로 그것이에요!"

"그렇다면 당신의 고객들 중에 많은 이들이 자기들의 존재목적을 발견했나요?"

목적이 대답했다. "당신도 알다시피, 수명연장기계를 만드는 발명가이건, 새로운 참치캐서롤 요리법을 개발하는 사람들이건 일단 뭔가를 만드는 창조자라면 그들은 그것을 만들어내기 전에 자기가 뭘 만들고 싶어 하는지를 명확하게 알고 있죠. 그러니까 뭘 만들 것인가에 대한 계획이 이미 다 세워져 있는 거예요. 그와 마찬가지로 자기들을 만드신 창조주와 연결되어 있지 않는 자들은 자기들의 진정한 존재목적과도 연결되어 있지 않는 것이지요. 오직 하나님과 연결되어 있을 때만이, 오직 그럴 때만이 그들은 자기 인생의 청사진을 발견하고, 읽고, 이해할 수 있으며, 따라서 진정한 존재목적을 알게 되죠."

"당신이 어떤 식으로 일하는지 이제 조금 더 분명하게 알 수 있을 것 같아요." '기쁨'이 말했다.

'목적'은 미소를 지었다. "한 사람의 존재목적은 '창조주 하나님'에게서 시작되고 '창조주 하나님'으로 말미암아 끝난다는 것을 알면 많은 도움이 될 거예요. 하물며 우연히 무신론자가 되어버린 세계적으로 아주 유명한 철학자 한 사람도 신이 존재하지 않는다면, 인생의 목적에 대해 물어보는 것은 아무 의미 없다고 말했어요."

"내 고객들은 세상 모든 것들에는 각각 존재목적이 있다는 사실을 알아요. 물론 우리는 세상의 모든 것들이 왜 존재하는지 그 이유를 전부 다 알 수는 없어요. 그러나 하나님은 아시죠."

"기쁨 씨, 이제 내 고객들 중에 창조자인 사람들에 대해 말해볼게요. 그들은 하나님은 아니지만 그래도 창조자들이예요. 나는 그들에게 그들이 발명품을 만들어내는 것도, 그리고 왜 그렇게 하는지 그 이유를 아는 것도 그들을 향한 하나님의 목적을 반영해주는 것이라고 말해줘요. 그것은 그 발명가들에게 그들이 만들어낸 물건의 존재목적에 대한 영감뿐만 아니라 하나님이 그들에게 두신 거룩한 목적에 대한 영감까지 얻게 해준답니다. 그들의 목적을 찾으려는 노력은 지금도 계속되고 있죠. 왜냐하면 나는 여러 가지 요소가 복합적으로 어우러진 복잡하고 포괄적인 특징을 가지고 있거든요. 내 고객들은 자기들의 존재목적을 그렇게 금방 찾을 수는 없다는 것을 잘 알고 있습니다. 그들은 목적이 가진 여러 가지 단면들에 대해 끊임없이 배우면서 그 지식 안에서 자라간답니다."

"당신의 고객들이 그들의 존재목적을 발견하고 나면 그 다음에는 어떻게 되나요?" '기쁨'이 궁금하다는 듯 물어보았다.

"그런 다음에 그들은 그들의 목적에 맞는 계획을 세우게 되죠. 그 계획은 그들이 어떤 성과를 내야 할지를 구체적으로 보여준답니다. 그것은 그들의 인생의 청사진에 여러 개의 다양한 방들을 그려놓고 또 채워 넣는 과정이지요. 그렇게 하고 나면 그들은 전체 디자인을 보고 왜 자기들이 이곳에 존재하는지를 알게 된답니다."

"당신의 고객들이 일단 자기들의 존재목적을 깨닫고 나면 내가 그들을 위해 해줄 수 있는 것이 뭐라고 생각하세요?" '기쁨' 이 그에게 물었다.

"그냥 계속 있어주면 돼요." '목적' 이 대답했다. "내 고객들이 가장 기쁜 때는 하나님과 인격적인 관계를 맺어가는 과정에서 나를 발견했을 때죠. 그들은 자기들이 하나님의 목적과 관련된 더 원대하고 더 큰 계획의 일부라는 것을 이해하기 시작해요. 그런 일이 일어나면 그들의 삶에서 무거운 짐이 벗겨지기 시작하면서 전에는 누리지 못했던 평화, 만족과 질서가 그들의 삶에 임하게 되죠. 그리고 나도 당신도 함께 거하게 되고, 마침내 그들은 모든 것을 갖게 되죠. 그러니까 기쁨 씨, 그냥 그렇게 있어주면 돼요."

"그거야 전혀 문제없죠. 목적 씨, 당신 그리고 당신의 고객들과 함께 있는 것은 나에게도 정말 기쁜 일이예요." '기쁨' 이 일어날 준비를 하면서 말했다.

"아, 그건 그렇고 '평화' 를 만나보는 것 잊지 마세요." '목적' 이 문쪽으로 걸어가면서 '기쁨' 에게 말했다. "'평화' 는 바로 옆집에서 살고 있어요. 그리고 '평화' 와 나는 많은 일들을 함께 진행하고 있어요. 내 고객들 중에 많은 이들이 나, '목적' 을 찾은 결과 '평화' 도 찾게 된답니다."

"이제야 당신의 고객들이 왜 당신을, 즉 '목적' 을 찾으려고 하는지 알겠네요. 좋은 정보에 감사합니다." '기쁨' 이 '목적' 에게 손을 흔들며 작별인사를 했다. "좋은 말씀 감사합니다. 당신 같은 파트너를 둔 것은 정말 행운이예요."

32장

'기쁨'이 '오만'을 만남

내가 너희에게 이르노니 이 사람이 저보다 의롭다 하심을 받고 집에 내려갔느니라.
무릇 자기를 높이는 자는 낮아지고 자기를 낮추는 자는 높아지리라 하시니라.

– 누가복음 18:14

�֎ ✤ ✤

'평화'가 집에 없는 것을 확인하고 '그가 여기에 없는 데는 분명히 뭔가
선한 목적이 있을 거야. 다음에 다시 들러봐야지. 어쩌면 '평화'는 많은 사
람이 죽는 것을 막기 위해 전쟁지역에 가 있을지도 몰라'라고 '기쁨'은 속으
로 생각하면서 집으로 발걸음을 옮겼다.

'기쁨'은 집에 돌아와 앞으로 남은 인터뷰 대상자들인 기쁨탈취자들과
기쁨건설자들의 명단을 살펴보았다. 그는 전화수화기를 들고 '오만'과 인
터뷰 약속을 잡아보기로 마음먹었다. '자, 이걸로 이제 기분이 썩 내키지 않
는 인터뷰는 끝내자'라고 '기쁨'은 전화가 연결되기를 기다리면서 속으로
중얼거렸다.

"오만입니다, 말씀하세요. 그리고 말을 할 때는 예의를 좀 갖추는 게 좋을 걸요"라고 말하며 '오만'이 전화를 받았다. '기쁨'은 '오만'의 무례한 말에 깜짝 놀라 마음을 진정시키느라 잠시 시간을 끈 후 형식적으로 인사말을 건넸다.

"흥!" 하고 오만은 거만하게 콧방귀를 꼈다. "나는 별로 중요하지도 않는 작자들이 내 집으로 전화를 걸어 별 대단치도 않는 자기들의 프로젝트에 대해 말하느라 내 시간을 빼앗는 것은 딱 질색인데요. 나는 당신처럼 별 것도 아닌 자들과 쓸데없는 말이나 하면서 시간을 보내기에는 너무 중요한 인물이에요." 그러고는 '오만'은 전화를 끊어버렸다.

'오만'의 무례한 태도에 화가 난 '기쁨'은 차를 타고 '오만'의 집까지 달려가서 그와 대면해보기로 마음먹었다. 그곳은 '기쁨'이 사는 곳에서 멀리 떨어져 있었다. 그는 자만심1까지 가려면 오랜 시간을 달려야 한다는 것과 '겸손부족' 도로에서 우회전을 해야 한다는 것까지는 알고 있었다. 그리고 '오만'은 그 도로의 모퉁이에서 살고 있었다.

'오만'의 집 앞에 도착한 '기쁨'은 당당하게 그의 집 문을 향해갔다. '이자는 방금 전에 내 전화를 받고는 바로 끊어버렸다. 그렇다면 '오만'이 문을 열어서 내가 '기쁨'이란 것을 확인하게 되면 문을 쾅 닫아버리지는 않을까? 그렇게 하든 말든 상관없어. 이 일은 중요한 일이고 나는 그가 전혀 두렵지 않아'라고 그는 속으로 생각했다.

'기쁨'은 벨을 눌렀다. 그 벨에서는 "너는 아무것도 아니야"라는 노래가 흘러나왔다. 벨을 누르자마자 '오만'이 나와서 "당신은 누구세요?"라고 말했다.

"나는 '기쁨'입니다. 몇 분 전에 당신에게 전화를 했는데, 당신이 끊어버리는 바람에 통화를 못했지요. 그래서 나는 당신과 직접 만나서 서로 통성명을 하는 것이 좋겠다는 생각이 들어 찾아왔습니다."

"나는 당신에게 나를 소개할 필요가 없어요. 내가 누군인지는 이미 모든 이들이 다 알고 있거든요. 중요한 것은 나는 '오만'인데 당신은 아니라는 거죠. 아무래도 당신은 다시 집으로 돌아가는 것이 좋을 것 같네요."

'기쁨'은 이 기쁨탈취자가 자기존재의 중요성을 과대 포장하는 것에 놀라면서 "사실 나는 아주 중요한 일 때문에 여기에 왔어요. 그리고 그 일은 당신과도 일부 관련이 있어요"라고 말했다.

"중요한 일이라고요?" '오만'이 물었다. "그렇다면 그 일은 분명 나에 관한 것이겠네요. 그렇다면 들어오세요." 퉁명스럽게 말하면서 문을 열어주었다.

'기쁨'은 집 안으로 들어가면서 '오만은 내 임무가 중요하고 또 그것이 전부 그에 관한 것이라고 생각하는 한 내 인터뷰에 응해주겠군. 오만은 자기 자신에 대해 말하는 것을 아주 좋아하니까 내가 캐내고 싶은 것들을 전부 들을 수 있을 것 같아'라고 속으로 생각했다.

'오만'은 '기쁨'을 한쪽 구석에 놓인 소파로 안내하고 자기는 아주 푹신하고 편안한 고급 리클라이너(뒤로 젖혀 편하게 앉을 수 있는 의자)에 앉더니 시가에 불을 붙였다.

"기쁨 씨!" '오만'은 시가 연기를 내뿜더니 입을 열었다.

"요즘 내가 하는 일이 워낙 잘되고 있어서 당신이 여기까지 올 필요는 없을 것 같아요. 그러니까 내 일과 관련해서는 내 고객들에게 당신이나 그 누구도 필요하지가 않아요. 어쨌거나 내 일이 얼마나 대단한지에 대해 당신에게 말해줄 수 있어 기쁘게 생각합니다. 만약 나에 관한 말을 나누기 위해서 여기 온 것이 아니라면 지금 당장 나가주세요." '오만'은 말하면서 재떨이로 사용되는 트로피 잔에 시가 재를 가볍게 털어냈다. 그 컵에는 '오만'처럼 보이는 형상이 새겨져 있었다.

"이 형상은 오만 씨 당신인 것 같네요." '기쁨'이 그의 자만심을 부추겨 그것을 역이용해보려는 듯 말했다. 그러고는 '기쁨'은 속으로 생각했다. '내가 여기에 온 이유는 나와 내 동료들인 기쁨건설자들에 관련된 것이기도 하다는 것은 말하지 않았어요.'

"당신이 나를 만나러 왔다면 당신의 임무는 중요한 것임에 틀림이 없네요." '오만'은 거드름을 피웠다. "그러나 방금 내가 말했듯이 내 고객들에게는 당신이 필요 없어요. 그리고 나도 당신이 필요 없고요." 그는 시가를 피우면서 한가롭게 입을 뻐끔거려 도넛 모양의 연기를 만들어내기 시작했다.

"잠깐만요, 오만 씨!" '기쁨'이 말했다. "당신의 고객들이 아무도 필요로 하지 않는다는 의미는 아니겠지요. 누구나 살다보면 다른 사람들의 도움이 필요할 때가 있답니다."

"음, 글쎄요. 기쁨 씨, 그 말은 내 고객들에게는 해당되지 않습니다. 내 고객들은 세상에서 최고를 대표한답니다. 그들은 당신 고객들과 같은 평범한 인간들이 아니에요. 내 고객들은 탁월한 교육을 받고, IQ가 아주 높으며, 아무 내세울 것 없는 사람들을 위해 많은 문제들을 해결해 주지요. 그러니까 내가 말했던 것처럼 내 고객들에게는 아무도 필요 없어요!"

"그것 참 흥미롭군요, 오만 씨!" '기쁨'이 대답했다. "그렇다면 이것 좀 물어볼게요. 당신의 고객들은 어디서 그들에게 필요한 지식을 얻나요?"

'오만'이 '기쁨'을 한참 응시하더니 "그들은 아주 대단한 교육 기관을 알아봐서 그런 곳에 다녔지요"라고 대답했다.

"그렇다면 그들은 누군가에게 배웠다는 뜻이네요. 또 그 사람은 다른 누군가에게 배웠고요. 그렇다면 결국 오늘날 그들이 있기까지 누군가의 도움을 받았다는 뜻이네요."

"이봐요." '오만' 이 짜증난다는 듯이 말했다. "내 고객들은 당신에게 관심이 없거든요, 기쁨 씨! 내 고객들은 힘에 관심이 있어요. 행복이 힘을 주지는 못하지요. 내 고객들에게는 '아는 것이 힘' 이에요. 나는 당신이 나와 내 고객들에게 내밀 것이 아무것도 없다고 생각해요." '오만' 은 말하며 시가를 씹더니 또 다시 도넛 연기를 만들어냈다.

"당신 고객들의 지적수준에 존경을 표합니다"라고 '기쁨' 이 '오만' 에게 말하며 "그런데 어떤 일이 벌어질 때 당신은 고객을 잃게 되나요?"라고 물었다.

그 질문에 놀란 듯이 '오만' 은 잠시 동안 차분하게 생각하는 듯하더니 "사실 지금까지 그런 질문을 한 번도 받아본 적이 없어요"라고 시가의 한쪽 끝을 질근질근 씹으며 '오만' 이 말했다.

"나는 모험을 좀 좋아하는 편이죠. 나는 내 고객을 잃지 않기 위해서라면 뭐든지 할 거예요. 그러나 그 질문에 꼭 대답을 해야 한다면 바로 이거예요. 내 고객이 세상에서 최고가 되었다가 순간 바닥으로 떨어지거나 아주 슬프고 비극적인 사건을 만나게 된다면, 그런 경우 나는 그 고객을 잃게 될 수도 있어요. 내 고객들 중에는 자기들로서는 도저히 어떻게 해볼 수 없는 상태에서 중요한 뭔가를 잃었거나 부정을 저지르다가 들킨 후에 어렵고 힘든 변화를 수없이 겪은 고객들이 있어요. 그런데 그들은 최고의 자리에 있을 때 전에 알고 지냈던 많은 사람과 연락을 이미 끊어버렸기 때문에 그런 힘든 일을 겪을 때는 자기에게 아주 소수의 친구들밖에 남지 않았다는 것을 깨닫게 되죠. 그런 일이 일어나고 난 뒤에는 그들은 '오만 모임' 에 더 이상 나타나지 않더라고요."

"당신의 고객들이 인생이 완전히 망가지기 전에 나를 사용하는 것을 배웠으면 좋겠네요. 당신의 말을 들어보니 당신의 고객들은 자기 자신을 지나치게 높게 여기는 사람들 같군요. 오만 씨, 당신도 알다시피 착각은 자기 자신을 지나치게 높게 평가하는 것이고, 그러다가 일이 안 풀려 자존심에 상처라도 받게 되면 그 아픔이 상당히 크죠. 자만심으로 인한 자기도취가 패망의 아픔을 줄여줄 수는 없거든요." '기쁨'이 말했다.

'오만'은 잠시 조용하게 있었다. 그리고는 갑자기 자기가 오만의 특성에서 벗어났다는 것을 알아차리고는 갑자기 벌떡 일어났다. 그는 오만한 목소리로 '기쁨'에게 말했다. "당신이 원하는 것을 말해요. 그것이 뭐든 상관없어요. 마지막으로 말하는데 나는 당신과 당신의 말에 아무 관심이 없어요. 당신은 내 고객들에게 아무 해답도 안 돼요. 그리고 나는 당신과 비즈니스를 같이 할 마음이 전혀 없거든요."

"당신은 자기 스스로를 강하다고 착각하는 것 같네요." '기쁨'이 지지 않고 맞섰다. "그러나 나에게는 강한 동료들이 있어요. 그들은 나와 함께 힘을 합쳐서 당신을 쫓아내고 그 자리를 대신 차지할 거예요. 나는 당신이 생각하는 것보다 훨씬 더 많은 영향력을 가지고 있거든요."

"아하! 그러시군요." '오만'이 비웃으며 '기쁨'을 정면으로 마주보고 그의 얼굴에 대고 도넛 연기를 뿜어댔다.

"오만 씨!" '기쁨'이 느릿느릿 날아오는 몽롱한 도넛 연기를 얼굴에 맞으며 조용히 말했다. "당신, 연기를 너무 많이 뿜어대는 것 같네요(오만이 속으로 화가 난 것을 빗대어 하는 말 - 역주)."

그 순간 '오만'은 웃음을 멈추었다. 그의 눈이 가늘어졌고 시가를 입에서 빼내었다. "뭐라고요? 당신, 방금 나에게 뭐라고 말했어요?" 그는 화를 참지 못해 어금니를 꽉 깨물고 있었다.

"연기를 너무 많이 뿜어대는 것 같다고 말했어요. 연기를 다시 빨아들이고 싶다면 그렇게 하시든지요."

'기쁨'의 자신감 있는 태도에 충격을 받은 '오만'은 아무 말도 할 수 없었다. '오만'은 인터뷰 내내 '기쁨'의 얼굴에 연기를 뿜어대며, 자기 자신을 찬양하는 노래를 부르면서, 무례한 말을 서슴지 않았다. 그는 자기보다 단수 높은 상대를 만나는 것을 죽기보다 싫어했고 그것을 그런 식으로 표현했다.

'오만'은 다시 마음을 가다듬고 말했다.

"당신은 확신에 차있고 준비도 잘 갖춘 것 같군요. 그러나 당신은 아무 직급도 없는 사람이잖아요. 당신의 CEO에게 말해서 나에게 직접 전화를 하라고 하세요. 그러면 그의 계획이 뭔지 한 번 들어볼게요. 나는 당신처럼 아무 직급도 없는 피고용인과는 상대하지 않아요. 여기에 내 명함이 있으니까, 그것을 당신의 상사에게 보여주고 나에게 전화를 하라고 하세요. 아니, 아니에요. 내 비서에게 전화를 해서 약속을 잡으라고 하세요."

'기쁨'은 그곳을 떠나면서 미소를 지었다. '기쁨'의 상사는 교만한 자들, 오만한 자들을 기뻐하지 않을뿐더러, 만약 오만이 그의 상사를 만나고 싶다면 언젠가는 분명히 만나게 될 것이기 때문이었다.

33장

'기쁨'이 '자선'을 만남

자선만이 우리가 온 힘을 다해 해야 할 일이다.

— 존 던(John Donne)

✤ ✤ ✤

'기쁨'은 '자선'을 점심식사에 초청해서 함께 식사를 했다. 그는 그녀의 아름다움에 자기도 모르게 빨려 들었다. '기쁨'은 '정말 아름다워! '자선'과 언제 다시 한 번 또 만나야겠어. 이처럼 아름다운 여인과의 만남을 한 번으로 끝낼 수는 없지'라고 속으로 속삭였다.

'자선'은 따뜻하고 상냥했다. 그녀는 그 레스토랑에 있는 모든 사람들에게 인사를 건네면서 작은 선물까지 나누어주었다. 그녀는 자기 주변 사람들을 잘 살피며 그들에게 필요한 것이 무엇인지 금방 알아내는 것 같았다. 그녀는 늘 편안한 모습과 온유한 인상을 줘서 다른 사람이 부담 없이 다가가 도움을 청할 수 있도록 했다.

'자선' 가까이에 앉아있던 어떤 할머니는 의자에서 일어나기가 힘든 것처럼 보였다. 그때 자선은 그 할머니가 안전하게 일어설 수 있도록 얼른 도와주었다. '기쁨' 은 '자선' 이 인종, 교리, 피부색에 차별을 두지 않고 주변에 있는 모든 사람들에게 마음을 열고 도움의 손길을 내민다는 것을 알고 있었다.

'자선' 은 '기쁨' 에게 밝고 행복한 얼굴로 미소 지으며 점심식사에 초청해줘서 고맙다고 전하면서 "나는 당신과 함께 협력해서 일하는 것이 늘 즐거워요. 당신이 없었다면 어떻게 내 고객들에게 영감을 꾸준히 줘야할지 알 수 없었을 거예요" 라고 말했다.

"나도 당신에게 똑같은 마음이에요. 나는 우리의 파트너관계가 다른 이들에게도 영감을 주었으면 하고 바래요." '기쁨' 이 말했다.

그때 그 레스토랑의 건너편에 앉은 어떤 손님이 갑자기 큰 소리를 질렀다. 그는 어떤 나이 어려보이는 식당 종업원에게 모든 사람들이 다 들릴 정도로 크게 말했다. "매운 치킨 요리를 어떻게 만드는지는 나도 알아. 사실 나도 만들 수 있어. 단지 이 레스토랑에서 어떻게 이 요리를 만드는지 물어봤을 뿐인데 당신은 모르는 것 같군. 메뉴에 대해서 물어보는 간단한 질문에도 대답을 못할 정도라면 당신은 차라리 바닥 쓰는 일이나 하는 게 더 어울릴 것 같군."

"어쩌면 좋아, 장차 우리 고객이 될 사람이 지금 눈앞에 있네요." '자선' 이 말했다.

그 어린 종업원은 눈물을 글썽인 채 부엌으로 뛰어갔고, 큰소리로 망신을 줬던 그 고약한 손님은 냅킨을 바닥에 던진 후 바람을 일으키며 레스토랑을 빠져나갔다. 그리고 '오만' 이 도도한 웃음을 띠며 그의 뒤를 따라 나가는 것이 보였다.

"세상에 또 '오만' 이야. 그러면 그렇지! 왜 저 손님이 어린 여종업원을 그렇게 심하게 대했겠어? 저 '오만' 이 아니고는 달리 무슨 이유가 있었겠어? 음, 나중에는 내가 저 기쁨탈취자들을 반드시 따라잡고 말거예요. 말이 곁길로 빠졌네요. 죄송해요. 자, 인터뷰를 계속하죠." '자선' 이 말했다.

"자선 씨, 당신은 정말 큰 감동을 줘요! 요즘에는 어떻게 지내고 있나요? 고객들을 좀 더 많이 얻고 있나요?" '기쁨' 이 물었다.

"방금 전에 '오만' 이 나가는 걸 보셨잖아요. 음, 사실은 그래도 고객들이 점점 늘어나고 있어요. 당연히 고객들은 받아도 받아도 늘 더 받을 수 있죠." 그녀는 말을 멈추고는 물을 한 모금 마셨다. "내 말은요. 모든 사람들이 서로를 섬기며 사는 것에 대해 생각해보세요. 가능성은 항상 무한하죠. 그러니까 아무리 많은 고객들을 확보해도 여전히 더 많은 고객들이 필요해요."

"그렇군요. 자선 씨, 사실은 몇 가지 전해줄 좋은 소식이 있어요. 내 목표는 당신을 위해 좀 더 많은 일을 하는 것이고, 당신의 고객들에게 내가 좀 더 등장해 주는 거죠. 나는 그들에게 큰 기쁨이 솟아나게 해주고 싶어요. 그렇게 되면 그들이 당신에게 더 많은 고객들을 연결시켜 줄 것입니다."

"고마워요, 기쁨 씨, 그것 정말 놀랍고 듣던 중 반가운 말이에요. 그런데요, 기쁨 씨, 내가 누구를 그리워하는지 아세요?"

"아니요, 모르겠는데요." '기쁨' 이 호기심에 차서 물었다.

"나는 몇몇 스타 고객들을 그리워하고 있어요. 특히 테레사 수녀가 아주 보고 싶어요."

"그렇겠군요. 나도 충분히 이해할 수 있을 것 같아요. 테레사 수녀는 '인류를 향한 희생적인 사랑과 자선' 바로 그 자체였죠. 아무리 보잘 것 없는 사람도, 아무리 심한 병에 걸린 사람도, 아무리 가난한 사람도 섬겼으니까요.

그녀는 정말 대단한 사람이에요." '기쁨' 이 동의했다.

"나는 나의 개인기록장인 '세계적으로 큰 영향을 준 인물기록장' 에 테레사 수녀가 했던 말을 써 놓았어요. 나는 그 기록장에 내 고객들의 선한 생각들과 너그러운 행위들을 기록해 놓고 있어요"라고 말하면서 '자선' 은 예쁜 가죽으로 된 노트를 핸드백에서 꺼냈다. "테레사 수녀의 말을 당신에게 읽어 줄게요."

'인생은 기회이다. 인생에서 유익을 누려라. 인생은 아름다운 것이다. 그 아름다움을 인정하라. 인생은 꿈이다. 그 꿈을 깨달아라. 인생은 도전이다. 그 도전을 받아들여라. 인생은 의무이다. 그 의무를 완수하라. 인생은 게임이다. 게임을 즐겨라. 인생은 약속이다. 그 약속을 지켜라. 인생은 슬픔이다. 그것을 극복하라. 인생은 노래이다. 그 노래를 불러라. 인생은 씨름이다. 그 씨름을 받아들여라. 인생은 비극이다. 그 비극과 담담히 마주하라. 인생은 모험이다. 그 모험을 즐기라. 인생은 행운이다. 그 행운을 불러들여라. 인생은 삶이다. 살기 위해 고군분투하라.'

"테레사 수녀 정말 대단하지 않아요?" '자선' 은 그 글에 푹 빠져서 말했다.

"실제로 그녀는 이 글에 적힌 그대로 인생을 살았어요. 그렇죠?" '기쁨' 이 말했다.

"오오오오! 여기 내가 '세계적으로 큰 영향을 준 인물기록장' 에 포함시킨 또 한 사람이 있어요. 나는 그가 정말 보고 싶어요. 바로 마르틴 루터 킹 목사예요!" '자선' 은 신나기도 하고 또 한편으로는 아쉬운 듯이 말했다. "그는 정말 전 세계적으로 찾아보기 힘든 자선의 챔피언이에요."

"그의 연설 '내게는 꿈이 있습니다' 는 아주 강력하고 큰 감동을 주는 연설이지요. 그 연설은 하물며 오늘날 내 고객들에게도 큰 영향을 계속 주고 있어요. 나는 테레사 수녀와 마르틴 루터 킹 목사를 세계적인 도전자들이라고 부르고 싶어요. 당신이 '세계적으로 큰 영향을 준 인물기록장'에 기록한 마르틴 루터 킹 목사의 말에는 어떤 것이 있나요?' '기쁨'이 물었다.

'자선'은 크게 소리 내어 읽었다.

'누구나 위대해질 수 있습니다. 왜냐하면 누구나 다른 사람들을 섬길 수 있기 때문입니다. 다른 사람들을 섬기는 일에는 학위가 필요 없습니다. 섬기겠다는 말을 꼭 할 필요도 없습니다. 그저 베풀 수 있는 마음만 가지면 됩니다. 사랑을 가진 영혼이 되기만 하면 되는 것입니다.'

"정말 구구절절이 맞는 말이잖아요, 기쁨 씨!" '자선'은 숨이 막힐 듯한 표정으로 말하고는 그 기록장을 내려놓았다.

"사실 내게는 아주 훌륭한 고객들이 있어요. 그들은 전 세계적으로 자선 행위가 일어나도록 돕고 있지요. 당신과 나는 우리 고객들에게 자선행위에 따른 상급이 뭔지 계속 보여줘야 해요. 그렇게 할 때 사람들은 계속 서로를 섬기게 될 테니까요."

"예, 그렇고말고요. 나도 그렇게 생각해요." '기쁨'이 둘의 파트너관계에 대한 '자선'의 말에 맞장구를 치며 행복에 겨워 소리쳤다.

그 레스토랑에 앉아있던 모든 사람들의 시선이 그들에게 집중되었다. 약간 당황한 '기쁨'은 속으로 '자선의 내적 외적 아름다움에 시선을 빼기는 자가 나 하나일 수만은 없지'라고 중얼거렸다.

"있잖아요, 기쁨 씨! 내 생각에는 우리의 파트너십 전략을 글로 써놔야 할 것 같아요. 내게 좋은 생각이 있는데요. 당신과 내가 작은 시합을 하는 거예요. 우리의 고객들이 다른 사람들에게 베풀어 줄 수 있는 것들이 뭔지 생각해서 최대한 많이 써보는 거예요. 우리 둘 중에 더 많이 쓴 사람이 시합에서 이기는 거고 진 사람이 이긴 사람에게 점심을 사는 거예요. 어때요?" '자선'이 웃으면서 '기쁨'에게 제안했다.

"자선 씨, 정말 좋은 생각이예요! 우리의 파트너십에서 가장 환상적인 부분은 당신이 고객들에게 도움의 손길이 필요한 사람들을 돕도록 독려할 때 내가 그들의 기쁨이 되어 등장해 주는 것이죠. 좋아요. 당신이 사인을 하면 그때부터 시합이 시작되는 거예요!"

그들은 각각 냅킨에다가 열심히 써내려가기 시작했다. 몇 분 후에는 둘 다 동시에 펜을 내려놓았다. 그들은 메모한 내용을 서로 비교해보았다. 그리고는 깔깔거리고 웃었다. "오늘은 각자 자기 점심값을 내야 하겠네요. 우리는 서로에게 정말 베스트의 파트너인 것 같아요." '기쁨'이 말했다.

그들이 쓴 내용은 아래와 같았다.

1. 업무처리 기술이 없는 사람들을 위해 업무처리 기술향상 프로그램을 만든다.

2. 성인교육의 질을 향상시킨다.

3. 실직자들을 돕는 서비스를 제공한다.

4. 자연재해로 인한 피해자들에게 도움을 준다.

5. 폭행이나 폭력 피해자들에게 도움을 준다.

6. 과부, 고아, 노인들을 돌본다.

7. 병자들이나 소외계층에게 약품이나 의료 서비스를 제공한다.

8. 가난한 사람들에게 옷을 보급해준다.

9. 노숙자들에게 주거쉼터를 마련해준다.

10. 결식자들에게 음식을 준다.

"우리 고객들이 도움이 절실한 사람들을 돕고 난 후에 얼마나 큰 기쁨을 느끼게 될지 한 번 생각해보세요." '자선'이 부드럽게 말했다.

"지원이 필요한 사람들을 지원해 주고 난 후에 우리 고개들이 느낄 기쁨을 생각해보세요." '기쁨'이 덧붙였다.

"그 기쁨은 정말 남다르겠죠." 그들은 서로에게 말했다.

34장

'기쁨'이 '선택'을 만남

당신은 외부의 영향력으로부터 도망칠 수 없다. 당신은 그러한 영향력들을
용납하거나 거절하거나 해야 하며, 선택하거나 거부해야 한다.
그리고 그러한 영향력들에 대해 어떤 결정을 내리든 그 결정에 따라
당신의 성품도 결정될 것이다. 사람은 자기가 선택하는 대로 되기 마련이다.

— 성 어거스틴(St. Augustine)

✢ ✢ ✢

오늘 '기쁨'은 '모든 이들을 위한 엔진'이라고 여겼던 인물을 만나러 간
다. 그 인물은 바로 '선택'이다. 그의 계획은 그녀의 고객들이 매일의 삶에
서 느낌을 선택하게 될 때 기쁨, 즉 자기를 지지해 주도록 하려는 것이었다.
'기쁨을 선택해 주세요!'라는 말이 바로 그의 선거캠페인 슬로건이다. 물론
'기쁨'도 '선택'의 고객들이 그저 그날그날 느끼는 감정을 바탕으로 투표를
할 것이라는 사실을 잘 알고 있었다. 그렇지만 어쨌거나 그는 자기도 후보로
서 투표용지에 이름을 올렸다는 사실을 그녀의 고객들에게 확인해 주고 싶

었을 뿐이었다.

그때 '선택'이 '기쁨'에게 다가와서는 어디에 앉을 것인지를 선택하도록
했다. 그리고 난 후 그녀는 '기쁨'에게 어떤 것에 대해 말할 것인지 선택하
도록 했다. 그리고는 인터뷰 내용을 글로 쓸 것인지, 비디오로 찍을 것인지
선택하도록 했다. '기쁨'이 늘 그랬듯이 글로 쓰겠다고 하자, '선택'은 여러
가지 색깔의 펜과 연필들 중에서 원하는 것을 선택하라고 했다.

그런 식으로 '기쁨'은 선택의 여지를 놓고 이렇게 할까 저렇게 할까 고민
하며 '내 고객들은 기쁨탈취자들과 기쁨건설자들을 놓고 매일 이런 선택의
고민을 하겠군. 그건 결코 쉬운 일은 아닌 것 같아'라고 속으로 생각했다.

그는 '선택'에게 고객들에게 어떤 일을 해주는지를 물어보았다. '선택'
은 "긴 대답을 원하세요, 아니면 짧은 대답을 원하세요?"라고 물었다.

"당신이 적절하다고 생각되는 쪽을 택하면 나도 그 쪽을 따를게요." '기
쁨'이 대답했다. '기쁨'은 웬일인지 인내심을 테스트 받는 것 같은 기분이
들었다.

"아주 사소한 것들까지 일일이 결정을 내려야 하는 것은 좀 부담이 되네
요. 특히 중요한 것도 아닌 것들을 놓고 선택의 고민을 해야 할 때는 더 그런
것 같아요." '기쁨'이 중얼거렸다.

"좋아요. 고마워요, 기쁨 씨!" '선택'이 말했다. '나는 뭐든 선택하기를 아
주 좋아해요. 나는 내 고객들의 '개인적인 자유의지'를 존중하고, 그것을 거
스르지 않도록 항상 주의하지요."

"'개인적인 자유의지'라니요? 그게 무슨 말인지 잘 모르겠어요. 좀 명확
하게 말해주실 수 있나요?"

"고객들이 살아가면서 어떤 선택을 내려야 할 때 그들 스스로의 자유의지

를 사용해서 선택하도록 해준다는 뜻이지요. 그 누구도 그들의 자유의지에 끼어들 수는 없어요. 그런데 불행히도 '조종', '두려움', '위협'과 같은 기쁨 탈취자들이 등장하면 내 고객들은 자기들에게 자유의지가 없다고 느끼게 되지요. 사실 하나님께서는 태어날 때부터 자유의지를 주셨는데도 말이에요."

"기쁨탈취자들은 정말 다루기 어려운 무리들이예요." '기쁨'이 말했다. "당신은 고객들에게 스스로 선택할 권리가 있다는 것을 깨닫게 해주려고 하지만, 때로 그것이 왜 쉽지 않은지 알 것 같네요. 그들이 잘못된 선택을 했을 때 누군가가 억지로 그들에게 죄의식이나 책임감을 느끼게 하려고 한다면, 오히려 그들은 그것을 느끼지 못할 수도 있거든요. 그러니까 그러기 전에 긍정적인 영향력을 줘서 올바른 선택을 하도록 하는 것이 중요하죠. 그러나 팔을 비트는 식으로 억지로 상대방의 생각을 요리조리 조종하는 것은 긍정적인 영향을 주는 것과는 거리가 멀지요."

'선택'은 말했다. "내 고객들을 향한 하나님의 계획과 원리를 파괴하기로 마음먹은 자는 우리 고객들의 미래에 큰 위협이죠. 내가 고객들에게 부여해 주는 가장 중요한 능력은 선택에 따른 결과가 어떤 것인지 그 무게를 달아보는 것이랍니다. 내 고객들은 자기의 라이프스타일을 잘 관찰함으로써 선택을 통해 얼마나 풍성함을 많이 누릴 수 있는지도 보게 될 것입니다."

"지금 나는 옷을 빨 때 따뜻한 물을 사용할 것인지, 찬 물을 사용할 것인지를 결정하는 것 같은 별로 중요하지 않은 사소한 결정들에 대해 말하고 있는 것이 아니라 고객들이나 그들 주변 사람들의 삶의 코스를 바꿀 수 있는 선택이나 결정들에 대해 말하고 있답니다."

"그러니까 사람들이 인생에서 결정의 순간에 와 있을 때 좋은 선택은 항상 좋은 결과를 초래하고, 반면 나쁜 선택은 항상 나쁜 결과를 초래한다는 사실을 그들이 깨닫도록 당신이 나서서 도와준다는 거죠?" '기쁨' 이 끼어들었다.

"바로 그렇습니다. 그러한 인생의 방정식을 알지 못하는 상태에서 뭔가를 선택한다면, 그들은 왜 그리고 어떻게 자기들에게 좋은 것을 선택할 수 있을지 결코 알 수 없을 것입니다."

"얘기를 들어보니 마치 당신이 그들에게 인생의 공식을 제시하는 것 같군요. '좋은 선택은 좋은 결과를, 나쁜 선택은 나쁜 결과를 불러온다.'"

"그래요. 맞아요, 기쁨 씨!" '선택' 이 웃으면서 말했다. "내 고객들은 선과 악이 공존한다는 것을 알고 있어요. 그래서 그들은 선과 악 둘 중에 하나를 선택할 수밖에 없다는 것도 알고 있죠. 무엇보다 하나님 자신이 우리 고객들에게 선과 악 중에 하나를 선택하도록 선택권을 주신 것은 정말 놀라운 일이 아닐 수 없어요. 하나님이 우리 고객들의 '개인적 자유의지' 를 존중하고 보호해 주신다면, 다른 모든 이들도 그렇게 하는 것이 당연하죠. 그것은 매우 중요한 문제예요."

"나는 항상 내 고객들이 선을 택하기를 바라면서 그들을 응원해주죠. 그런데 불행히도 나에게는 내 말에 귀를 기울이지 않고 그릇된 선택을 하는 고객들이 있어요."

"그렇다면 당신의 고객들이 그릇된 선택을 하게 만드는 것들에는 어떤 것들이 있나요?" '기쁨' 이 궁금하게 여기며 물어보았다.

"때로 내 고객들은 '조종' 의 영향을 받는답니다. '조종' 은 '이기심' 이 주로 사용하는 수단이지요. 그가 내 고객들에게 다가와서 아주 다양한 여러 가지 속임수를 쓰면 고객들은 '이기심' 이 틈타도록 길을 내어주는 선택을 하게 되죠."

'기쁨'은 '조종'에 대해 들어본 적이 있었다. 그러나 그가 어떤 일을 하는지는 잘 알지 못해 '선택'에게 "그에 대해서 좀 말해주시겠어요?"라고 물었다.

"'조종'과 '이기심'은 팀으로 일할 때가 많아요. 그 둘은 힘을 합쳐서 내 고객들의 마음에 '이기심'을 발동시켜요. 그렇게 해서 '조종'과 '이기심'의 최고의 관심사를 선택하도록 만드는 거예요. 물론 그것이 고객들에게 직접적인 해를 입히지는 않지만, 어쨌거나 '개인적인 자유의지'를 파괴시키는 것이기 때문에 나는 그런 일을 막기 위해 최선을 다하고 있어요."

"나는 이미 이기심을 만나봤고, 그녀에게 대처할 수 있는 방법도 세워놓았어요. 당신은 '조종'이 당신 고객들 주변에 어슬렁거릴 때 어떻게 해야 내가 당신의 고객들에게 좀 더 많은 기쁨을 줄 수 있다고 생각하나요?" '기쁨'이 물었다.

"내 고객들이 '대박'을 기대하지 않고 매일매일 현명한 선택을 내리는 것을 연습한다면 기쁨을 경험할 것입니다. 그렇게 할 때 하물며 현명하지 못한 선택을 했을 때조차도 당신을 경험할 것입니다."

"정말이요? 어떻게 그럴 수가 있나요?"

"그들은 실수를 통해서도 배울 수 있거든요. 뼈아픈 경험을 통해 좋은 교훈을 배웠다는 것을 그들이 깨닫기만 한다면 '기쁨'을 누릴 수 있지요!"

"아! 그렇군요. 이제 알겠어요"라고 '기쁨'이 대답하더니, 이내 '기쁨'은 "사실은 당신이 제대로 대답할 수 있는지 한 번 알아본 거예요"라고 장난치듯 말했다.

"당신은 내가 당신의 말을 믿기로 선택할 것 같아요? 그런 선택은 안 해요"라고 '선택'이 기쁨을 놀렸다. 그리고는 그녀는 말을 이었다. "내 고객들은 자기들이 경험을 통해 박사과정을 밟고 있다는 것을 알고 있어요. 그리고 내가 해야 할 일은 그들이 박사학위취득을 무사히 받도록 모든 면에 주의를 기울이는 거죠. 내가 인생 교훈들을 배우지 못한 고객들을 제 때 돕지 못하고 놓치면 그들은 자기들이 스스로 더 이상 아무 결정도 내릴 수 없다고 생각하기 시작해요. 그들은 적극적이고, 개인적이며, 구체적인 선택과 결정을 내리기를 중단하고 삶을 태만하게 살기 시작합니다. 다시 말하면, 되는대로 막 살게 된다는 거죠. 그런 라이프스타일의 산물은 미래에 대한 막연한 두려움이고, 그런 라이프스타일의 부산물은 비참함이죠. 내 고객들과 내 고객들을 사랑하는 이들은 그런 경우 비참함을 느끼게 된답니다."

"내가 제공하는 서비스가 당신의 일에 정말 중요하다는 것은 두 말할 나위가 없군요. 현명한 선택이나 현명하지 못한 선택에 대한 보상으로 나를 당신의 고객들에게 드러냄으로써 그들을 대상으로 계속 일하겠어요." '기쁨'이 말했다.

"나도 그것을 선택했어요." '선택'이 웃으면서 말했다. "이제 그만 가봐야 할 것 같아요. 투표 결과를 다시 집계하고 있는 곳에 가봐야 해요. 내 고객들이 투표 결과를 탐탁지 않게 여겨서 다시 집계를 하고 있거든요."

'기쁨'은 "당신의 고객들이 나를 자주 선택해 주기를 바랍니다"라고 말한 후 '기쁨을 선택해 주세요!'라는 슬로건 스티커를 당신 차 뒤에 붙여서 당신의 고객들에게 기쁨을 선택하도록 해주세요"라고 '선택'에게 부탁했다.

'기쁨'이 '용기'를 만남

용기는 인간의 여러 가지 미덕들 중에서도 가장 위대한 미덕이다.
왜냐하면 용기가 없다면 다른 미덕들을 발휘할 수 있는 기회조차
가질 수 없기 때문이다. - 사무엘 존슨(Samuel Johnson)

❀ ❀ ❀

'기쁨'은 깊은 존경심을 가지고 '용기'를 바라보았다. 가슴에 달고 있는
명예훈장이 용기의 힘 있는 외모와 조화를 이루어 멋진 모습을 보여주고 있
었기 때문이었다. '그는 내 고객들에게 정말 중요해'라고 '기쁨'은 속으로
생각했다.

'기쁨'이 '용기'에게 다가가 악수를 하려고 하자, 그는 악수 대신 경례를
했다. '기쁨'도 그에게 경례를 했다. '용기'가 경례를 하는 모습은 아주 자
연스러워보였다.

'용기'는 '기쁨'에게 시간을 내줘서 고맙다고 인사를 하며 인터뷰를 하
게 되어서 영광이라고 했다. "무엇보다 나의 임무를 가치 있게 여겨준 것에

대해 고맙다는 말부터 하고 싶군요, 기쁨 씨!"

'용기'에게서 그런 말을 들으니 '기쁨'은 사기가 올랐다.

'기쁨'은 '용기'에게 "그런 말씀을 해주시니 감사합니다"라고 응하며 "당신의 고객들이 어디서 당신을 발견할 수 있나요?"라고 인터뷰를 시작했다.

"그들이 가진 개인적인 열정이 나와 관련되어 있지요. 그리고 고객들이 다른 사람들에게 헌신할 때 거기서 나를 발견할 수 있답니다."

"그러면 당신이 맡고 있는 책임은 무엇인가요?"

'용기'는 적극적으로 인터뷰에 응하였다. '나의 책임은 내 고객들이 적절한 행동을 통해 내면의 두려움을 극복하도록 돕는 것이에요. 나는 고객들이 좀 더 보람 있는 삶을 살도록 때로 위험도 감수하도록 해주죠. 그러나 그런 중에도 안전에 주의를 기울이도록 돕고 있어요."

'용기'가 말을 이었다. "내 고객들은 여러 가지 장애를 극복하고 계속 앞으로 앞으로 나아가는 담대한 결정을 내린답니다. 그들은 어떤 결과를 이뤄낸 것을 볼 때 용기가 생기는 것이 아니라 오히려 보람을 느낄 때 용기가 생긴다는 것을 알고 있습니다."

'기쁨'은 '용기'의 말에 깊은 인상을 받고 자기도 '용기'의 일에 도움을 줄 수 있는지를 물어보았다. "그렇다면 용기 씨, 어떻게 내가 당신의 고객들을 도울 수 있나요?"

"내 고객들이 담대한 결정을 내릴 때 그냥 그들 곁에 있어 주세요. 나는 당신이 '선택'을 만난 것을 알고 있습니다. 그리고 나는 당신과 '선택'이 내 고객들이 어려운 상황에서도 '마음의 기쁨'을 유지할 수 있도록 도와줄 수 있을 것이라고 믿어요. 내 고객들 중에는 많은 이들이 매일 아주 위험한 일에 몸을 던지며 자기 나라와 사회를 위해 봉사하고 있답니다. 그뿐만 아니라 그들은 자기들의 개인적인 안전에 중대한 위협이 있을 수도 있다는 것을 인식하며 항상 깨어 있답니다." '용기'가 말했다.

'기쁨'은 고개를 끄덕이며 마음의 자세를 새롭게 했다. '기쁨'은 자기의 임무가 모든 이들에게 얼마나 중요한 것인지를 알게 되었다.

'용기'가 말을 이었다. "나를 필요로 하고 갈망하는 모든 사람들은 언제든지 나를 사용할 수 있답니다. 점점 더 많은 사람이 나를 선택하고 있어요. 지난해부터 내 고객들이 점점 늘어나고 있어요. 나는 앞으로도 고객들이 더 많이 늘어나기를 바라고 있어요."

"우리가 힘을 합쳐서 일하면 반드시 그렇게 될 거예요." '기쁨'이 대답했다.

'기쁨'은 '용기'와 맺는 이 동맹이 아주 중요한 것임을 깨닫고 매우 기뻤다. 물론 '용기'의 힘 때문에 기쁨탈취자들이 활동을 중단하지는 않겠지만, 자기와 '용기'가 힘을 합쳐 일하면 기쁨탈취자들을 묶음으로 쫓아낼 수 있다고 확신했다.

둘의 동맹관계가 완전히 체결되었고 '기쁨'은 '용기'에게 다시 한 번 경례를 하면서 시간을 내준 것과 '용기'가 그의 고객들에게 베푸는 귀중한 서비스에 대한 감사의 말을 전했다. '용기'도 '기쁨'에게 경례를 하면서 말했다. "기쁨 씨, 당신은 정말 용기 있는 분이군요. 나와 함께 세상에서 가장 위험한 곳도 기꺼이 가려고 하니까요! 당신에게 경의를 표합니다!"

36장

'기쁨' 이 '고통' 을 만남

고통의 의미를 깨달을 때 고통이 더 이상 고통스럽지 않게 될 수 있다.

– 빅터 프랭클(Victor Frankl)

⚜ ⚜ ⚜

'기쁨' 은 '고통' 과 만나는 것이 좀 두려웠다. '기쁨' 은 이 위험하면서도 수긍이 가는 기쁨탈취자에게 몇몇 고객들을 빼앗긴 이래로 수년 동안 그를 알고 지냈다. '고통' 은 다소 복잡한 특성을 지니고 있으며 상반된 요소들이 서로 얽히고설켜 있었다. '기쁨' 은 앞으로 파트너가 될 수도 있는, 똑똑하지는 않지만 매우 비상하고 날카로운 이 기쁨탈취자와 관계를 맺는 것에 대해 이제는 좀 더 명확하게 알아봐야 할 때가 다가왔다는 것을 느꼈다.

'고통' 은 목발에 의지해서 자기 몸을 질질 끌다시피 하면서 약속장소에 나타났다. 그는 다소 예술적으로 온 몸에 붕대를 칭칭 감고 있었는데, 붕대로 가리지 못한 곳에는 흉터자국과 피딱지들이 선명하게 드러나 보였다. '기쁨' 은 붕대 바로 밑에 감추어진 살에는 더 많은 상처들이 있지 않을까 생각했다. 비록 눈으로 볼 수는 없었지만, 고통이 지고 있는 짐이 너무 무겁다는 것이 생생하게 느껴졌다.

'기쁨'은 '고통'에게 그런 불편한 몸에도 불구하고 고객들에게 최선을 다하기 위해 안간힘을 쓰고 있는 것에 감사하다고 말했다. '기쁨'은 인생에서 '고통'의 역할이 무엇인지에 대해 자기의 의견을 피력하면서 인터뷰를 시작했다. "나는 당신이 인생의 계기판이라고 알고 있습니다. 왜냐하면 당신은 고객들이 고통으로부터 자유해지는 것을 더 선명하게 인식하도록, 그리고 강력한 계시에 더 민감하도록 해주기 때문이지요."

"예를 들면" '기쁨'이 말을 이었다. "만약 어떤 고객에게 고통이 점점 더 크게 느껴진다면, 그 고통은 마치 운전사처럼 그 고객을 의사에게로 데려다주죠. 그녀는 의사에게 가서 자기의 고통에 대해 자세히 설명할 것이고, 그렇게 되면 의사는 그녀를 괴롭게 하는 것이 무엇인지 찾아내어 치료로 들어가게 되죠. 그 고통의 근원이 드러나면 의사는 그녀가 그 고통에서 자유해지도록 돕게 되죠. 다른 말로 하면, 고통은 고객과 의사를 더 큰 고통으로 데려가고, 더 큰 고통은 궁극적인 해결책으로 인도해주죠. 고통 씨, 지금 제가 한 말이 맞나요?"

'고통'은 눈도 깜빡거리지 않은 채 찡그린 얼굴로 '기쁨'을 응시했다. 그 순간 '기쁨'은 자기도 모르게 눈길을 다른 곳으로 피했다. 말은 하지 않지만 '고통'의 눈 뒤에 감추어진 깊이를 알 수 없는 고통이 감지되자, '기쁨'은 마치 눈에 먼지라도 들어간 듯 눈을 깜빡거렸다. '기쁨'은 다시 마음을 가다듬고 이번에는 육체적 그리고 정신적 고통으로 인한 괴로움을 깊이 감지하면서 '고통'을 쳐다보았다.

마침내 '고통'이 말했다. "예, 그렇습니다. 기쁨 씨!" 신음하듯 말하는

'고통'의 눈에는 눈물이 고여 있었다. "고객들의 삶에서 내 역할은 고객들이 좀 더 깊은 해결책을 찾도록 이끌어주는 것이지요. 나는 고객들을 감정적으로 아주 고통스러운 지점으로까지 데려갑니다. 그리고 그렇게 할 때 그들의 품행이 바뀌지요."

'고통'은 기침을 하며 숨을 헐떡거렸지만 계속 말을 이었다. "그 좋은 예로는 새끼독수리들에게 비행 연습을 시키는 지혜로운 어미독수리가 있답니다. 어미독수리는 둥지를 아주 불편하게 해서 새끼독수리들이 둥지에 더 이상 머물고 싶지 않게 만들지요. 그렇게 해서 결국 새끼독수리들은 날게 된답니다."

"일반적으로 내 고객들은 견딜만한 고통 앞에서는 품행이 바뀌지 않지요. 그래서 나는 그들이 견딜 수 없을 만큼의 강한 고통으로 그들을 데려간답니다. 그들에게 고통이 임할 때 거치게 되는 몇 가지 과정이 있지요. 일단 내 고객들은 고통을 멈춰볼 수 있는 방법을 강구해볼 것입니다. 주의 깊게 대처하는 고객들은 시간이 지나면서 고통의 원인을 성공적으로 발견하고 제거하게 되지요."

"그러나 몇몇 경우에 내 고객들은 고통의 원인이 무엇인지 알아내는데 실패하고 그저 약에 의지해버려요. 그들의 고통이 감정적인 것이건 육체적인 것이건 그 결과는 결국 약물남용, 알코올중독 등이랍니다."

이번에는 더욱 숨을 헐떡거리고 얼굴도 더 심하게 찡그리면서 '고통'은 말을 이었다. "나는 생명의 탄생을 바로 앞두고 자주 등장한답니다. 아이디어나 발상 등이 열매를 맺을 때도 그렇지요. 아마 '새벽이 가까워올수록 밤은 더 깊어진다'라는 말을 들어본 적이 있을 겁니다. 그처럼 내 고객들 중에 많은 이들이 큰 변화가 오기 직전에 아주 큰 고통을 경험할 때가 많죠. 일반적으로 내가 가져오는 고통이 너무나 커서 그들은 성공을 향해 좀 더 발버둥 쳐보지도 않고 포기하고 싶어 하죠."

"아기를 출산한 적이 있는 내 여성 고객들의 경험을 이 고통과 탄생이라는 과정과 연관지어 생각해볼 수 있어요. 그들은 육체적인 고통의 과정과 생명의 탄생의 과정이 서로 연계되어 있다는 것을 명확하게 이해하고 있죠. 그러나 꿈과 비전의 탄생 과정은 여성뿐만 아니라 누구에게나 해당되는 것이에요."

"기쁨 씨, 나는 당신이 내 말의 핵심을 잘 이해할 수 있기를 바랍니다. 예를 들면, 때로 어떤 아이디어나 결정을 놓고 고민하는, 또는 딜레마를 해결하기 위해 고민하는 사람이라면 누구나 지독한 고통을 느낄 수 있습니다. 그들의 아이디어나 결정이 구체화되고 틀이 잡힐 때까지는 그들은 산고의 과정을 끝낼 수가 없는 것이죠."

"'고통이 생명 탄생으로' 이런 식으로 설명해 주시니까 정말 감동적이네요." '기쁨' 이 끼어들었다.

"아, 두통이…" '고통' 이 말했다. "때로 두통이 너무 심해서 아무 생각도 할 수가 없어요. 잠깐만요, 기쁨 씨! 아스피린 한 알만 먹을게요. 괜찮죠?"

'기쁨' 은 웃으면서 말했다. "정말 아스피린이 필요하신 거예요? 고통 씨, 당신은 지금 나, '기쁨' 과 함께 있잖아요!"

"유, 그렇군요." '고통' 이 좀 당황스러운 듯 말했다. "때로 나는 나 자신과 내가 느끼는 감정에 너무 집중하다보니 이 세상에 나만 존재하는 것은 아니라는 것, 그리고 내가 이 세상의 중심이 아니라는 사실을 잊어버린답니다."

"당신은 어려운 결정들을 내리거나 중요한 아이디어가 탄생할 때 따르는 '고통에서 탄생으로 이어지는 과정' 에 대해 나에게 예를 들어 설명해 주시려고 하던 참이었어요." '기쁨'이 '고통'에게 상기시켜주었다.

"그렇군요. 좋아요. 그렇다면 이사 때문에 직장과 관련된 결정을 내려야 했던 어떤 부부의 예부터 말해 드릴게요. 나에게는 두 명의 고객이 있었는데요. 그들은 코니와 제프라는 부부였습니다. 그들에게는 자녀가 네 명이 있었고요. 둘 다 직장을 다니고 있었고, 강가에 아주 아름다운 집을 가지고 있었습니다. 제프는 코니에게 자기에게는 그녀의 직장생활이 가장 중요하고 그녀가 직장생활을 잘할 수 있도록 적극 지원해 주겠다고 항상 말했습니다. 그녀가 직장생활을 잘할 수 있게 해주기 위해 자기가 할 수 있는 것은 뭐든 하겠다고 했습니다."

"코니는 열심히 일했고 최근에 승진을 했습니다. 그녀는 정말 신이 났지요. 단지 열심히 일한 것에 대한 보상을 받았다는 것 때문만은 아니었고, 승진으로 인해 그녀는 산으로 둘러싸인 아름다운 도시로 이사를 갈 수 있게 되었기 때문이었습니다. 이사비용은 회사에서 다 대주기로 되어 있었고, 현재 살고 있는 집보다 더 크고 아름다운 새 집을 살 수 있도록 해주겠다고 하였습니다. 그녀가 받게 될 봉급과 그 외에 여러 가지 혜택들은 자녀들에게 많은 좋은 것들을 해주고도 남음이 있었고, 그곳에 가면 지금까지 누려보지 못한 호화스러운 생활도 누릴 수 있을 것 같았습니다."

"그렇다면 고통스러울 이유가 전혀 없겠는데요." '기쁨'이 물었다.

"아직까지는 그렇죠." '고통'이 대답했다. "코니는 상사로부터 진급되었다는 소식을 듣고 의기양양해졌죠. 그녀는 이제 발에 날개를 단 듯 승승장구 해보겠다고 다짐했어요. 그러나 집에 돌아가 그 소식을 제프에게 말했을 때 제프는 다른 곳으로 이사하지 않겠다고 말했어요. 그는 코니가 직장여성으로서 성공하도록 아낌없는 지원을 해주겠다고 했던 처음 약속과는 달리 완전히 말을 바꾸고 여러 가지 핑계를 대며 이사는 갈 수 없다고 주장했죠. 그러면서 제프는 만약 코니가 진급기회를 놓치고 싶지 않아 반드시 이사를 가야겠다면 말리지는 않겠지만, 그렇게 할 경우 이혼도 감수하겠다고 으름장을 놓았어요. 어떻게 보면 그는 코니를 구속하거나 재정적인 문제로 싸우지 않겠다는 약속은 지킨 것이죠. 그는 아내에게 이런 제안을 하는 것이 서로에게 공평한 것이라고 여겼어요."

'기쁨'은 코니가 남편의 태도에 충격을 받고 아주 힘든 결정을 내릴 수밖에 없었겠다고 생각하면서 "그럴 수가! 어떤 쪽을 선택했든지 간에 코니는 당신을 만날 수밖에 없었겠네요. 그녀의 승진이 그녀에게 상을 주었다기보다는 오히려 벌을 주었다고 봐야겠네요! 그래서 어떻게 되었어요. 코니가 어떻게 했어요?"라고 물었다.

"그녀는 자녀들에 대해 생각하지 않을 수 없었어요. 특히 막내에 대해서요. 경우에 따라 낮에 아이를 누구에게 맡겨야 하고, 때로는 야근을 해야 할 경우 밤에도 아이들을 맡겨야 할 문제가 가장 심각한 문제였어요. 그녀는 가족과 친구들의 곁을 떠나 수백 마일이나 떨어진 곳에서 살아야 할 테니까요. 그곳에서는 완전히 혼자일 것이고 아프거나 갑자기 생각지 못한 일이 생기면 아무도 도와줄 사람이 없을 테니까요. 게다가 남편 또한 지금까지 그녀에게 보여준 관심과 배려를 끊어버릴 테니까요."

"그녀가 어떻게 할지 고민하는 동안 당신이 그녀와 계속 같이 있었겠네요." '기쁨'이 낮은 목소리로 말했다.

"일분도 놓치지 않고 함께 있었죠. 나는 그녀가 승진으로 인해 기분이 날아갈 것 같던 상황에서 남편에 대한 배신감으로 기분이 바닥을 쳤다는 것을 마음으로 곱씹고 또 곱씹도록 할 필요가 있었어요. 나는 그녀의 기억 속에 그 두 가지 대조적인 상황을 깊이 새겨주고 싶었어요. 그렇게 해서 그녀가 신뢰와 약속이 깨어지는 아픔을 평생 절대로 잊지 못하도록 말이에요."

"그녀 앞에 펼쳐진 이러한 상황 속에서 그녀는 결정을 내려야 했죠. 승진을 받아들인 후 아이들만 데리고 이사를 가느냐, 아니면 가족을 지키는 대신 현재의 지겨운 일을 계속 하느냐. 그리고 중요한 것은 코니가 어떤 결정을 내리든 그 결정에는 반드시 결과가 따른다는 거죠. 그래서 코니는 그 후로 나와 항상 함께 하게 되었어요. 그녀가 이사를 가건 안 가건 나는 항상 그녀와 함께 있게 되었죠. 그러니까 당신은 내가 내 고객들을 돌보지 않는다고 말할 수는 없을 거예요!'

"코니가 어떤 결정을 내리든지 간에 그 결정에 따른 결과가 그녀를 기다리고 있을 것이라고 했는데, 그녀가 어떤 선택을 할지 말해주시겠어요?" '기쁨'이 말했다.

"내가 당신에게 말해줄 수 있는 것은 그녀가 어떤 결정을 내리든지 그녀는 그 결정대로 살게 될 것이며, 또 나와 함께 살게 될 것이라는 것이죠. 그녀가 나를 그녀의 삶에서 밀어내고 당신을 받아들이겠다고 결심하지 않는 한은요. 그녀가 만약 자기의 결정에 따른 결과에 수긍하게 되면, 그녀는 새로운 인생을 출발하도록 도와달라고 당신을 찾을 거예요. 혹시 누가 아나요? 그녀가 승진보다 가족을 지킨 데서 오히려 기쁨을 찾게 되는지요. 아니면 남편이 배신의 대가를 톡톡히 치르도록 발로 차버리고 그녀 자신의 인생을 꾸려나가는데서 기쁨을 찾게 되는지요. 그녀가 현재 이 시점에서 어떻게 할지는 나도 모르겠어요."

'기쁨'은 팔짱을 끼고 코니에게 깊은 관심을 보이며 말했다. "있잖아요. 어떨 때는 육체적인 고통과 감정적인 고통 중에 어떤 것이 더 고통스러운지

판단하기가 쉽지가 않아요. 물론 세상에 더 슬프고 더 고통스러운 이야기들도 많이 있지만, 당신이 방금 들려준 그 얘기도 꽤 슬픈 이야기라고 생각되네요."

"그렇습니다. 그러나 기쁨 씨, 만약 내 고객들이 고통을 극복할 수만 있다면, 그들 중에 대부분은 일반적으로 시간이 흐르면 고통을 잊게 된답니다. 왜냐하면 그 고통의 이면에 정착하게 되기 때문이죠."

"어떻게요?" '기쁨' 이 물었다.

"일단 결정을 내리고 난 뒤에 오는 마음의 평정이라고나 할까요. 일반적으로 결정을 내려야 할 시점에는 여러 가지 선택의 여지들이 폭풍처럼 밀려온답니다. 그러나 그 중에 하나를 선택하고 나면 그 결정이 가야 할 방향을 제시해 주지요."

"아무도 계획하거나 예상하지 못했는데, 하나님이 아주 귀여운 아기를 보내 주셨다던가, 또는 아주 아름다운 꿈, 목표, 비전이 눈앞에 활짝 펼쳐지든가 하는 것이죠. 그 예로는 코니의 승진 같은 것이 있죠. 코니가 열심히 일하고, 열심히 연구하고, 자원하는 정신으로 일해서 얻은 결과요."

"전쟁 대신 평화를 선포하는 것도 있어요. 정직하게 살기로 결심한다든가 하는 것이죠. 다시 말하면, 자기 자신을 실제보다 훨씬 부풀려서 성공한 사람처럼 보이고 살기보다는 자기 분수에 맞게 살기로 결심하는 것이죠. 이런 식으로 구체적인 설명을 하면 끝도 없어요. 기쁨 씨, 지금까지 얘기한 것을 정리해보면, 결정을 내려야 하는 고통 그리고 그에 따른 결과와 관련된 모든 문제는 정말 역설적이라는 거예요."

'고통' 의 말에 깊은 영감을 받은 '기쁨' 은 그것을 글로 정리했다. "그렇다면 이 역설을 해결하기 위해 당신과 내가 어떻게 더 잘 협력해서 일할 수 있죠?' '기쁨' 이 물었다.

"내 의견은 이렇습니다. 우리의 파트너관계는 내가 방금 말했던 그 역설의 진수를 보여주는 것이 되면 좋을 것 같아요." '고통' 이 부어오른 팔에 새로운 밴드를 붙이면서 대답했다. "우리의 슬로건은 '고통 속의 기쁨' 이 되어야 할 것 같네요. 그렇게 생각되지 않으세요?" 그는 고통스러운 얼굴로 미소를 보냈다.

"그래요? 왜 그렇게 해야 되는데요?" '기쁨' 이 궁금한 듯 물었다.

"나는 고객들에게 고통으로부터 자유롭게 되기 위한 변화를 생각하게 하는 반면, 당신은 그들을 '원한' 과 '용서하지 않는 마음' 으로부터 지켜주는 것이죠. 당신도 알다시피 그 쌍둥이들은 항상 고객이 될 만한 사람들을 물색하러 다니잖아요."

"아, 이제야 당신이 왜 그 슬로건을 좋아하는지 알겠어요." '기쁨' 이 말했다. "할 수만 있다면 가족들 때문에 또는 믿었던 사람들 때문에 아무리 큰 고통을 받는다 하더라도 내가 당신 고객들의 마음에 들어가서 미래의 행복한 삶을 전체적으로 마음에 그려보도록 해서 '원한' 이나 '용서하지 않는 마음' 을 상대하지 않도록 하는 것이 좋겠다는 생각이 드네요."

'고통' 은 몸을 앞으로 숙이고 고통스러운 듯 가슴에 손을 얹었다. "기쁨씨, 우리의 슬로건이 '고통 속의 기쁨' 으로 해야 한다고 방금 전에 했던 말은 거의 반은 농담이라는 거 당신도 알죠?"

"물론, 알아요." '기쁨' 이 대답했다. "그래도 이런 말 들어보신 적이 있을 거예요. 때로는 고통 후에 더 큰 기쁨을 느낄 수 있다는 거요."

"기쁨 씨!" '고통' 이 겨우겨우 말을 이었다. "오늘 이렇게 찾아와줘서 너무 좋았습니다. 그리고 당신이 나 뿐만 아니라 나의 고객들도 찾아가 줄 것이라고 생각합니다. 감사합니다."

"별말씀을요. 나는 앞으로도 당신과 많은 일을 함께 할 수 있기를 기대합니다. 물론 당신의 고객들에게 '전혀 고통이 없을 것이라고 보장' 할 수는 없지만, 고통을 완화해 주는 역할은 할 수 있을 것 같아요." '기쁨' 은 말을 이었다. "코니를 만나게 되면, 밤의 어두움이 지나고 나면 새벽이 오듯이 당신과 함께 눈물의 어두운 밤을 보내고 나면 나와 함께 기쁨의 새벽을 맞이하게될 것이라고 말해주세요."

이번에는 얼굴을 찡그리지 않고 '고통' 이 '기쁨' 을 보며 고맙다는 말을했다.

'기쁨' 도 이번에는 '고통' 의 시선을 피하지 않고 눈과 눈을 마주하며 그를 바라보았다.

기 쁨 을 유 지 하 는 길

↳목적

창조주와 연결되어 있지 않는 사람들은 자기의 진정한 존재목적을 알 수 없다. 오직 하나님과 연결되어 있을 때만이 자기 인생의 청사진을 발견하고, 읽고, 이해할 수 있으며, 따라서 진정한 존재목적을 알게 된다.

↳오만

착각은 자기 자신을 지나치게 높게 평가하게 하고, 그러다가 일이 안 풀려 자존심에 상처라도 받게 되면 그 아픔은 크다. 자기도취가 패망의 아픔을 줄여줄 수는 없다.

↳자선

누구나 다른 사람들을 섬길 수 있다. 섬기는 일에는 학위가 필요 없다. 섬기겠다는 말을 꼭 할 필요도 없다. 그저 베풀 수 있는 마음만 가지면 된다.

↳선택

인생에서 결정의 순간에 와 있을 때 좋은 선택은 항상 좋은 결과를 초래하고, 나쁜 선택은 항상 나쁜 결과를 초래한다. 삶에 귀를 기울일 때 좋은 선택을 하지만, 이기심의 선택은 나쁜 결과를 가져온다.

↳용기

용기가 있으면 내면의 두려움을 극복할 수 있다. 때로는 보람 있는 삶을 위해 위험도 감수할 수 있다. 현명한 선택과 함께 담대하게 결정을 내릴 수 있다. 보람을 느낄 때 용기는 플러스가 된다.

↳고통

고통은 여러 모양으로 다가 온다. 출산, 이사문제, 아이디어 결정, 사업문제…. 이 고통을 받아드리지 못해 약물을 남용하면 그 고통은 배가 되지만, 수용하면 아름다운 열매로 다가온다.

♣ 용기는 인간의 여러 가지 미덕들 중에서도 가장 위대한 미덕이다. 왜냐하면 용기가 없다면 다른 미덕들을 발휘할 수 있는 기회조차 가질 수 없기 때문이다.

'기쁨'이 '드라마'를 만남

드라마 제작팀은 인간의 감정에 자극을 주려고 하며,
할 수만 있다면 극한 감정을 느끼게 하려고 한다.
– 로렌스 올리비에(Laurence Olivier)

✦ ✦ ✦

'기쁨'은 왜 자기가 '드라마'를 만나야 하는지 잘 알 수 없었다. 그렇지만 '기쁨'은 그녀가 기쁨탈취자 중의 최고라는 말을 들었다. 사실 그는 그 말을 듣고 어리둥절해졌다. 왜냐하면 '기쁨'은 연극이 관객과 배우들에게 '기쁨'을 주는 것처럼, '드라마'도 그렇게 재미를 줄 것이라고 늘 생각했기 때문이었다. 그러나 그가 수집한 정보에 의하면, 그런 종류의 '드라마'는 재미를 주려고 제작된 것이 아니라 삶의 기쁨을 빼앗아 가기 위해 제작되었다는 것이다.

'드라마'는 '기쁨'이 지금까지 한 번도 보지 못한 화려하고 선정적인 옷을 입고 '기쁨'과 만나기로 약속한 장소에 모습을 드러냈다. 그녀는 주변의 시선을 한 몸에 받았다. 게다가 한 사람이라도 그녀에게 시선을 주지 않는 눈치면 금방 눈에 띌만한 행동을 해서 다시 시선을 모으곤 했다.

'기쁨'은 공원에서 그녀를 만났다. 그날은 날씨가 너무 좋아서 밖에서 만나는 것이 더 좋을 것 같았다. 그런데 '드라마'가 날씨가 너무 덥다고 불평을 했기 때문에 그의 말만 들으면 마치 날씨가 아주 안 좋았던 것으로 착각될 정도였다. "어머나, 세상에 이건 너무했어요!" 그녀가 핸드백에서 아주 섬세하게 만들어진 아름다운 작은 부채를 꺼내 부채질을 하면서 말했다. '기쁨'은 그녀에게 근처 아이스크림 가게 안으로 들어가자고 제안했다. 그런데 이번에는 "싫어요. 거기 들어가면 너무 추워요. 나는 갑자기 온도가 변하는 것을 싫어해요. 나는 그런 것에 잘 적응을 못하거든요"라고 불평했다.

"그러면, 시원한 탄산음료수 한 잔 갖다 드릴게요." '기쁨'이 말했다.

'드라마'는 양손으로 얼굴을 가리면서 몸을 앞뒤로 흔들면서 징징거렸다. "탄산음료수라고요? 탄산음료수는 너무 설탕이 많이 들어있어요. 내 몸은 민감하거든요."

"그렇다면 커피로 하시겠어요?"

"그것도 좀 그러네요." 그녀가 한 손을 이마에 얹으면서 말했다. "커피를 마시면 카페인 때문에 과민반응이 생겨 머리가 어지러워요."

"그렇다면 물은 어때요?"

"세상에!" 그녀는 작은 손부채를 얼른 접어서 '기쁨'의 팔을 가볍게 톡톡 치면서 말했다. "그건 너무 심심하죠."

'기쁨'은 그녀에게 두 손 들어버렸다. '이제야 내가 왜 이 드라마 여왕과 만나야 했는지 알겠군'라고 그는 속으로 생각했다.

"좋아요. 이제 인터뷰를 시작하죠, 드라마 씨!" '기쁨'이 말했다. "당신의 고객들에게 당신은 어떤 역할을 하고 있죠?"

"내가 어떤 일을 하고 있냐고요? 어머, 세상에, 그걸 정말 알고 싶은 거예요?" 그녀는 '기쁨'과 나란히 앉아 있던 벤치에서 벌떡 일어나 과장되게 몸을 흔들며 말했다. "나는 고객들이 지루함을 느끼지 않도록 계속 혼란을 주는 일을 해요. 고객들은 갈등에 갈등을 거듭해야 좋아하거든요. 내 고객들은 어떤 상황설정도 다 받아들일 수 있어요. 그리고 아무것도 아닌 것을 대단한 것처럼 만들 수 있어요."

"드라마 씨, 왜 당신의 고객들은 혼란을 좋아하나요? 그들은 평화와 함께 잘 지낼 수는 없나요?" '기쁨'이 아주 궁금해 하면서 물었다.

"세상에! 당연히 그렇죠!" 초조한 목소리로 그녀가 말했다. "사실 내가 고객들에게 다가가는 것이 아니라 내 고객들이 나를 찾아와요. 그리고 나는 내 고객들이 그럴싸하게 드라마를 만들도록 도와줘서 내 고객 주변 사람들이 당신을 찾을 수 없도록 하는 거예요, 기쁨 씨!"

'기쁨'이 "드라마 씨, 당신의 삶은 아주 재미있는 장면의 연속인 것 같군요. 아주 재미있는 장면들을 나에게 들려주실 수 있나요?"라고 물었다.

'드라마'는 잠깐 생각에 잠기더니 말했다. "재미있는 장면들이 너무 많아 그렇게 하기가 힘들어요." 그녀는 다시 자리에 앉더니 이마에 한 손을 얹고 그것에 대해 골똘하게 생각했다. '기쁨'은 재미있다는 듯이 그 모습을 바라보았다.

'드라마'가 말을 이었다. "가족 간에 드라마가 진행되는 것을 보면 아주 재미있어요. 특히 부모들과 십대들 간에 벌어지는 드라마가 재미있죠. 그런 드라마에 참여하지 않는 십대들은 아마 거의 없을 거예요. 당신도 알다시피 아직 나이가 어리다고 해서 부모님이 데이트 하는 것을 허락하지 않아 십대

소녀가 발끈 화를 내는 장면이라든가, 아니면 십대소년이 부모의 허락도 받지 않고 집에 있는 차를 몰고나가 친구들과 신나게 타고 다니는 장면이죠."

"나는 거의 초청받지 않는 곳이 없어요. 그런데 내 고객들이 차분하고 평화로워지기를 원하면 그때 나는 떠나요. 내 고객들이 '이제 더 이상 드라마는 싫어' 라고 소리칠 때가 있어요. 그런 말을 들을 때 나는 내가 일을 꽤 성공적으로 해냈다는 것을 알게 되죠. 물론 나는 내 일을 아주 많이 즐겨요. 나는 인생이라는 극장의 거의 모든 무대에 올라 공연을 해요. 나는 부부 간의 사적인 결혼생활에도, 교회의 성가대 리허설 장소에도 등장하지요. 나는 내 고객이 어떤 집을 살 것인지와 같은 단순한 주제로도 드라마를 만든 적이 있어요. 나는 고등학교나 대학교에 자주 나타나기로 유명하죠. 드라마는 내가 하는 일이고, 드라마는 내가 좋아하는 것이에요."

이번에는 '드라마' 가 다시 벤치에서 일어나더니 자기의 대본을 보고 기뻐하며 머리를 숙여 거창하게 절을 했다. '기쁨' 이 그녀가 하는 것을 그저 보고만 있다가 그녀에게 뭔가 말하려고 하자, '드라마' 가 갑자기 주위를 돌아보며 "이제 그만 실례해야겠어요. 저쪽에서 개봉 드라마를 몇 편 봐야 하거든요"라고 말했다.

"어디요?" '기쁨' 이 여기저기를 응시하며 궁금하다는 듯이 물었다.

"저쪽이요. 저기서 남자들이 소프트볼 게임을 하고 있잖아요. 아주 좋은 고객이 물릴 것 같은데요."

"좋아요, 드라마 씨! 그러나 떠나기 전에 한 가지만 물어볼게요. 당신 고객들의 삶에서 드라마를 막으려면 어떻게 해야 한다고 생각하세요?"

'드라마' 는 잠깐 말을 멈추고 '기쁨' 과 함께 심각한 드라마를 만드는 것에 대해 생각했다. 그러나 그렇게 하는 대신 '기쁨' 에게 답을 해주기로 마음먹었다. "인정하고 싶지 않지만, 만약 내 고객들이 부드러운 말이 분을 가라앉힌다는 것을 깨닫는다면, 그들의 삶에서 드라마 제작을 방지할 수 있을 거예요. 그리고 기쁨건설자 중에 '유머'라는 작자가 등장하면 드라마의 색깔이 바래져버리죠. 이제 이 정도면 충분한 것 같네요. 기쁨 씨, 이제 더 많은 드라마를 만들기 위해 가봐야 해요."

'드라마'가 자리를 뜨려고 준비하자, 항상 신사다운 태도를 잃지 않는 '기쁨'이 자리에서 일어나 말했다. "내가 당신의 자리를 대신하려고 한다는 사실을 아셨으면 합니다. 그런데 불행히도 내 힘으로는 어떻게 해볼 수가 없을 것 같네요. 그래서 내 친한 친구인 '평화'에게 부탁을 해야 할 것 같아요. 우리 둘이 힘을 합치면 당신의 고객들에게 전혀 다른 삶을 선물해줄 수 있을 거라는 생각이 들어요."

'드라마'가 눌러 쓴 모자 아래로 자기의 구불구불한 머리카락을 장난스럽게 잡아당기면서 소프트볼 게임장을 향해 걸어가며 말했다. "관심 없어요. 그저 내 귀에는 지루한 소리로만 들리네요. 나는 당신의 계획에서 빠질래요."

그것에 대해 '기쁨'이 대답했다. "좋은 생각이에요, 드라마 씨. 당신은 이 계획에서 빠지는 것이 좋을 것 같아요."

'드라마'는 어깨를 으쓱하더니 비꼬는 듯이 방송마감을 알리는 듯한 종소리를 내고는 "다음에 봐요. 당신처럼 되는 건 싫어요"라는 말과 함께 걸어갔다.

"드라마 씨, 당신은 이제 '이별의 노래'나 연습해두는 것이 좋을 것 같군요. 왜냐하면 내가 내 친구 '평화'와 함께 나타날 때 아무래도 당신이 그 노래를 부르게 될 것 같으니까요." '기쁨'이 말했다.

38장

'기쁨'이 '평화'를 만남

기쁨의 씨는 평화의 땅에서 무럭무럭 자란다.

― 로버트 윅스(Robert J. Wicks)

❃ ❃ ❃

그동안 '평화'는 '기쁨'에게 아주 훌륭한 멘토가 되어 주었다. 그리고 '기쁨'은 '평화'와 함께 시간을 보내기를 항상 고대해 왔다. '기쁨'은 '평화'와 함께 있는 것은 '마치 아름다운 봄날의 조용한 속삭임 같다'고 혼자 속으로 생각했다. '평화'는 항상 차분했고 그 안에 모든 선한 것과 완전한 것들을 다 담고 있는 것 같았다. 그는 모든 것을 다 알고 있는 듯 느껴지는 정적인 고요함이었다. '평화'가 방으로 들어오면 그의 움직임 하나하나가 편안함을 가져다주었다. '평화'를 볼 때마다 '기쁨'은 그가 영원히 함께 있어 주었으면 하는 마음이 들었다.

'기쁨'은 평소에 사용하던 인터뷰 방법으로는 '평화'에게서 알고 싶은 것을 다 얻어내지 못할 것이라는 생각이 들었다. '기쁨'은 '평화'를 알기 위해서는 먼저 침묵에 익숙해지는 법을 배워야 한다는 것을 알고 있었다. '기쁨'은 '평화'가 기쁨의 마음에 있는 여러 가지 생각들 사이사이에 조용한 공간을 만들어줄 거라는 것을 알고 있었다.

'기쁨'은 전에 '목적'을 만났을 때 '평화'가 '목적' 옆에 살고 있었기 때문에 '평화'와 인터뷰를 하려고 계획한 적이 있었다. 그러나 그때 '평화'가 집에 없어서 '오만'에게로 갔었다. 그러나 지금은 '평화'가 집에 있는 것이 확실했다.

'기쁨'은 평화의 집으로 연결된 조용한 정원 길을 따라 걸어가다가 집 문 앞에 이르러 초인종을 눌렀다. '평화'가 안에서 대답을 했다. '기쁨'은 '평화'가 여기저기 멍들고 흩어진 모습으로 문을 열고 서 있는 것을 보고 깜짝 놀랐다.

"오늘은 집에 계셨군요! 당신을 만나려고 찾아왔었어요! 그동안 무슨 일이라도 있었나요? 왜 그렇게 온 몸에 멍이 들었어요?"

"평화조약협상을 추진하느라고 전쟁지역에 가 있었어요. 일이 좀 어려워졌었거든요. 특히 '미움'과 '분노'가 등장해서 나를 납치했을 때 정말 어려웠어요. 그래도 마지막에는 내가 이겼죠. 내가 전쟁 양당사자들에게 전쟁을 해봐야 돌아올 것은 죽음, 대참사, 캄캄한 앞날밖에 없다고 설득해서 결국 내가 이기게 됐죠."

"그러나 기쁨 씨, 당신이 여기에 온 것은 정치적 평화에 대해 말하기 위해서가 아니라는 것은 나도 알고 있어요." '평화'는 말을 이었다. "당신은 하나님과 깊이 교제할 때 내가 주는 선물들인 내면의 평화, 영혼의 고요함에 대해 알고 싶은 거죠? 맞나요?"

"예, 그렇습니다. 내가 여기에 온 것은 당신의 역할과 기능이 가진 특징에 대해 알고 싶어서이고요. 그리고 당신과 내가 좀 더 강력한 파트너관계를 맺어서 고객들에게 더 좋은 서비스를 제공할 수 있는 방법이 있을지 알고 싶어서입니다."

"그렇군요. 그렇다면 이리 와서 앉으세요. 그리고 이제 인터뷰를 시작하죠."

그들은 거실로 들어가 소파에 앉았다. 몇 분이 흘렀다. '기쁨' 과 '평화' 는 묵상하는 것처럼 그 자리에 조용히 앉아 마음과 정신을 집중시켰다.

'평화' 가 조용히 말했다. "너희는 가만히 서서 내가 너희의 하나님인 것을 알라."

'기쁨' 은 '평화' 가 무엇을 할지 정확하게 알고 있었다. '평화' 는 말을 하기 시작했는데 그것은 거의 속삭임이었다. "내 고객들은 내가 그들의 지각을 초월한 존재라는 것을 알아야 합니다. 나는 고객들이 나를 선택하기만 하면, 그 고객이 있는 곳 어디든 갑니다. 나는 폭풍 가운데도 있었고, 아주 심한 고통 중에도 있었지요. 그런 식으로 고객들이 있는 곳이라면 나는 언제나 어디나 가죠. 나는 고객들이 사랑하는 이를 잃은 후 그 현실을 마음에 받아들일 때 그들이 느낄 수 있는 감정이지요. 그러니까 나는 사랑하는 이를 잃었다는 슬픔과 좌절감 한 가운데서도 등장하는 차분한 감정이라고 볼 수 있죠. 나는 정신적, 감정적, 영적인 최고의 균형 상태이지요."

'기쁨' 은 '평화' 가 하는 말을 깊이 묵상하면서 꼼짝도 않고 가능한 모든 말들을 메모장에 받아쓰고 있었다.

"내 고객들은 소란에 맞서서 싸워야 해요." '평화' 가 말을 이었다. "그들은 침묵을 두려워하지 않고, 오히려 침묵을 받아들이는 것을 배워야 합니다. 내 고객이었던 테레사 수녀가 했던 말 중에 '하나님은 침묵의 친구이다' 라는 말은 그것을 잘 표현해 주고 있지요. 나무나 풀 등 대자연을 보세요, 어떻게 소리 없이 자라는지. 별들과 달과 해를 보세요, 어떻게 소리 없이 움직이는지."

"내 고객들은 하나님 앞에서 홀로 묵상하는 시간을 가질 때 최상의 서비스를 받을 수 있답니다. 내 고객들은 결정을 내리는 과정에서 내면의 평화를 항상 지켜야 하고 또 평화를 따라야 합니다. 나는 항상 고객들 곁에 있습니다. 그러나 나의 존재를 무시한다면 나는 소멸될 수도 있습니다. 내 고객들은 자기의 근원되신 하나님과 어떻게 연결되는지를 알며 스트레스와 긴장을 푸는 법도 압니다. 그들은 하나님이 진정한 만족의 근원인 것을 알고 있으며 참 만족을 누릴 때 결코 허무함을 느끼지 않게 된다는 것도 알고 있습니다."

'기쁨'은 '평화'가 말한 것을 받아들이면서 숨을 크게 들이켰다. 그때 마치 그의 전 존재가 온유하고 부드러운 '평화'의 메시지에 푹 젖은 것처럼 깊은 만족감이 느껴졌다. 이제 '기쁨'은 앞으로 남은 여정을 떠날 준비가 되었다. 그는 '평화'가 그의 고객들을 계속 평화로 이끌어줄 것이라는 것을 알 수 있었다.

"당신을 만나기만 하면 자리에서 일어나고 싶어지지가 않아요." '기쁨'이 '평화'에게 조용히 말했다.

"나도 어떤 장소에 한 번 머무르게 되면 그곳을 떠나고 싶어지지가 않아요. 그러나 때로 사람들은 나에게서 여권을 빼앗고 내가 말썽을 일으킨다며 나를 쫓아내요. 상상이 가세요? 그들은 내가 '나는 평화의 이름으로 왔습니다'라고 말해도 나를 믿지 않아요. 그럴 때면 아주 사기가 떨어지죠!"

"그럴 수가! 그러나 평화 씨, 당신이 승리하면 내가 얼마나 신이 나는지를 절대로 잊으면 안 돼요. 나도 알아요. 당신은 전쟁이 일어난 나라들에서 쫓겨나는 것 외에도 가정들, 사업체들, 개인들의 마음에서도 쫓겨나기도 하지요. 그렇죠?"

"예, 맞아요." '평화'가 부드럽게 웃으며 말했다. "그러면서도 사람들은 평화를 원한다고 외치는데 정말 이상하기도 하고 우습기도 해요. 대개 '긴장', '분노', '염려', '미움', '드라마'나 그 외에 다른 탈취자들이 등장하면 사람들에게 그런 일이 일어나죠."

'기쁨'은 '평화'와 함께 있으면서 긍정적이 되고, 감탄하게 되며, 믿을 수 없을 만큼 기분이 좋아지는 것을 느끼며 대화를 계속하던 도중 자기도 모르게 마룻바닥에 드러누웠다.

"기쁨탈취자들이 등장하면 즉각 나를 부르세요. 내가 당신을 도와 힘을 합치면 그들을 더 빨리 쫓아낼 수 있을 거예요." '기쁨'이 말했다.

'평화'가 막 대답을 하려고 할 때 갑자기 천둥이 치는 것 같기도 하고 큰 폭발이 일어나는 것 같은 큰 소리가 들렸다. '기쁨'은 깜짝 놀라 풀쩍 뛰었고, 그들 둘은 몸을 숨기기 위해 달렸다.

"도대체 무슨 일이 일어난 거야?" 우레 같은 소리와 함께 물건들이 날아오는 것을 보며 '기쁨'이 말했다. "어디서 이것들이 날아오는 거죠?"

"이 시끄러운 소리와 물건들이 날아오는 것은 '염려' 때문이에요. '걱정'의 이복여동생이죠. 그녀는 갑자기 아무데나 몰아닥쳐요!" '평화'가 폭발로 인해 사방으로 흩어지는 사무용품을 잡으려고 달려가면서 큰 소리로 대답했다. "당신이 지금 목격하고 있는 것은 '세계적인 염려 폭발의 순간'이예요."

"뭐라고요? 그게 뭐예요? 세계적인 염려 폭발의 순간? 나는 그런 말을 들어본 적이 없어요!"

"그것은 '염려' 가 사람들의 마음을 거의 점령하는 바로 그 특정 순간에 대해 내가 붙여준 이름이에요. 그러나 그녀는 아주 짧은 시간 분출하고 끝나 버리죠. 우리 고객들은 '염려' 가 등장하려고 할 때 어떻게 그 '염려' 를 다룰 것인지를 배워야 할 필요가 있어요. 일단 염려의 순간이 지나고 나면 나중에 다시 감정적으로 분출할 때까지는 잠잠해지죠."

"물론 그녀가 엄청난 소란을 피우는 동안 '두려움' 이 한쪽 끝에 자리 잡고 있고, '걱정' 도 만약의 경우를 대비해서 그 근처에 있고 싶어 하죠! '염려' 가 우리 고객들의 마음에 이런 동요를 일으키면 고객들은 미칠 것 같은 상태가 돼요."

"당신이 '걱정' 을 만났을 때 그녀가 그녀의 고객들이 나를 만날까봐 너무 걱정이 된다고 말하지 않았나요? 그녀의 이복여동생인 '염려' 와 '두려움의 그림자' 가 모든 구석을 어두침침하게 만들어주기 때문에 '걱정' 은 항상 잘 보호를 받죠. 그렇지 않나요?' '평화' 가 골똘히 생각하며 말했다.

"내 생각에는 때로 '걱정' 을 보호해 주는 것이 오히려 우리 고객들 자신이 아닐까 생각해요." '기쁨' 이 공중에서 휙 날아온 웨딩케이크에 얼굴이 뒤덮인 채 말했다. "염려가 폭풍처럼 불러일으키는 일시적 동요의 예로는 어떤 것들이 있나요?"

"한 가지 예는 지금 불어 닥치고 있는 이런 종류의 염려의 폭발이에요"라고 '평화' 가 대답했다. "그것은 이 세상의 모든 신부들이 결혼식 계획을 세우면서 안절부절 못하며 염려하는 것이죠!"

"와! 나는 신부들이 결혼식에 대해 그렇게 염려하는지 몰랐어요! 또 다른 예는 어떤 것이 있나요?' '기쁨' 과 '평화' 가 날아오는 물건들을 피해 도망가는 사이에 '기쁨'이 소리치며 물어보았다.

"또 다른 예로는 대학입학시험을 치르는 고등학교 3학년 학생들이에요. 사법고시를 치르는 법학도들이나 의사가 되기 위해 시험을 치르는 의대생들도 하나의 예라고 볼 수 있죠. 식은땀을 흘리며 아름다운 아가씨에게 첫 데이트를 신청하려고 하는 남자들도 좋은 예 중의 하나죠. 그런 남자들은 혹시 데이트를 신청했다가 거절 당할까봐 속으로 염려한답니다. 프로젝트가 예상대로 진행되지 않아 골머리를 앓고 있는 프로젝트 매니저들도 좋은 예구요. 그 외에도 원고마감일을 놓친 작가들, 몸살에 걸린 하사들, 컴퓨터가 고장 난 엔지니어들 등이 있어요."

"바이올린이 날아와요. 조심하세요!" '기쁨'이 '평화'를 밀쳐내면서 말했다. "아무래도 오늘 결혼식에서는 음악연주자들이 박자를 놓치거나 음을 제대로 살리지 못할 것 같은데요."

'평화'가 겨우겨우 몸의 중심을 잡고 서서 계속 예를 들어주었다. "새로운 직장을 잡으려고 인터뷰를 하는 사람들도 좋은 예고요. 새 직장에 취업되어 출근 첫 날을 앞두고 있는 사람들도 그렇고요."

"아, 맞아요. 허리케인이 불어오면 새로 고용된 기상전문기자들은 현장으로 달려가 나무에 자기 몸을 묶고는 TV 시청자들에게 허리케인이 다가오고 있다는 것을 가장 먼저 알려야 한다는 말이 생각나요!" '기쁨'이 이 말을 하면서 웃음을 참지 못하자, '평화'도 참지 못하고 웃음을 터트렸다.

"아, 또 다른 예가 있어요. 그건 이 세상의 거의 모든 부모들이 경험하는 것이죠." '평화'가 말했다. "이것이 염려가 가진 최고 장기예요! 엄마가 꼬마를 데리고 백화점에 왔을 때 꼬마가 엄마 곁을 떠나 혼자서 엘리베이터로 가는 경우죠! 또는 아빠가 아들과 함께 버스를 타기 위해 버스 정거장에 서 있는데, 버스가 도착하자 아들은 먼저 버스에 탔고 버스운전기사는 잔돈을 거슬러달라고 하는 다른 손님에게 정신이 빼앗겨서 아빠를 보지 못하고 버스 문을 닫고는 출발해버리는 거죠. 아이는 울고 아빠는 버스를 따라 잡기 위해 죽을힘을 다해 달리는 겁니다! '염려' 가 제일 자신 있게 내세우는 장기가 바로 이거랍니다! 이런 일은 때로 기차에서도 가끔 생긴답니다."

이제 소동이 조금 가라앉는 듯 보였다. 어쩌면 '기쁨' 과 '평화' 가 소동이 나는 곳으로부터 충분히 멀리 달려온 것인지도 모른다. 모든 것이 조용해지고 있었고, 이제는 부드럽고 잔잔한 바람이 산들산들 지날 뿐이었다. '평화' 가 눈부시게 파란 하늘을 올려다보면서 말했다. "있잖아요. 우리 고객들은 아무리 힘든 문제가 그들을 괴롭게 해도 때로 그것을 잠재워야 할 필요가 있어요. 고객들이 스스로를 진정시키는 것을 보면, 나는 그들에게 문제해결이나 해결방책을 선물해 주고 떠나죠."

"평화 씨, 당신은 정말 함께 있으면 마음이 편해지는 분이예요. 왜 사람들이 당신과 시간을 보내면서 당신에 대해 더 알려고 하지 않는지 모르겠어요."

"내 생각에는 나의 고객들 중에 어떤 이들은 너무 극단적이지 않는 한 자기들의 인생이 '드라마' 처럼 펼쳐지는 것을 더 좋아하는 것 같아요. 그러나 나는 자기의 영혼과 하나님과의 관계를 새롭게 하기를 원하는 모든 사람들에게는 언제든지 열려 있답니다."

그날 인터뷰를 마친 후에 '기쁨' 은 조용히 다음 인터뷰를 위해 그곳을 떠났다.

39장

'기쁨' 이 '주관' 을 만남

사람들은 대개 다른 사람들이 찾아낸 논리보다도
그들 스스로 찾은 논리를 더 확신한다.
– 블레이즈 파스칼(Blaise Pascal)

✦ ✦ ✦

'기쁨' 이 '주관' 과의 인터뷰 약속을 정하기 위해 그녀에게 전화를 했을 때 그녀는 자기의 모든 일정을 다 정하기 전까지는 '기쁨' 과 만나지 않겠다고 말했다. '기쁨' 은 그녀의 응답이 좀 특이하다는 생각을 떨쳐버릴 수 없었다. '주관' 은 인터뷰 약속을 잡을 때는 자기가 원하는 조건에 맞게 잡아야 한다고 '기쁨' 에게 잘라 말했다. '기쁨' 에게는 그렇게 하는 것이 아무 문제가 없었지만, 이 기쁨탈취자가 뭔가 다른 속셈이 있는 것은 아닌가 하는 생각에 웬일인지 조심스러운 마음이 들었다.

'주관' 은 인터뷰 장소는 자기 집으로 하고 정해진 시간 내에 인터뷰를 끝내야 한다고 했다. 그녀는 인터뷰 시작 시간을 아주 구체적으로 정했고 '기뽐'에게 절대로 늦어서는 안 된다고 경고했다. '기쁨'은 정시에 도착했고 '주관'에게 모든 필요한 질문들을 할 준비를 갖추었다.

'주관'은 약간 성이 난 것 같은 모습으로 문을 열었다. 그녀가 '기쁨'에게 들어와서 앉으라고 말하는 음성은 약간 딱딱하게 들렸다. "그렇다고 너무 편안하게 있지는 마세요!" '기쁨'은 비록 집처럼 편안하게 앉아있고 싶어도 여기서는 결코 그것이 용납되지는 않을 것 같았다. '주관'의 집은 '사랑'의 집이나 '긍정적인 태도'의 집에서 느꼈던 편안함이나 환대받는 그런 느낌이 아니었다.

'기쁨'은 인터뷰를 시작하기로 마음먹고 '주관'에게 "그녀의 고객들에게 대한 그녀의 역할과 기능이 무엇이냐?"고 물었다.

"나는 내 고객들에게 서로에게 영향을 주고 서로에게 권위를 부리는 것은 물론이요, 모든 것들에게 그리고 모든 이들에게 영향을 주고 그 위에서 권위를 부리도록 하고 있어요. 내 고객들은 모든 상황들에 대한 규정을 만드는 자들이 되어야 해요. 그러니까 알고 보면 내 고객이 아닌 사람들은 거의 없어요. 대부분의 사람들이 다른 사람들을 간섭하고 주관하려는 면이 있거든요."

"그건 좋은 건가요?" '기쁨'이 갑자기 물어보았다.

"내가 언제 내 말 중간에 끼어들어서 질문을 해도 된다고 당신에게 허락했었나요?" '주관'이 권위적으로 말했다.

"어떤 면에서는 그랬다고 볼 수 있죠. 당신이 말하는 도중에 끼어드는 것은 당신의 주도적인 성격을 드러내 보여줄 수 있는 하나의 방법이 될 수 있으니까요."

"아, 그렇군요." 그녀는 그것이 칭찬인지 아닌지 아리송했다. "어쨌거나,

하던 말을 계속 할게요. 사실, 상대방을 주관하고 통제하는 것이 좋은 것인지 나쁜 것인지는 그것을 바라보는 관점의 문제죠. 통제하고 주관할 수 있다는 느낌은 내 고객들의 감정적 건강에 전반적으로 좋을 수가 있죠. 그러나 지나치게 다른 사람들을 자기 마음대로 통제하고 주관하려고 하는 고객들일 경우에는 그것이 오히려 성격상의 결함이라고 볼 수 있죠. 그들은 대개 걱정이 많고, 완벽주의자들이며, 다른 사람들을 비판하거나 또는 다른 사람들에게 요구하는 경향이 있어요. 그들은 항상 의견 내기를 좋아하고, 다른 사람들의 의견이나 생각에는 마음을 닫는 경향이 있고, 다른 사람들에게 임무 위임을 잘 하질 못해요. 그리고 말싸움이나 논쟁이 벌어지면 반드시 상대방을 이기려고 하죠."

이때 '기쁨'이 머리를 좌우로 흔들며 대답했다. "아, 정말 복잡하군요. 일단 정리해보면, 당신의 고객들에게는 건강한 사고를 위해 당신이 필요하지만, 반면에 당신은 지나치게 모든 것을 주관하려는 마음을 만들어내기도 한다는 거죠."

'주관'은 미소를 지으며 말했다. "제가 좀 간단하게 정리를 해드리죠. 다른 사람의 간섭과 통제를 받고 싶어 하는 사람은 아무도 없다는 사실을 기억해야 해요. 나의 모든 고객들에게 있는 핵심적인 특징은 바로 그거예요. 그들은 간섭하고 통제하는 입장이 될 수도 있고, 오히려 그 반대로 간섭받고 통제받는 입장이 될 수도 있겠지만, 어쨌거나 그들 자신은 통제받고 간섭받는 것을 싫어한다는 거예요."

'주관'은 열정적으로 말을 이었다. "이런 말 들어본 적 있으시죠? '사람은 자기의 행동이나 생각이 틀렸다는 것을 알면서도 그것을 바꾸기가 쉽지 않다.'"

그날 인터뷰를 마치고 '기쁨'은 인생이 선택의 연속이라는 생각을 했다. 하물며 상대방의 조종을 받거나 상대방의 간섭이나 통제를 받게 될 때조차도 그것은 본인의 선택이기 때문이다.

'기쁨'은 자기가 어떻게 '주관'과 협력할 수 있는지 궁금하게 여기며 '주관'에게 물어보았다. "당신의 고객들에게 내가 필요할까요?"

'기쁨'의 질문이 바보 같다는 듯이 '주관'이 '기쁨'을 가만히 바라보며 대답했다. "물론이죠. 내 고객들은 다른 사람들을 간섭하고 주관하면서도 막상 자기들이 그렇게 한다는 사실을 잘 모르는 경우가 많아요. 그렇기 때문에 그들은 자기 스스로를 비판하지 않으면서도 자기 자신의 단점을 정확하게 볼 수 있도록 도움이 필요해요. 그들이 변화되기 위해서는 당신이 필요해요, 기쁨 씨. 나의 모든 고객들은 '주관'과 '명령'이 분명 다르다는 것을 알아야 해요. 때로 내 고객들은 그 두 가지를 혼돈하죠."

"그것 참 흥미롭군요. 어떻게 다른지 설명 좀 해주시겠어요. 나는 잘 모르겠어요"라고 '기쁨'이 말했다.

"만약 내 고객들에게 어떤 상황이나, 기업, 기관을 관리해야 할 책임이 맡겨진다면, 그것은 그들에게 명령해야 할 책임이 주어진 것이죠. 그러나 그렇다고 해서 사람들을 통제해도 되는 자격이 주어진 것은 아니에요. 그 이유는 만약 그들이 그렇게 한다면 그것은 '선택'과 '개인적인 자유의지'의 원리를 파괴하는 것이 되기 때문이에요."

"그와 마찬가지로 내 고객들을 상사로 모시고 있기 때문에 내 고객들에게 보고를 해야 하는 위치에 있는 사람들의 경우에는 만약 그들이 상사의 '명령'에 순종하지 않으면 보호를 받지 못할 것이라는 것을 알고 있어야 합니다." '주관'이 대답했다.

"보호를 받는다고요?" '기쁨' 이 물었다. "무엇으로부터 보호를 받는다는 것이죠?"

'주관' 은 미소를 지으며 대답했다. "내 허락 없이 또 내 말을 끊는군요. 그러나 좀 더 설명해드리죠. 내 고객들은 운전을 하다가 빨간신호등이 켜지면 차를 멈추는데, 그것은 빨간신호등에 간섭을 받거나 통제를 받는 것이 아니라는 겁니다. 오히려 사고를 내지 않기 위해 '명령' 에 순종하는 것이죠. 때로 사람들은 이것을 혼동해서 자기들이 간섭받거나 통제받는다고 여기고 권위에 순종하기를 거부하죠. 우리 모두에게는 인생이라는 도로에서 교통의 흐름을 잘 따라가도록 우리를 도와줄 '멈춤 신호등불' 이 되어 줄 사람이 필요합니다. 바람직한 멈춤 신호등을 인식하지 못할 때 사람들은 불필요한 사고에 휘말리게 되지요. 내가 무슨 말을 하는지 이해가 가나요?"

'기쁨' 은 '마음' 에 깊이 깨달아지는 것이 있었다. 인터뷰를 통해 그는 '주관' 에 대해 예상했던 것보다 더 많은 것을 알게 되었다. '주관' 은 자기가 하는 일에 대해 깊이 알고 있는 것이 분명했다. 그녀는 모든 각도에서 자기의 일을 파악하고 있었다.

"아주 명확하게 모든 것을 설명해 주셨군요." '기쁨' 이 대답했다. "이제는 내가 당신의 고객들에게 어떻게 해줘야 할지를 알 것 같아요. 당신의 고객들을 거짓 기쁨으로부터 지켜줘야 할 필요가 있을 것 같아요. 당신 고객들이 일단 진정한 기쁨을 경험하고 나면 자기가 자신 외에 다른 사람을 통제하거나 간섭할 필요가 없게 되겠죠."

"좋아요. 내 고객들의 명단과 함께 그들에게 뭐가 필요한지를 목록화해서 당신에게 보낼게요. 그러면 당신은 구체적인 계획을 세워서 나에게 보내 주세요." '주관' 이 '기쁨' 에게 말했다.

'기쁨'은 '주관'이 너무 지나치다고 생각하며 다시 한 번 '주관'의 말을 끊고 끼어들었다. "물론 우리는 앞으로 긴밀히 협조해서 일할 것이고 당신의 고객들과 당신도 달라질 수 있을 거예요. 당신은 완벽할 필요도 없고 내가 무엇을 어떻게 해야 할 것인지에 대해 사소한 것까지 일일이 통제하고 주관하려고 할 필요도 없어요."

그녀는 '기쁨'에게 다시 미소를 지었다. 그런데 이번에는 정말 미소다운 미소를 지었는데, 그 이유는 '기쁨'이 옳은 말을 하고 있다는 것을 알았기 때문이었다.

40장

'기쁨' 이 '파워' 를 만남

대부분의 사람들은 오히려 역경은 잘 견뎌낸다.
그러나 사람의 손에 권력을 쥐어 줘보라.
그러면 그 사람의 인격이 드러날 것이다. - 아브라함 링컨(Abraham Lincoln)

'파워' 와 전화통화를 하고 난 후 '기쁨' 은 이번 인터뷰의 중요성을 알게 되었다. '기쁨' 은 '주관' 의 권유를 받아 '파워' 와 인터뷰를 하기로 마음먹었다. '주관' 은 '기쁨' 이 그녀의 집을 나선 후에 '기쁨' 에게 전화를 걸어 '파워' 와 인터뷰를 하는 것이 어떠냐고 제안했었다. '주관' 은 자기 고객들을 위해 '파워' 가 제안하는 것들을 좀 더 많이 얻으려고 하는데, 때로 그녀의 고객들은 진정한 '파워' 를 얻기보다 더 불안정한 상황에 빠지게 된다고 말했다. '주관' 은 '기쁨' 에게 그녀의 고객들이 주변 사람들의 생각, 삶, 일 등 모든 면에서 지나치게 간섭하거나 위압감을 주는 행동을 함으로 오히려 '파워' 가 축소되고 그에 따른 대가를 치르게 된다고 '기쁨' 에게 설명해 주었다.

'기쁨'은 '파워'의 방에 들어가면서 '주관'과 대화했던 것들을 마음에 떠올렸다.

큰 키에 쩌렁쩌렁한 목소리를 가진 '파워'가 말했다. "기쁨 씨, 만나서 반갑습니다! 당신이 왜 저를 찾아왔는지는 들어서 잘 알고 있습니다. 내게는 아주 야심이 많은 고객들이 있답니다. 나는 당신이 내 고객들을 세계에서 악수를 가장 많이 하고 가장 많이 움직이는 자들로 알고 있을 것이라 생각합니다. 내 고객들은 세상에서 아주 영향력 있는 사람들이지요. 그런데 한 가지 유의할 것은 영향력과 직위를 혼돈해서는 안 된다는 것입니다."

'기쁨'은 마치 '파워'의 말을 이해하는 양 고개를 끄덕이더니 물었다. "그게 무슨 말인지 명확하게 설명 좀 해주시겠어요?"

"물론이죠. 자, 들어보세요. 내 고객들 중에는 비록 사람들이 기대하는 직급이나 직위를 가지지 못했어도 여전히 큰 영향력을 가지고 있는 사람들이 꽤 있습니다. 예를 들면, 내 고객들 중에 아주 강력한 사람들은 가정주부들, 리셉션니스트들, 요양사들이지요. 그들이 대단한 사회적 지위를 가진 것은 아니지만 그들은 자기들에게 주어진 '파워'를 아주 지혜롭게 사용하지요. 동전의 양면처럼 나에게는 또 다른 고객그룹이 있는데, 그들은 자기들에게 주어진 '파워'를 강력한 사회적 지위와 연결시켜 더 큰 '파워'를 얻는 대통령이나 회사의 CEO와 같은 사람들이 있죠."

"그렇다면 '파워'가 좋은 것인지, 아니면 나쁜 것인지에 대해 말해주실 수 있나요?" '기쁨'이 '파워'의 지혜에 감탄하며 말했다.

"물론 당당하고 높은 자존감을 가진 사람들이 세계적으로 공공의 유익을 위해 '파워'를 덕망 있게 사용할 수도 있어요. 반면에 자신감이 없고 당당하지 못한 사람들이 '오용', '오만', '이기심'에 기인해서 '파워'를 남용할 수도 있죠."

"그렇다면 당신의 고객들은 어디서 당신을 발견할 수 있나요?" '기쁨' 이
물었다.

"그들은 나를 부모에게서 물려받거나, 돈으로 사거나, 아니면 노력을 통
해서 얻죠. 그러나 어떤 방법으로 얻든지 간에 '파워' 를 유지하려면 사람들
의 마음을 얻으려고 노력하는 것이 필요합니다. 그렇지 않으면 그 '파워' 는
오래가지 못하죠. 여기서 한 가지 분명하게 해야 할 것이 있는데, 인간이 소
유할 수 없는 '파워' 가 있다는 것입니다. 그것은 '하늘과 땅의 모든 권세
죠."

"왜 그런 '파워' 는 인간이 소유할 수 없나요?" '기쁨' 이 물었다.

"왜냐하면 그런 '파워' 를 가진 존재는 인간처럼 죽고 소멸하는 존재가 아
니기 때문이죠. 하늘과 땅의 모든 권세는 오직 하나님에게만 속해 있습니
다."

'기쁨' 은 '파워' 의 말에 점점 더 매료되었다. '기쁨' 은 그에게 여러 가지
를 제안하고 싶어졌다. "내가 당신의 고객들을 위해 무엇을 해줄 수 있을까
요?"

'파워' 는 잠깐 생각하더니 기쁨의 생각을 유도해내는 말을 했다. "기쁨
씨, 당신은 내 고객들이 당신을 경험하도록 해줄 수 있습니다. 그러면 그들
은 다른 사람들에게 당신을 경험할 수 있도록 해줄 수가 있겠지요. 내 고객
들에게는 변화를 가져올 수 있는 '파워' 가 있습니다. 그러니까 당신은 그들
스스로가 변화를 체험해서 자기들에게 주어진 '파워' 로 그 변화를 자기에게
속한 다른 사람들에게도 줄 수 있도록 하는 것이지요."

'기쁨' 은 '파워' 와 힘을 합쳐 파트너십을 이룰 때 어떤 일이 일어날 수 있

는지에 대해 그가 하는 말을 들으며 힘이 솟는 것을 느꼈다. '파워'도 미소를 지으며 말했다. "나와 팔씨름을 한 번 해볼래요? 팔씨름에서 이기는 자에게는 자랑할 수 있는 권리를 주는 거예요. 어때요?"

'기쁨'은 어리둥절해져서 자기도 모르게 그 도전을 받아들였다. 그러나 순간 걱정이 되었다. '파워'를 이길만한 힘이 자기에게 있을지 알 수 없었다. 그러나 다시 마음을 가다듬고 그는 만약 자기가 '파워의 힘'_(권력의 유혹 - 역주)을 이겨낼 수 있다고 자신 있게 말할 수 있게만 된다면, 이 팔씨름이 자기에게 아주 중요한 경험이 될 수도 있다고 생각했다.

팔씨름이 시작되었다. 처음부터 '기쁨'에게 승산이 없어 보였다. '파워'는 힘을 보여주기 시작했다. '기쁨'은 있는 힘을 다해 용을 쓰느라 얼굴을 찡그렸지만 손이 흔들리고 숨이 차더니 더 이상 버티기가 힘들었다. 그 순간 '기쁨'은 자기가 가진 정신적인 '파워'에 대해 생각하기 시작했다. '긍정적인 태도'와 나누었던 대화를 떠올리며 "그래, 만약 내게 육체적인 힘이 없다면 정신적인 힘을 사용하는 거야." 그 순간 '기쁨'은 이 시합에서 이기기 위해 정신을 집중하고 마음, 에너지, 힘을 집중시켰다. 그리고 얼마 지나지 않아 '파워'의 손이 기울어지더니 테이블에 닿았다.

"축하합니다, 기쁨 씨!" '파워'가 말했다. "만약 당신이 정신적인 파워를 생각해내지 못했다면 팔씨름에서 졌을 수도 있었을 거예요."

"맞아요." '기쁨'이 동의했다. "나는 방금 아주 파워풀한 교훈을 배웠어요."

41장

'기쁨'이 '미래'를 만남

하나님 안에서라면 미래가 불투명하다고 해서 절대로 두려워하지 말라.
— 코리 텐 붐(Corrie ten Boom)

⚜ ⚜ ⚜

'기쁨'은 그가 지금까지 썼던 글을 다시 한 번 검토해보았다. 그 글을 대충 읽어 내려가면서 그 글이 기쁨탈취자들과 기쁨건설자들을 포괄적으로 평가한 내용이라는 것을 깨달았다. 그는 지금까지 배웠던 것들을 활용해서 고객들에게 훨씬 더 많은 기쁨을 줄 수 있겠다는 생각을 했다. 그는 훨씬 더 많은 사람들에게 기쁨 공급 작전을 시도하거나 확대 보급할 수 있다는 것을 생각하면서 힘이 솟는 것을 느꼈다.

이제 '기쁨'은 삶의 여러 가지 어려움에도 불구하고 사람들에게 끊임없이 샘솟는 기쁨을 공급해 주고 그것을 지키는 문지기가 될 수 있으며, '기쁨'을 발견할 때 사람들이 새 힘을 얻게 된다는 것을 확신하게 되었다. 그것이 바로 그의 존재목적이라는 것과 그 목적에 따라 사는 것이 결국 다른 사람들과 자기 자신을 위한 것임을 알게 되었다. '기쁨'은 지금까지 배운 것을 돌이켜 보며 마음이 뿌듯했다. 어떤 정보들은 좀 겁나는 것들도 있다고 생각했다. 그러나 지식이 부족하면 그가 지금까지 수고해서 얻은 것들이 다 허사가 될 수도 있었다. 그래서 그는 밝은 미래를 확신하며 미래를 향해 박차를 가했다. 이제 마지막 인터뷰가 남았다. 그것은 그에게 아주 중요한 인터뷰였는데, 바로 '미래'와의 인터뷰였다.

둘은 서로 악수를 나누었고 '기쁨'은 '미래'에 관해서 그전부터 많이 들어왔으며 그를 만나게 되어 너무 반갑다고 인사를 나누었다. "저도 그래요!" '미래'가 '기쁨'에게 호의적으로 대답했다.

"나는 기쁨탈취자들과 기쁨건설자들에 대해 알아보려고 지금까지 긴 여정을 지나왔습니다." '기쁨'은 설명했다. "내 계획은 아무도 내 고객들에게서 기쁨을 빼앗아가지 못하도록 하는 것입니다. 나는 많은 것들을 배웠고 이제 내 임무로 돌아갈 준비가 되어 있습니다." '미래'의 얼굴 표정을 살피며 그의 반응을 읽느라 잠깐 말을 중단했던 '기쁨'은 다시 말을 이었다. "내가 어떻게 당신과 함께 일할 수 있죠?"

'미래'는 대답했다. "기쁨 씨, 당신의 고객들이 반드시 잊지 않고 해야 할 것이 세 가지가 있습니다.

*과거를 통해 배우는 것
*현재 속에 사는 것
*미래를 대비하는 것

그는 "미래가 반드시 베일에 가려져 있으라는 법은 없습니다. 만약 과거의 실수를 통해 배운다면, 현재를 보람 있게 살 수 있으며 미래는 그런 과거와 현재의 구성요소들의 연속이라고 볼 수 있지요"라고 말을 덧붙였다.

"아, 그런 생각은 전혀 하지 못했어요!"라고 '기쁨'이 말했다. "그렇지만 그런 것 외에 내 고객들이 전혀 알 수 없는 미래의 구성요소들도 있지 않을까요?"

'미래'는 고개를 끄덕이며 대답했다. "물론이죠. 사람은 자기가 모르는 미래에 대해서는 어찌해 볼 수 없습니다. 그것은 그의 능력 밖이라는 것이죠. 미래에 대해 알 수 있는 최고의 방법은 그에 대한 대답을 알고 있는 '누군가'에게로 가는 것뿐이죠. 답을 알고 있는 '누군가'에게로 가야 한다는 것은 모든 답을 전부 알고 계시는 하나님에게로 가는 것과는 다르다는 것을 기억하십시오."

'기쁨'은 '미래'가 하는 말이 도대체 무슨 말인지 깊이 생각해보았다. 그 이유는 '기쁨'은 그의 고객들에게 이 부분을 제대로 이해시켜줘야 한다는 사실을 알고 있었기 때문이었다.

'기쁨'은 '미래'에게 물었다. "당신은 내 고객들이 현재 누리고 있는 기쁨을 미래에도 계속 유지할 수 있다고 생각하십니까?"

"그것은 당신의 고객들이 단지 즐겁고 재미있는 삶을 원하는지, 아니면 진정한 행복을 원하는지 거기에 달려있지요. 당신의 고객들은 과거의 실패, 절망, 슬픔에만 머물러 있을 수 있고, 하물며 과거의 성공에만 머물러 있을 수도 있습니다. 그러나 진정한 행복을 누리려면 '기쁨'을 미래로 가져올 수 있어야 합니다. 왜냐하면 그렇게 하는 것이 미래를 밝게 해주기 때문이죠."

"만약 내가 내 고객 중에 한 명이라면, 나는 단순히 재미있고 즐거운 삶보다 진정한 행복을 택할 거라고 생각해요" '기쁨'이 말하고 미소를 지으며 파라솔 두 개를 펴서 땅바닥 위에 세웠다.

"기쁨 씨, 그 파라솔로 무엇을 하려고 하세요? 할리우드라도 가려고 하시나요?" '미래' 가 소리 내어 웃으며 말했다.

"아니요." '기쁨' 이 웃으며 대답했다. '나는 지금 내 미래에 대비하고 있어요. 왜냐하면 미래가 너무 밝아서 내가 미래에게로 향해 갈 때 파라솔을 사용하는 것이 좋을 것 같아서요."

"그것 정말 좋은 자세군요, 기쁨 씨!" '미래' 가 대답했다. "당신은 입술로 고백한 그대로 얻게 될 것입니다!"

미래를 향한 여정을 떠나면서 '기쁨' 은 그의 상사가 그의 모든 고객들에 관해 했던 말을 떠올렸다. 그의 상사는 그들 한 사람 한 사람을 향한 계획이 선한 것이라고 분명하게 말했었다. 그의 상사는 그의 계획이 그들에게 '희망' 과 '밝은 미래' 를 줄 것이라고 말했었다. 미래를 향해 앞으로 나아가는 것은 중요하기 때문에 '기쁨' 은 상사의 말 중에서 그 부분을 암기했다. '기쁨' 은 자기가 미래에만 머물 수 없다는 것을 알고 있었다. 왜냐하면 그는 현재 해야 할 일이 아주 많기 때문이었다. 그는 '미래' 를 만나서 기뻤다. 왜냐하면 다시 현재로 돌아가 그의 고객들에게 '기쁨' 을 유지해야 할 많은 이유를 설명해 줄 수 있었기 때문이었다.

42장

'기쁨'의 마지막 만남

사람은 살기 위해 지식을 쌓는 것이지 지식을 쌓기 위해 사는 것은 아니다.
– 프레드릭 헤리슨(Frederic Harrison)

✤ ✤ ✤

꿈속에서 '기쁨'이 '미래'와 작별을 한 후 나는 '기쁨'을 다시 만났다. 나는 그를 다시 보게 되어 너무나 반가웠고, 그에게 여정이 어땠냐고 물어보았다. '기쁨'은 아주 성공적이었으며 많은 것을 배웠다고 말했다.

"성공을 위해 당신은 어떤 계획들을 세웠나요?" 나는 그에게 물어보았다.

"기쁨탈취자들의 고객명단을 확보했어요. 승리를 위한 내 계획은 내가 기쁨탈취자들에게 들었던 모든 정보들을 고객들에게 알려주는 거예요. 나는 그들이 아무것도 알지 못한 채 기쁨을 잃거나 그들의 삶이 파괴되는 것을 원치 않거든요. 나는 고객들에게 기쁨탈취자들이 그들의 삶을 파괴하려고 어떤 짓을 하고 있는지, 그리고 기쁨건설자들에게서 어떤 도움을 받을 수 있는지를 정확히 알려주려고 해요. 나는 이미 자료를 다 준비했고 즉각 배포할 수 있어요. 그리고 나는 그들의 마음에 이메일을 보내려고 해요. 그렇게 해서 그들이 변화에 대해 생각하고 평가해볼 뿐만 아니라 변화에 대한 필요를 감정적으로도 느낄 수 있도록 해주려고요."

나는 '기쁨'의 계획을 듣고 마음이 들떴다. 그러나 다음 순간 나는 "기쁨 씨, 만약 사람들이 변화를 이룰 수 없다면 어떻게 하죠. 그러면 어떻게 해요? 나는 이 여정의 핵심이 우리들을 기쁨탈취자들로부터 구해줄 수 있는 방법을 찾는 것이라고 생각했는데요"라고 말했다.

'기쁨'은 내 질문을 깊이 이해하고 있었다. '기쁨'은 나에게 미소를 지으며 말했다.

"내가 이 여정 중에 들었던 얘기를 당신에게 들려주어야겠네요. 내 생각에는 그것이 당신에게 좋은 답이 될 것 같아요. 옛날 옛날에 지혜로운 늙은 노인이 이웃들과 함께 살고 있었어요. 그는 너무나 지혜로워서 사람들은 그가 모든 것에 대한 답을 어떻게 그렇게 잘 알고 있는지 의아했죠. 어느 날 그 동네에 사는 십대들이 그 지혜로운 노인을 놀려먹기로 작당했어요. 그들은 새 한 마리를 손안에 넣고 그 노인에게 다가가서는 그 새가 죽었는지 살았는지 물어볼 참이었어요. 만약 노인이 그 새가 살아있다고 말하면 그 새를 숨막히게 해서 죽여 그 노인의 말이 틀린 것으로 만들고, 반대로 말하면 손을 펼쳐 그 새를 날려줘서 그 노인의 말이 틀린 것으로 만들 참이었죠. 그렇게 되면 그 노인이 뭐라고 답하든지 틀린 답이 될 수밖에 없었기 때문이었어요. 십대들은 그 노인을 찾아가 물었어요. '지혜로운 할아버지, 우리 손안에 있는 이 새가 죽었을 것 같아요, 살아있을 것 같아요?' 이 지혜로운 노인은 십대들의 눈을 하나하나 뚫어지게 보더니 대답했어요. '젊은이들, 그 새가 자네들의 손안에 있으니 그 새는 자네들이 원하는 대로 되겠지'라고 말하고는 자기 길을 갔지요."

나는 '기쁨'이 말하는 것을 조용히 듣고 있었다.

"사람들은 매일 아침잠에서 깨어나 그들의 손안에 있는 것을 어떻게 할 것인지 결정을 한답니다. 그들은 기쁨탈취자들의 영향 아래 있을 수도 있고 진정한 기쁨의 영향 아래 있을 수도 있지요. 그런 식으로 매일매일 모든 사람들은 그들의 손안에 있는 것을 어떻게 할 것인지를 결정해야 해요. 다시 말하면, 내가 그들을 구해줄 수 없다는 거예요. 나는 그것을 깨달았어요. 고객들을 구해줄 수 있는 힘을 가진 자는 내가 아니라 바로 내 고객들 자신입니다. 하루 일과가 끝날 때 내 고객들은 내가 떠나야 할지, 아니면 계속 머무를지를 결정합니다. 이 여정을 통해서 나는 내 힘에는 한계가 있다는 것과 고객들의 힘이 아주 대단하다는 것을 알게 되었습니다. 그들은 결정을 내리고 나는 단순히 그 결정에 따를 뿐이지요."

내 꿈이 끝날 때 나는 화창한 푸른 하늘에 밝은 태양 빛을 배경으로 보석처럼 아름다운 무지개가 뜬 것을 보았다. 깃털처럼 부드럽게 펼쳐져 있는 구름 사이로 둥그런 무지개 바로 밑에 금빛 태양이 마치 금박의 장신구처럼 빛을 내고 있었다. 정말 하늘에 수놓인 하나님의 걸작이었다.

나는 하늘을 바라보며 가슴 벅찬 감동에 젖어 환한 미소를 지었다. 아름다운 무지개와 그 아름다운 금빛 장신구에 매료되어 나는 '기쁨'에게 우리 앞에 펼쳐진 장관을 보라고 말하려고 뒤를 돌아보았다. 그러나 '기쁨'은 온데간데 없었다. 그 순간 나는 '기쁨'이 이제 그의 상사를 만나러 가야 한다고 했던 말이 떠올랐다. 내 꿈은 점점 흐릿해졌고 나는 큰 소리로 웃는 내 모습을 보았다. 그리고 난 뒤 비록 '기쁨'은 거기에 없었지만, 큰 소리로 '기쁨'에게 말했다. "기쁨 씨, 나는 결정했어요"라고. 그리고는 나는 잠에서 깨어났다.

기 쁨 을 유 지 하 는 길

S 드라마

삶은 한편의 드라마다. 좋지 않은 미디어 드라마는 가정과 사회에 혼란을 주며 병들게 한다.

S 평화

하나님 앞에서 홀로 묵상하는 시간을 가질 때 평화의 최상의 서비스를 받을 수 있다. 하나님은 진정한 만족의 근원이고, 참 만족을 누릴 때 결코 허무함을 느끼지 않게 된다.

S 주관

대부분의 사람들은 다른 사람들을 간섭하고 주관하려는 면이 있다. 더 나아가 주관이 강한 사람은 통제받고 간섭받는 것을 싫어한다. 배려의 연습으로 강한 주관을 다스려보라.

S 파워

인간은 다양한 힘으로 힘을 발휘할 수 있다. 하지만 인간은 죽고 소멸하는 존재이다. 하늘과 땅의 모든 권세는 오직 하나님에게만 속해 있다.

ς 미래

미래가 반드시 베일에 가려져 있으라는 법은 없다. 미래에 대해 알 수 있는 최고의 방법은 그에 대한 대답을 알고 있는 누군가에게로 가는 것뿐이다. 그 누군가는 바로 하나님이시다.

♣ 기쁨의 씨는 평화의 땅에서 무럭무럭 자란다.

43장

'기쁨'이 당신을 만남

작은 기쁨이 큰 슬픔을 쫓아낸다. – 무명인

* * *

이 책을 읽으면서 당신은 '누가 당신의 기쁨을 빼앗아 갔는지' 알아냈을 것이다. 지금도 기쁨을 다시 되찾거나 또는 기쁨을 유지하기에 절대로 늦지 않았다. 당신에게 있는 위대한 기쁨보호자들을 사용하라. 그것은 다름 아닌 당신이 사용하는 말이다. 매일매일 기쁨을 인정하는 말을 연습하라. 이 연습을 시작하기 위해 아래에 당신이 사용할 수 있는 긍정적인 말들을 실었다. 나는 당신이 늘 기쁨이 넘치는 삶을 살기를 기원한다.

*오늘 나는 기쁜 마음으로 미소를 지으면서 잠자리에서 일어날 것이다.
*긍정적인 태도를 가지며 목적의식을 분명히 할 것이다.
*나는 장애물을 이겨낼 것이라고 말했기 때문에 내 길을 가로막는 장애물들을 극복할 것이다.

*나는 나의 자존감을 깎아내리지 않으면서도 다른 사람들을 섬길 수 있다.

*나는 내 자신을 믿으며, 내가 더 많이 웃게 될 것과 끝을 잘 마무리 할 것이라고 믿는다.

*나는 하나님 안에서 모든 것이 가능하다는 것과 하나님 안에서 내 기쁨이 참되고 완전한 것임을 믿는다.

누가 내 기쁨을 훔쳐갔을까?

초판 1쇄 발행일 2009년 03월 16일
초판 2쇄 발행일 2009년 05월 30일

저   자 | 산드라 스틴(Sandra Steen)
옮긴이 | 서진희
발행처 | 베드로서원
발행인 | 한순진
대   표 | 한영진

등록번호 : 제318-2005-000043호 · 등록일자 : 1988. 6. 3
서울시 영등포구 양평동4가 281 삼부르네상스한강 1307호
Tel. 02)333-7316, Fax. 333-7317
www.petershouse.co.kr
E-mail : peter050@kornet.net

베드로서원은 기독교문화 창달을 위해 좋은 책 만들기에 힘쓰고 있습니다.
*파본 및 잘못된 책은 바꾸어 드립니다.

ISBN 978-89-7419-261-7

값 10,000원

미주사역
PETER'S HOUSE
2150 Cheyenne Way #178, Fullerton, CA 92833
Cell. (714)350-4211
e-mail _ soonjinhan@hotmail.com